달수들

안성호는 2002년 실천문학 신인상(단편소설 부문), 2004년 『경향신문』 신춘문예(시 부문)을 통해 등단했다. 소설집 『때론 아내의 방에 나와 닮은 도둑이 든다』 『누가 말렝을 죽였는가』 『움직이는 모래』, 장편소설 『마리, 사육사, 그리고 신부』가 있다.

안성호 장편소설
달수들

펴낸날 2015년 6월 17일

지은이 안성호
펴낸이 주일우
펴낸곳 ㈜문학과지성사
등록번호 제1993-000098호
주소 121-894 서울 마포구 잔다리로7길 18(서교동 377-20)
전화 02) 338-7224
팩스 02) 323-4180(편집) / 02) 338-7221(영업)
전자우편 moonji@moonji.com
홈페이지 www.moonji.com

ISBN 978-89-320-2758-6

이 도서의 국립중앙도서관 출판예정도서목록(CIP)은 서지정보유통지원시스템 홈페이지(http://seoji.nl.go.kr)와 국가자료공동목록시스템(http://www.nl.go.kr/kolisnet)에서 이용하실 수 있습니다. (CIP제어번호: CIP2015015715)

달수들

안성호 장편소설

문학과지성사
2015

차례

1

정원사가 지저분한 곰 한 마리를 데리고 사다리꼴 모양의 집으로 왔다. 현관은 좁았고, 입구부터 점점 넓어져 내가 누워 있는 방은 턱없이 넓은 반면 침대는 두 다리가 밖으로 삐져나갈 만큼 작았다. 나는 이 침대에 누워 정원사를 맞았다. 정원사는 허리춤에는 전정가위를 걸고 한 손으로는 기다란 알루미늄 작대기를 든 채 나타났는데, 문을 지날 때마다 작대기가 자동으로 작아져서 곰이 이걸 볼 때마다 킬킬 웃었다. 내가 정원사에게 문을 닫고 빨리 들어오라고 손짓을 하면 번번이 곰이 더러운 발로 먼저 뛰어드는 바람에 나는 정원사가 왜 버릇을 고쳐주지 않는지 답답한 마음으로 "재, 발 좀 봐!" 하고 외쳤다. 그러면 정원사는 발걸레를 밟고 있던 곰의 목덜미를 낚아채서는 "이 정신머리 없는 놈아, 앉아! 발! 발!" 하고 소리쳤다. 이것은 아주 오래전부터 내가 잠잘 때마다 펼쳐지는 꿈이었다.

내가 꿈 안에서 처음 심은 나무는 야구방망이 나무였다. 밀짚모자를 쓴 노인이 공짜로 주고 간 나무인데 심어놓고 퇴비를 주면 야구방망이가 주렁주렁 열렸다. 이 이야기를 교회 초등부 아이들에게 들려줬다. 짝사랑하던 수지가 말하길, 예수님이 돕지 않고서야 그런 희한한 일이 벌어질 수 없다며 믿음이 강한 날 부러워했다. 그럴수록 잠자기 전에 나는, "오늘도 꿈에 야구방망이 나무를 만나게 해주세요, 꿈에 야구방망이 나무가 사라지는 건 전적으로 예수님 탓이라는 것쯤은 알아두세요" 하고 기도를 했고, 잠을 자면 어김없이 야구방망이 나무에 야구방망이가 주렁주렁 열렸다. 야구방망이는 교회 에어컨 옆에 초라하게 웅크리고 있던 나에게 큰 용기와 믿음을 준바, 나는 더욱 열심히 교회에 다녔고, 수지에게 야구방망이 나무를 자랑하는 재미에 푹 빠져 살았다. 수지는 야구방망이 나무를 눈으로 보고 싶다고 했지만 꿈에서 야구방망이를 가지고 나올 순 없었다. 수지와 마찬가지로 다른 초등부 아이들도 꿈에서 무럭무럭 자라는 야구방망이를 보고 싶어 했고, 다가올 석가탄신일에 꿈 안에 있는 야구방망이를 하나 따서 게임을 하자며 졸랐다. 수지를 위해서라도 꼭 성공해야 할 숙제였다. 석가탄신일을 사흘 앞둔 날 밤, 꿈에 밀짚모자를 쓴 노인이 찾아와서 나에게 야구방망이 나무가 울창한 정원을 한번 만들어볼 생각이 없냐고 물었다. 정원을 잘 가꾸면 정원 한 귀퉁이에 야구장도 만들고, 꿈 한구석을 평탄화시켜 거기에 햄버거 가게를 차려주겠다고 약속했다. 또 자신의 베란다에서 정원을 내려다볼 때 왼쪽이든 오른쪽이든 가시권 밖으로 정원이 확장되면 내가 소망하는 걸 하나씩 들어주겠다고도 말했다. 다만 정원을 넓히는 데 들어가는 퇴비와 도구는 스스로 해결하라고 말했다. 수지를 위해서라면 못 할 게 없었다. 나는 흔쾌히 승낙한 뒤 교회 초등부 친구들이랑 놀 수 있도록 선물로 야구방망이를 달라고 졸랐다. 다음 날, 아빠가 야구방망이를 사주었다. 초등부 교사들은 내 이야기를 귓등으로 들었지만 초등부 아이들은 간곡한 기도가 통했다며 그날부터 교회 주차장에서 야구를 하며 놀았다. 수지는 주일 예배 때 자기 부모님에게 내 정원에 대해 이야기를 들려줬고, 수지 부모님들은 아멘, 하고 탄식을 쏟아냈다. 그럴수록 나는 더 많은 시간을 정원을 돌보는 데 할애했다. 개척해야 할 땅이 넓었다. 일손이 부족하다며 투덜거리자 밀짚모자를 쓴 사람이 숫기 없는 곰 한 마리를 데리고 왔다. 곰은 나랑 죽이 맞았다. 퇴비를 주워 꽃나무 밑에 묻었다. 정원은 눈에 띄게 확장되었다. 그러자 밀짚모자를 쓴 노인이 썩은 바나나만큼이나 얼굴이 까만 남자를 정원사로 데리고 왔다. 그날부터 정원을 관리하는 건 정원사와 곰의 몫이 되었다.

하지만 내가 손을 놓고 있을 순 없었다. 정원을 잘 꾸미기 위해서는 꿈 안으로 가져갈 꽃나무 목록을 정하고, 꿈꿀 시간에 맞춰 식사량을 조절하고, 잠을 자는 동안 도둑이 들 수도 있기 때문에 문을 꼭꼭 닫아둬야 했다. 특히 최근 맨홀 밑으로 은신했던 사람들이 꿈으로 거주지를 옮기면서 정원에서 눈을 뗄 수 없었다. 보수주의자에서부터 진보주의자까지, 젊은 아이들에서부터 노인들까지 꿈속으로 삶을 이전시키다 보니 그들에게 내 정원은 선망의 대상이 되었다. 게다가 내 정원을 노리는 사람들까지 생겨났다. 마차를 이용해 쏜살같이 내달리는 탓에 형체를 알아볼 수 없는, 어둠의 세계에서 온 종족들이었다. 이들은 정원사가 퇴비로 사용하기 위해 길에서 주워 온 그림자들을 낚아채곤 했다. 또 이들이 정원을 향해 원뿔 모양의 피리를 불면 꽃나무 아래 묻혀 있던 그림자들이 일시에 꿈틀거려서 정원이 들썩이기도 했다. 밀짚모자를 쓴 노인도 정원을 탐내기는 마찬가지였다. 정원이 넓어지자 노인은 "이쯤에서 정원을 나에게 넘기는 게 어떠니?" 하고 점잖게 물었고, 내가 살랑살랑 고개를 흔들자, "그냥 넘기는 게 마음에 안 들면 정원을 파는 건 어떠니?" 하고 말했다. 야구방망이 나무를 잘 키워보라고 할 때는 언제고 다시 내놓으라니 기가 찼다. 나는 절대 그렇게는 못 하겠다고 말했다. 내 목소리에는 분명한 확신이 있었고, 결단력 또한 뚜렷했다. 하지만 밀짚모자를 쓴 노인은 정원을 차지하기 위해 호시탐탐 염탐하고 회유했다. 한편 정원은 더 이상 내 의지가 통하는 곳이 아니게 되었다. 망가진 기계 같았다. 정원사와 곰은 계속 퇴비를 가져와 땅에 묻었고, 수종을 알 수 없는 꽃나무들을 심어나갔다. 세계의 끝까지, 끝이 보이지 않는 곳까지 정원은 꽃나무로 가득했다.

그런데 최근 기면상태에 빠지면서 밤뿐만 아니라 낮에, 그것도 의식이 멀쩡한 상태에서도 내가 이 꿈의 세계로 편입되곤 했다. 꿈이 편해진다는 건 죽음에 가까이 간다는 건 아닐까, 하고 심각하게 고민도 해봤지만 아무 시간대나 머리채를 잡힌 채 끌려가듯 꿈 안으로 던져져서 저항할 방법이 없었다.

이 일로 병원에 들른 적이 있었다. 문을 열고 들어선 병원에는 물푸레나무 의자가 놓여 있었다. 그곳에 앉아 20분 정도 의사를 기다렸다. 진료실에 들어가자 어림잡아 쉰다섯에서 예순가량 되어 보이는 의사가 내 눈을 까보곤 고개를 좌측으로 15도 정도 기울였다. 내 왼쪽 귀를 보려는 것인 줄 알고 나도 고개를 우측으로 15도 돌렸다.

"기면증은 많은 사람들이 한 번쯤 걸리기도 하고, 자기도 모르게 치유가 되기도 합니다. 그런데 환자분은 낮에 잠을 자다가 그러니……, 일단 밤에 잠자는 버릇을 들여야 합니다. 이 증상은 대부분 극심한 스트레스 때문이고, 심인성인 경우가 허다하니 차도를 봐가며 치료를 하자고요. 문제는 이게 몽유병 증상과 동시에 온 것인데, 이건 운동을 좀 하시고……, 처방전 없이 3일 뒤에 다시 와보세요."

"수면제라도 먹고 자면 안 됩니까?"

"환자분은 지금 수면 이상으로 생긴 병입니다. 여기다 수면제를 복용하면 더 큰 문제를 야기할 수 있어요. 영영 안 깨어날 수도 있습니다."

"영영 못 깨어나면 어떡하죠?"

"평생 잠만 자고 꿈만 꾸겠죠. 꿈 안에 놀이공원을 만들어서 솜사탕이나 팔며 살겠죠."

나는 더 큰 문제를 불러온다는 말에 수면제를 먹지는 않기로 했다.

그날 밤 집에 돌아와 침대에 누웠다. 아무리 잠을 청해도 잠은 도망가는 가축들처럼 뒤뚱거리며 나에게서 멀어졌다. 책을 보고, 샤워를 하고, 미지근한 물로 수건을 적셔 얼굴을 덮어도 봤지만 허사였다. 그러다가 새벽 1시쯤 잠이 들어 아침 6시에 깼다. 이때부터 한 시간 간격으로 계속 잠이 쏟아졌다.

다시 의사를 찾아갔다. 의사는 기다렸다는 듯이 날 반겼다. 나에게 의자에 앉으라고 손짓을 하고는 10분가량 자신의 고등학교 시절 이야기를 들려주었다. 책 한 권 사 볼 돈이 없어서 학교에 아무도 오지 않는 겨울방학이면 1학년 1반 교실에서부터 3학년 10반 교실까지 뒤져 거울, 주전자, 쓰레기통, 컵, 커튼, 액자, 물뿌리개까지 모조리 가져다가 자취방에 옮겨놓았다고. 그리고 춘삼월 새 학기가 시작되면 반마다 순회하면서 2-1반, 2-2반 따위 표식까지 적힌 물품들을 새로 뽑힌 반장들에게 시장가격보다 10퍼센트 싼 가격에 팔았다고. 그 돈으로 고등학교를 졸업하고, 어찌어찌 대학까지 졸업한 뒤 지금 개인 병원을 열 수 있었다고 자랑했다. 꿈을 성취하기 위해서는 다른 사람의 꿈을 훔치는 게 가장 경제적이라는 말까지 덧붙였다.

"저는 밤에 꾸는 꿈을 말합니다."

나도 모르게 한숨이 나왔다.

"아, 그렇군요. 어쨌든 그렇다는 겁니다."

그때, 얼굴에 빨간 반점투성이인 두 사람이 벌컥 문을 열고 들어왔다. 그들을 흘끔거리며 나는 의사에게 귀를 보여줬다. 그간 있었던 일도 소곤소곤 들려줬다. 아주 오래전부터 한 가지 꿈만 꾼다고. 꿈에서는 내가 정원사를 거느린 큰 정원의 주인이라고 말했다.

"부자군요."

뒤에 서 있던 반점투성이인 사람이 큰 소리로 말했다.

그 사람과 의사가 몇 마디 주고받았는데, 반점투성이인 사람 말로는 자신은 태어나면서부터 달팽이관이 없어서인지 자꾸 동네를 빙빙 돈다고 했다. 게다가 흰색 아니면 검은색밖에 안 보이고, 밤만 되면 벽 너머에서 주고받는 말까지 들린다고. 그 말의 대부분은 자신을 공격하기 위한 계략이며 아마도 수일 내에 자신이 큰 피해를 당할 거라고 말했다.

"저보다 심한 분을 만났네요."

내 말에 의사가 빙그레 웃으며 나에게 처방전을 써주었다. 그 처방전을 들고 근처 약국으로 가서 약을 받았다. 그런데 약봉지를 잃어버렸다. 나도 모르는 사이, 놀이터 시소에 앉아 잠이 들었고, 깨어나보니 다섯 살 정도 돼 보이는 동네 아이들이 색색의 알약을 약봉지에서 꺼내 먹고 있었다. 달라진 건 없었다. 아무 때나, 빛이 점점 작아져 노란 문고리만 해지면 이 문고리를 비틀고 꿈 안에서 정원사가 곰을 데리고 찾아왔다. 그날도 그랬다. 4월 25일, 그날은 대니얼 디포가 쓴 『로빈슨 크루소』 초판이 나왔던 날이자 수에즈 운하가 착공한 날이고, 조선 마지막 황제 순종이 사망한 날이기도 했다. 그날, 나는 운전 중이었는데 문득, 지저분한 곰을 데리고 정원사가 방문을 노크했다. 이건 곧 잠에 빠질 거라는 예령이었고, 머리가 어질거리면서 불길한 고통에 휩싸였다. 잠을 쫓기 위해 볼을 꼬집었다. 미사리에서 팔당대교를 지나 2차선 도로로 막 접어들자 관자놀이가 눌리는 기분이 들면서 한쪽 차바퀴가 펑크가 난 듯 차가 기울었다. 팔당댐 관리소를 지나자 오른쪽에 2층집 커피숍이 보였고, 왼쪽에 팔당댐이 보였다. 그때 하얀 은사시나무를 실은 트럭이 내 차를 앞지르기 시작했다. 트럭에 실린 은사시나무가 춤을 추듯 출렁거렸다. 모퉁이를 돌자 트럭이 시야에서 사라지면서 팔당댐 물빛이 눈부시게 펼쳐졌다. 잠깐 눈을 감고 숨을 들이마시는 찰나, 어쩌다 여길 왔을까 짜증을 내는 순간, 정원사가 곰을 데리고 침대 맡으로 달려왔다. "주인님, 경찰서에는 왜 가십니까? 무슨 일이라도……" 정원사의 말이 끝나기도 전에 곰이 선풍기에 올라타서 붕가붕가를 했다. "그만해!" 내가 소리를 지르며 침대 밖으로 한쪽 발을 내밀어 침대를 밀어봤지만 꼼짝달싹도 하지 않았다. 숨을 고른 뒤 이불을 끌어당겼다. 이불 한쪽 끝을 곰이 밟고 있었다. 내가 "야!" 소리를 지르며 이불을 당기자, 쿵, 하는 소리와 동시에 차가 팔당댐 가드레일을 들이박고 추락했다.

현기증이 일었다. 차가 잠깐 허공에 머문 동안 앞서 달리던 트럭에서 내린 사람과 개 한 마리가 길가에 우두커니 서 있는 장면을 봤다. 이게 뭔가 하는 생각을 하는 순간 차가 수면을 때리면서 핸들과 앞 유리창 사이에 목이 끼였다. 기름 냄새가 났고, 손과 발이 허둥거렸다. 천천히 차 안으로 물이 들어왔다. 물에 빛이 스며들어 황금색 양털처럼 보였기에 그리 불안하거나 무섭지 않았다. 또 차에서 들리는 달그락거리는 소리도 개가 주둥이로 스테인리스 밥그릇을 주둥이로 밀다가 침대 다리에 부딪히는 소리 같아서 큰 두려움이 없었다. 그래도 팔은 빠르게 여기저기를 누르고 당기고 밀었다. 차 안으로 물이 들어와 문짝 함에 들어 있던 톨게이트 통행증들이 하얗게 떠오르기 시작했다. 그것들이 목욕탕 타일처럼 사방으로 펼쳐졌다. 통행증 중에는 날짜가 2013년 4월 17일, 4월 19일도 있었다. 그때는 집에서 잠만 잤는데. 갑자기 짜증이 확 밀려왔지만 어떤 기분과 생각을 더 이상 발전시킬 수 없었다. 머릿속에서 책장이 후드득 펼쳐졌다가 탁 소리를 내며 덮였다. 한 움큼 머리카락이 입안으로 빨려드는 느낌, 처절한 몸부림, 그리고 점점 물의 일부가 된 것 같은 평온함, 한결 몸이 가벼워지면서 느낌들이 물결 따라 흩어졌고, 천천히 그 느낌들이 조합되면서 그동안 한 번도 느껴보지 못한 감정들로 꿈틀거리기 시작했다. 머리 위로 코딱지만 한 빛이 나풀거렸다. 그것은 노란 문고리였고, 손을 뻗어 간신히 움켜쥐었다.

턱, 문이 열렸다.

2

겨드랑이 사이로 따뜻한 손길처럼 빛이 들락거렸다.

눈이 부셨다.

수면으로 떠오른 나는 휘어진 가드레일을 올려다봤다. 한 아이가 나를 보고 있었다. 총을 쏘듯 손가락으로 날 겨냥한 채 입에서 땅땅 소리를 냈다. 헤엄을 쳐서 그 아이에게 다가가 뺨을 만졌다. 아이는 울었고, 아이의 머리에서 흘러내린 피가 내 손을 검게 물들였다. 어디에서 나타났는지 경찰이 내 팔에 수갑을 채워 차에 태웠다. 앰뷸런스 소리가 들렸다. 앰뷸런스에 탄 아이가 나에게 또 총을 겨누었다. 사고는 순식간에 정리되었다. 나를 제외한 모든 사람이 마네킹처럼 오래전부터 그곳에 서 있었던 듯했고, 그들이 만들어놓은 전시회에 내가 잠시 배치된 것도 같았다.

경찰서에 도착해서 신발도 신지 않은 채 조사관 앞에 앉았다. 입에서 자꾸 침이 흘러내렸다. 수건 한 장을 건넨 경찰이 백주대낮에 눈은 어디다 두고 다니냐며 야단을 쳤다. 그러거나 말거나 젖은 머리카락을 말리며 경찰서를 구경했다. 경찰들이 죄다 입에 담배를 물고 있었다. 천장에 매달린 커다란 선풍기가 느릿느릿 돌며 자욱한 담배 연기를 천천히 휘저었고, 벽에 베레모를 쓴 군인의 초상이 삐딱하게 걸려 있었다. 창문 밖 뒷마당에는 석상들이 서 있었다. 아이의 성기에서 물기둥이 뿜어져 나오기도 했고, 광화문 흥국생명 앞에서 봄 직한 노동하는 사람의 오토마타가 느릿느릿 움직이기도 했다. 또 커다란 남미의 야자수 두 그루가 서 있었는데 그 사이로 빨랫줄이 쳐져 있고, 곤색 바지들이 일렬로 널려 있었다.

"어쩌다 그랬어요?"

경찰이 물었다.

"잠시 눈을 감았다가 떴더니 사고가 났습니다."

"졸음운전이네요. 사고다발지역에서 일어난 운전자 과실로 인한 인명사고네요. 맞죠?"

"불의의 사고입니다."

내가 이렇게 말하자 주변에 있던 경찰들이 왁자지껄 웃었다.

"이봐요, 그건 피해자가 할 말이고요. 당신은 불의의 사고를 유발한 교통특례법상 현행범입니다."

경찰이 너무나 쉽게 결론을 내리는 바람에 잠시 모니터 뒤에 적힌 깨알만 한 글씨를 읽고 있었다. 엘지에서 만든 1999년산 모니터였다.

"자, 봅시다."

경찰이 볼펜으로 내 머리카락을 뒤적거렸다. 사고로 머리에 어떤 상처가 생겼고, 그것 때문에 내가 헛소리를 한다고 판단한 모양이었다.

"물을 많이 먹어서 그런가…… 어쨌든 좋아요. 일단 여기에 적힌 걸 보고 평소 생각대로 체크해보세요. 의례적으로 하는 겁니다."

경찰이 종이 한 장을 내밀었다. 거기에 비가 온 뒤 해가 뜨면 기분이 나쁜지 좋은지, 텔레비전이 끝나면 기분이 나쁜지 좋은지, 한 개인의 삶에 정치가 큰 영향을 미치는지 안 미치는지 등을 물었다. 나는 비가 온 뒤 해가 뜨면 우울했다. 그래서 모두 ○에 체크를 하고는 종이를 내밀자 경찰이 어디론가 전화를 했다. 전화 통화를 끝낸 경찰이 만족한 표정을 지었다.

"이리 와봐요."

경찰과 함께 유치장 뒷마당에서 담배를 피웠다. 경찰이 뜬금없이 "낙타는 어떻게 생겼나요?" 하고 물었다. 나는 등에 혹이 하나 있는 동물이라고 대답했다. 또 "어젠 뭐 했어요?" 하고 물었는데, 그 부분은 기억이 나질 않았다. 그래서 나는 경찰에게 어제 일들이 왜 기억이 나지 않는지 물었다. 충격 때문에 발생한 일시적인 현상이라며 차츰 시간이 지나면 기억이 되살아날 거라고 말했다. "오늘 아침에 뭘 먹었는지도 생각이 안 납니다" 하고 말하자, 경찰이 성냥개비로 내 손가락을 지그시 누르며 내가 아침에 감자를 먹었는지 시금치를 먹었는지 자기가 어떻게 아냐고 투덜거리더니 나가버렸다. 그런데 어찌된 일인지 조금씩 지난 기억들은 중간 혹은 마지막 부분에 꿈의 일부가 들붙은 채 생각이 났다. "허참!" 혼잣말을 하다가 수갑 찬 자국이 지워지지 않아 팔목을 만지작거리는데 뒷마당에서 얼굴에 주름이 자글거리고 머리카락은 돌돌 말아 상투를 튼 두 노인이 야구공을 주고받는 게 보였다. 공이 너무 느려서 공의 빨간 실밥이 보일 정도였다. 나는 쯔쯔쯔 혀를 찼다. 야구라면 나도 자신이 있었기 때문이었다. 내가 두 손을 모으며, "여기, 자, 자!" 하고 외치자 노인이 뭐라뭐라 구시렁거리더니 내 쪽으로 공을 던졌다. 그런데 공이 머리 위로 날아가서는 벽에 세워놓은 프로판가스통에 부딪혀, 텅, 하고 소리가 났다. 내가 공을 줍기 위해 뒤뚱거리며 뛰어가자 둘이 낄낄거렸다.

"저 영감들이 미쳤나……"

나는 야구를 좋아했다. 그래서인지 초등학교 3학년 때, 아버지가 오비베어스 어린이야구단에 가입하라고 했다. 고향이 충청도 공주인 아버지는 야구를 싫어했지만 고향에 선산이 있으니 오비베어스를 응원해야 한다고 딱 잘라 말했다. 아버지 말대로 오비베어스 어린이야구단에 가입했다. 가입했더니 곰이 그려진 옷이랑 가방이랑 연필까지 줬다. 마치 내가 곰인형이 된 것처럼 몸에 온통 곰밖에 없었다. 그런데 1985년 1월, 오비베어스가 두산베어스로 바뀌면서 두산베어스는 서울로 연고지를 옮겼다. 충청도에 한화가 들어온 것이었다. 1990년, 초등학교 6학년 때였다. 아버지가 나를 불러 이번에는 한화이글스 어린이야구단에 가입하라고 했다. 종잡을 수 없었다. "아빠, 난 곰이 좋아요! 독수리는 무서워요!" 그즈음, 아버지는 고향에 남아 가업을 이어가라는 말을 뿌리치고 서울에서 양파즙이나 내리며 사는 자신을 후회하고 있었다. 그래서인지 자주 한숨을 쉬었고, 한숨 끝엔 씨벌,이라는 욕을 달았다. "이 씨벌……" 아버지 말대로 한화이글스 어린이야구단에 가입은 했지만 유니폼은 아주 지저분할 때까지 오비베어스 걸 입고 다녔다. 그러던 어느 날, 아버지가 나를 더러운 곰새끼라고 부르면서 마구 때렸다. 곰처럼 살이 좀 찌기는 했지만 어딜 보나 나는 곰이 아니었다. 우리 집에서 가장 좁은 벽장에도 충분히 들어갈 수 있었다. 아버지에게 곰이 아니라는 걸 보여주려고 벽장에 숨었다. 나는 벽장에서 '곰이 아니다, 곰이 아니다, 곰이 아니다' 하고 중얼거렸다. 그러다 보면 다리가 저려오면서 나도 모르게 방언이 터졌다. 울음 반, 곰에 대한 저주 반. 이런 나에게 아버지는 저 지저분한 곰새끼가 미쳤나, 하고 욕을 해댔다. 내가 나무를 잘 탔던 건 사실이지만 사람인 내가 어떻게 곰이 될 수 있겠는가. 그런데 며칠 뒤, 곰 한 마리가 벽장으로 들어왔다. 진짜인지 가짜인지 모르지만 내 눈에는 곰으로 보였다. 벽장 밖에서 누군가 목줄을 잡고 있어서 곰이 불편해 보였지만 심부름은 곧잘 했다. 벽장에 갇혀 주문을 외우듯 곰에게 명령하면 곰은 "밀짚모자를 쓴 노인에게 전하겠습니다" 하곤 금방 사라졌다. 주문한 일들이 조금씩 현실로 구현되었다. 내 첫번째 주문은 아버지의 어떤 모욕도 참을 수 있는 파워 에너지를 달라는 것이었고, 두번째 주문은 방과 후 아버지가 하는 〈건강원〉에 들어설 때마다 치밀어 오르는 메스꺼움에서부터 벗어나게 해달라는 것이었고, 마지막 주문은 구체관절 인형을 절벽에 내던졌을 때처럼 아버지가 조각조각 부서지는 것이었다. 이 주문들은 오래지 않아 이루어졌다. 아버지가 내 앞에서 얌전히 무릎을 꿇더니 입에서 피를 흘리며 쓰러졌다. 간암 말기였다. 〈건강원〉을 하면서 정작 당신의 건강은 챙기지 못한 모양이었다. 아버지가 돌아가시고 〈건강원〉은 문을 닫았다. 나는 학교에서 돌아오면 〈건강원〉 2층 방으로 가서 잠을 잤다. 그런데 고등학교에 입학한 뒤, 어느 날 밤, 나는 귀신에 씌인 듯 〈건강원〉 셔터를 올렸다. 그날부터 〈건강원〉 매출이 열 배나 뛰었다. 사과나, 배, 양파를 달여 팔던 아버지와 달리, 나는 염소, 개, 고라니, 고양이같이 몸에 좋다고 소문난 것들 중, 먹어보고는 싶지만 정작 자기 집에서 달이기에는 기분 나쁜 것들만 달여 팔았다. 메스꺼움이 사라지자 더럽고 잔인하고 고통스러운 것들에 참을성이 생긴 덕분이었다. 참을성에 군살이 박이자 은근슬쩍 쾌감마저 돋았다. 그런데 여름방학이 끝나갈 때쯤 교회 집사였던 어머니가 와서 이 지저분한 곰새끼가 무서운 게 없다고 마귀가 붙었다며 호통을 쳤다. 어머니가 싫었다. 이번엔 벽장에 들어가서 "엄마는 마귀야, 엄마는 십자가에 걸린 시체에게 기도하지" 하며 중얼거렸다. 그런데 벽장 문이 열리지 않았다. 몸으로 밀어도 봤지만 열리지 않았다. 살짝 보이는 문틈으로 안방 자개농에 새겨진, 소나무 정원을 거닐던 사슴만이 나를 빤히 들여다보고 있었다. 숨이 막혔다. 눈에 눈물이 고름처럼 붙어 있었다. 나에게 파워 에너지를 주던 곰에게 어서 달려와달라고 빌고 또 빌었다. 사흘쯤 지났을까. 내 기도가 통했는지 캄캄한 벽장으로 곰 한 마리가 야구방망이를 들고 허리를 구부정하게 숙인 채 들어왔다. 개집이 태풍에 넘어지듯 벽장이 쓰러졌고, 난 쓰러진 자개농을 밟고 걸어 나왔다.

"지금 곰이 와서 당신을 구해줄 거라고 믿어요?"

뒷마당으로 온 경찰이 따지듯 물었다.

"캄캄한 몸 안에서 나의 연대기를 완성하려는 누군가가 있습니다. 그들이 날 구해줄 겁니다. 내가 사고를 냈다는 증거를 보지도 못했고요."

"봤잖아요."

"순식간에 일어난 일이라 제대로 본 게 없습니다."

"자, 봐요."

경찰이 사진 한 장을 내밀었다. 누군가 침대에 누워 있는 사진이었다.

"누구죠?"

경찰에게 물었다.

"당신이 친 사람입니다."

"……"

"이 사람 참 딱하네."

그때 피해자의 삼촌이라는 사람이 찾아왔다. 유치장 벽에 세워 놓은 대걸레만 한 키에 허연 반팔 러닝과 감색 바지에 구정물을 뒤집어쓴 것 같은 더러운 검정색 외투를 걸치고 있었다. 엉덩이를 덮고도 충분한 외투가 껑충하게 솟아 있는 바람에 삼촌이라는 사람의 얼굴은 보이지 않았다.

"다친 애 삼촌입니다."

피해자 삼촌이 머리를 숙였다. 외투 뒷덜미에 공을 넣은 듯 불룩한 게 굴러다녔고, 소매가 손등을 덮어 마치 우의를 입은 듯 보였다.

"죄송합니다……"

일단 고개는 숙여야 했다.

"별말씀을……"

냄새를 맡듯 그가 겨드랑이 안으로 고개를 숙여 들릴락 말락 한 목소리로 말했다.

"저도 모르게 일어난 일입니다. 경위야 어떻든 큰 걱정을 끼쳐 드려 죄송합니다."

"걱정이 생긴 건 맞아요. 맞아, 걱정이야 걱정."

그는 안절부절 가만있지 못하는 성격이었다. 내 주변을 빙빙 돌며 혼잣말을 하다가 바짓단을 질질 끌며 느릿느릿 벽을 따라 걷기도 했다. 그러다가 나에게 와서는 불쌍한 조카가 척추를 크게 다쳤다는 말을 앵무새처럼 반복했다. 또 경찰이 들고 있던 차 키로 내 등을 꾹꾹 누르며 여자들 브래지어 라인을 따라 어깻죽지 양옆에 콩팥이 있고, 우측 아래에 간이 있으며, 목에는 한 개의 널따란 근육이 있는데 여기서부터 엉덩이까지 쭉 뻗은 게 척추라고 구시렁거렸다.

"척추가 얼마나 중요한지는 오징어도 아는 사실입니다!"

그는 흥분한 상태였고, 말을 반복하는 버릇이 있었다.

"제가 어떻게 하면 되죠?"

"글쎄……"

경찰이 유치장 뒷마당으로 접이식 테이블과 의자를 가지고 왔다.

"합의가 되면 부르세요."

피해자 삼촌과 나는 한동안 말없이 앉아만 있었다. 기도를 하듯 테이블에 올려놓은 그의 두 손 안에서 콩만 한 종이배가 나왔다. 그것은 은행 대기표를 접어 만든 것이었다.

"앞으로 조카에게 친구는 천장에 매달린 형광등밖에 없을 겁니다. 불 켜는 형광등, 똑딱똑딱 형광등."

이렇게 말한 뒤 그가 하늘을 쳐다봤다.

기다란 구름 하나가 태양을 가리고 있었다.

"죄송합니다."

어떤 식으로든 합의를 하긴 해야 하는데 뾰쪽한 방법이 떠오르지 않았다.

"죄송하다는 이야길 듣고 싶어서 이러는 거 아닙니다. 조카를 생각하니까, 오징어가 된 제 조카가 꿈틀꿈틀 화장실로 기어갈 걸 생각하니까……"

그는 다시 두 손을 모으더니 꼼지락거렸고, 이번에는 작은 비행기를 만들어 테이블 위에 툭 떨어뜨렸다.

"합의를 하시죠."

내가 말했고,

"네, 합의를 해야죠. 오징어를 위해서라도 합의를 해야죠."

그가 대답했다.

"제가 가진 게 없어서……"

이 말은 사실이었다. 아버지가 돌아가신 뒤 교회 집사였던 어머니는 듣도 보도 못한 신학대학을 졸업한 후 목사가 되었다. 그리고 〈건강원〉에서 번 돈을 보증금으로 해서 40평 남짓 되는 교회를 차렸다. 그런데 몇 달이 지났지만 신도는 나 하나밖에 없었다. 어느 날, 엄마가 조용히 나를 제단 앞으로 불렀다. "얘야, 넌 왜 십일조를 안 내니?" 엄마는 목사로서 하나뿐인 신자에게 최대한 공손하게 말했다. "어린 목동을 입혀주고 먹여줬으면 십일조는 내야 하잖아. 널 위해 하나님이 힘쓰신 걸 생각하면 하늘나라에서 여기까지 왕복 차비라도 드려야지." 흉흉한 소문 때문에 〈건강원〉 문을 닫은 뒤였다. 하는 수 없이 나는 친구 소개로 얻은 아르바이트를 하기로 했다. 동서울 톨게이트에서 부산 톨게이트를 지나 광안대교 끝나는 곳까지 자동차 경주를 하는데 옆 좌석에 동석하는 일이었다. 차에 타서 잠을 자도 되고, 음악을 들어도 되고, 만화책을 봐도 상관없다고 했다. 서울에서 부산까지 3시간, 길어야 3시간 30분만 차에 앉아 있으면 부산에 도착해서 시간당 10만 원을 준다고 했다. 게임의 객관적인 목격자가 필요하다고. 동서울 톨게이트에 두 대의 차가 서 있었다. 그중 한 대에 올라탔다. 내가 탄 차가 출발하고 곧바로 다른 차가 톨게이트를 빠져나오면서 경주가 시작되었다. 한여름 밤이었다. 차 안은 숨 쉴 수 없을 정도로 더웠다. 차는 시속 180킬로미터에서 220킬로미터를 오락가락하며 달렸다. 차가 얼마나 빠른지 담뱃불도 붙이기 힘들 지경이었다. 딱 한 번 휴게소에 들렀다. 순전히 주유하기 위한 것이었다. 차가 빨간 불빛들 사이를 비집고 들어가서 바짝 차량 꽁무니로 따라붙으면 앞차가 비켜줬고, 그러면 굉음을 내며 차가 튕겨나갔다. 마치 우주를 향해 달려가는 왕복 우주선에 탑승한 기분이었다. 시간이 흐를수록 속도감이 느껴지지 않으면서 삶이란 검정 비닐봉지에 담길 정도밖에 안 되는 거구나, 하는 탄식을 토하기도 했다. 또 나라는 존재는 과거와 미래에서부터 어떤 간섭이나 인연이 없는, 오롯이 혼자 존재하는, 사물의 질감이나 냄새가 없는, 무(無)를 떠도는, 불안 그 자체였다. 게다가 내가 창문 너머의 세상을 예측하는 순간 이미 거기에 가 있는, 신통한 경험을 맛봤다. 나에게 이런 능력이 잠재되어 있었다니. 그런데 내가 탄 차가 게임에서 졌다. 광안리 방파제 앞에 차를 대놓고 담배 한 대를 피우자 상대편 차에서 얼굴이 시꺼먼 사람이 다가와서 돈이 든 알루미늄 가방을 달라고 했다. 내가 뒷좌석에 있던 돈 가방을 건네줬다. 옆자리 운전수가 나에게 편의점에서 맥주 두 병을 사오라고 시켰다. 각자 한 병씩 시원하게 마신 후, 운전수가 차를 바다로 몰았다. 나는 이것을 일종의 게임 뒤풀이라고 생각했다. 붕 하는 굉음을 내며 바다로 달려들자 갑자기 세상이 환하게 밝아졌다. 바가지만 한 거품이 축포처럼 막 터지더니 조금씩 가라앉았다. 옆에 탄 사람은 담배를 입에 문 채 머리를 긁적였다. 내가 그 사람에게 십일조를 내러 가야 한다고 발을 동동 굴렀다. "씨발, 예수가 있으면 내가 지금 이러고 있겠어? 씨발, 전세금 탈탈 털어서 왔는데, 내 막장 인생을 걸었는데, 이게 뭐야! 씨발, 꺼져!" 그 사람이 문을 열어주며 꺼지라고 했다.

이 꿈같은 사건 뒤로 나는 돈 버는 일을 그만두고 집에만 틀어박혀 살았다. 화가 난 어머니가 날 교회로 끌고 가서 목사에게 "이 놈이 마귀가 씌었으니 르완다나 모잠비크에 전도사로 보내주세요" 하고 말하자 목사가 말씀하시길, "교회에서 한 달에 한 명씩 보내는 뉴질랜드 유학생에 추천해주겠습니다" 했다. 나는 뉴질랜드로 유학을 떠났다. 그리고 어머니가 돌아가시고 5년 뒤, 〈건강원〉으로 돌아와서 번역을 하다가 애인 수지마저 남미로 여행을 떠난 뒤, 다시 우두커니 창밖만 쳐다봤다. 집 안에만 있다고 할 말이 없는 게 아니었다. 집 안에 있을수록 말이 몸 안에 차곡차곡 쌓였다. 어쩌다 내 삶은 활짝 피지도 못한 채 집에 갇혀버렸을까. 어둠이 내 몸에 들끓던 모든 불화를 매립했다. 그래도 남은 불화의 뼈 같은 건 이른 아침에 들짐승들이 주워 물고 산으로 달아났다. 밤새 술을 마시며 말라비틀어진 멸치를 씹었다. 그런데 한 달 두 달 시간을 보내다 보니 담배 살 돈마저 떨어졌다. 그래서 슬금슬금 동네를 배회하다가 처지가 비슷한 교회 친구들이랑 포커를 하기 시작했다. 포커라면 자신 있었다. 말버러 한 갑으로 시작한 포커판이 기세등등해져 결국 부모님이 물려준 〈건강원〉까지 걸게 만들었다. 하지만 금방 포커판에서 나와 신발을 꿰차야 했다. 그때 교회 목사 아들이 나에게 선산 땅을 팔아보는 게 어떻겠냐고 제안했다. 장롱 깊숙한 곳에 있던 땅문서를 가지고 다시 포커를 쳤다. 처음에는 선산에 소나무를 담보로 돈을 빌려 포커를 쳤고, 그것들을 다 잃자 이번에는 밭, 석물들, 봉분을 제외한 선산을 팔기에 이르렀다. 아무리 팔아도 포커판에 오래 머물지 못했다. 결국 봉분을 팔기로 했다. 어머니 봉분부터 팔았다. 어머니 봉분은 최근에 세워져서 비싸게 백만 원을 쳐줬다. 다음은 80만 원에 아버지를, 할아버지를 50만 원에, 할머니를 40만 원에, 그렇게 시작된 봉분 팔기는 20대까지 올라갔다. 그리고 마지막 21대 할아버지와 할머니 봉분을 팔아 포커를 쳤는데, 그때부터 조금씩 돈을 따기 시작했다. 그날 밤, 잃은 돈을 모두 되찾아 집으로 돌아왔다. 돈이 생기자 집 밖으로 나가고 싶었다. 차를 끌고 동물원에도 가고 싶고, 조카가 운영한다는 〈퇴촌식물원〉에도 가고 싶었다. 그 전에 할 게 있었다. 운전면허증을 따야 했다. 전봇대에 붙은 '운전면허 3일 완성'이라는 전단지를 봤다. 전화를 걸었더니 다음 날 새벽에 보라매공원 앞으로 나오라고 했다. 보라매공원 앞에서 자동차학원 버스를 탔다. 버스는 동서울 톨게이트를 빠져나가 세 시간 만에 전라남도 임실군에 도착했다. 3일 만에 면허증을 딸 수 있다는 사실만 알았지 자동차운전학원이 전라도 임실에 있다는 건 처음 알았다. 버스가 비탈진 길을 올라가자 산 정상이 보였다. 보통 자동차운전학원과는 달랐다. 식사를 하고 나자 어두워지기 시작했다. 이때 내가 숙소에서 잠을 잤는지 뭘 했는지 아리송했다. 어쨌든 내가 기억하는 건, 산 정상에 서 있었다. 신호등 앞에는 빨간 모자를 쓴 남자가 서 있다가 빨간색, 파란색 하며 말로 신호를 바꿔줬고, 흙바닥에 횟가루로 라인을 그어놓았다. 공기는 맑았지만 자칫 실수라도 하면 차가 산 밑으로 추락할 수 있었다. 조교가 트럭에 올라탔다. "이것은 액셀러레이터입니다. 밟으면 앞으로 나갑니다.

이건 브레이크입니다. 밟으면 차가 섭니다. 자, 이인 일조로 출발해보겠습니다!" 이게 운전교육의 전부였다. 나는 어떤 여자와 함께 트럭에 올라 운전교육장을 한 바퀴 돌았다. 문제는 옆에 탄 여자였다. 핸들을 처음 잡아본다던 여자는 식은땀을 뻘뻘 흘리더니 액셀러레이터를 힘껏 밟았다. 차는 그만 부앙 소리를 내며 산 밑으로 곤두박질쳤다. 그때 나는 처음으로 산에 나무들이 참 많다는 걸 알았다. 또 뚱뚱한 나무는 없다는 사실도 알았다. 차창 옆으로 쏜살같이 내달리는 나무를 보며 이제 죽었다고 생각하는 찰나, 떡갈나무 한 그루가 차 앞으로 뛰어들듯 나타났다. 그리고 떡갈나무 둥치에 차가 정면으로 부딪혔다. 내가 앞 유리를 뚫고 밖으로 나갔고, 여자는 앞 유리에 부딪힌 뒤 열린 문으로 튕겨 나갔다. 새소리가 늘어난 낡은 테이프처럼 흐느적거리며 들렸다. 현기증이 났다. 산 정상에서 빨간 모자를 쓴 사람들이 듣도 보도 못한 욕을 해대며 비탈을 미끄러져 내려왔다. "씨발!" 누군가 버럭 화를 내며 고함을 질렀고, 누군가 "좆 같은 새끼가 여기서 지랄이야, 씨발, 개잡놈들이 똥물에 밥을 튀겨 먹었나, 왜 이런 난리 블루스를 추고 지랄이야!" 버럭 소리를 지르더니 내 옆에 있는 여자의 목에 침을 뱉었다. 그리고 그들은 근처에서 오랫동안 다투었다. 빨간 모자를 쓴 사람이 낙엽들을 주워 모았다. 결국 포커판에서 번 돈을 정화조 맨홀 뚜껑이 헐겁던 어느 병원에 치료비로 다 털어넣어야 했다.

"가족 중에 누가 좀……"

피해자 삼촌이 말했다.

가족이라고 해봤자 내가 태어나기도 전에 가출했다가 15년 만에 집으로 무사히 귀가한 형밖에 없었다. 형이 대문을 발로 차고 들어왔을 때, 등에 용 문신이 있었는데 두 마리의 용이 등짝에서 엉겨 붙어 싸우다가 셔츠 첫번째 단추가 있는 곳에서 용 두 마리가 야구공을 물고 히죽 웃고 있었다. 형은 다행히 한화 팬이었고, 같은 한화 팬이었던 아버지는 가출한 형을 쉽게 용서했다. 집에서 이틀 자고 다시 가출한 형은 5년쯤 뒤 한 번 더 대문을 박차고 들어왔다. 그때는 이미 어머니와 아버지가 돌아가신 뒤였다. 당시 친척이라고는 쌍문동 어느 초등학교에서 허드렛일을 하시던 외삼촌뿐이었다. 그런데 외삼촌은 그만 화목장에 베어놓은 나무가 굴러와서 나무에 깔려 돌아가시고 말았다. 외삼촌 집에 대가 끊길 것을 걱정한 외가 쪽 먼 친척들이 경기도 광주시 퇴촌면에 있는 문중 식물원을 잘 관리하면 먹고는 산다며 형을 외삼촌 집으로 입양해오는 게 어떻겠냐고 물었다. 하필 왜 형일까. 그것은 형이 처음 가출했을 때 탁아시설에서 새로 이름을 지었는데 작명술에 젬병이었던 형이 퍼뜩 떠오른 이름이 이영수라고, 외삼촌 이름으로 개명했기 때문이었다. 형은 가방 하나에 옷가지 몇 개를 집어넣고는 외삼촌 집으로 입양되어 갔다. 성과 본이 일치했으므로 자주 동사무소를 들락거릴 필요도 없이 외삼촌댁으로 가서 결혼을 하고 딸을 하나 낳았다. 그 뒤, 1년에 여덟 번씩 제사를 모시며 살다가 얼마 전 교통사고로 부부가 죽고, 조카인 딸아이를 먼 친척이 식물원 근처에서 맡아 키우고 있었다. 친척이 없다고 친구가 많은 것도 아니었다. 선뜻 지갑에서 돈을 꺼내줄 인심 좋은 친구는 더더구나 없었다.

"사실, 저도 피해자입니다."

한숨처럼 터져나온 말이었다.

"무슨 말이죠?"

나는 그에게 기면증에 대해 설명했다. 시도 때도 없이 잠에 사로잡힌다고, 이 잠이라는 게 어떤 형체와 세계를 가지고 있다고 말했다. 나에게 졸음은 그쪽 세계에서의 호출이며, 비록 꿈이지만 나에게는 멋진 정원이 있고, 정원사와 시중을 드는 곰도 있다고 말했다.

"농담할 때가 아닙니다. 당신이 차로 친 이 사람의 조카는 지금 생사의 갈림길에 놓여 있다고요!"

갑자기 뒷마당으로 경찰이 달려와서 버럭 소리를 질렀다.

"제가 가해자가 아니라 피해자가 될 수도 있잖습니까!"

"무슨 근거로 그런 말을 하죠? 병상에 누워 있는 이분의 조카를 보고도 그런 말이 나오나요?"

"날 강제로 잠에 들게 하는 또 다른 가해자가 있다면요?"

나는 사뭇 진지하게 말했다.

"세상에 그런 사람은 없습니다. 당신 옆자리에는 아무도 타지 않았고요. 증거가 있으면 내놓으세요."

경찰이 히죽 웃었다.

"증거요?"

"당신을 강제로 잠들게 한 사람을 증명할 수 있으면 믿어주겠습니다."

증명할 게 많았던 것 같았는데, 마땅히 꺼내놓을 게 없었다.

"꿈에 누가 나타난다고요."

손으로 머리를 짚으며 심각하게 말했다.

"그 사람을 봤습니까?"

"꿈에서 본 거라 기억이 가물가물하지만, 보면 알아볼 수 있을 겁니다."

피해자 삼촌과 경찰이 무표정하게 서로를 쳐다봤다.

"또 정원사를 말하시는군요."

경찰이 말했다.

"정원사 말고도 있어요."

"당신이 말한 지저분한 곰이겠죠."

"그들 말고요, 힐끔힐끔 날 쳐다보는 누군가……"

경찰이 툴툴대며 다시 들어가버렸다.

잔뜩 구름이 낀 게 금방이라도 비가 내릴 날씨였다. 하품이 났다. 하품 끝에 살짝 현기증이 묻어났다.

"그 사람은 바로 당신이잖아요."

피해자 삼촌이 팔짱을 낀 채 어눌하게 말했다.

"내가 꿈을 꾼다고 해서 꿈속에 그 등장인물이 나라는 보장이 있나요?"

"그럼 누군데요?"

"나도 모르죠."

"꿈을 대신 꾸는 것도 아닌데, 자기가 꾼 꿈에 주인공이 자기가 아니면 누구란 말이죠?"

"내 말을 믿질 못하는 모양이군요."

이 대목에서 나는 살짝 긴장할 수밖에 없었다. 피해자 삼촌에게 빌어도 될까 말까 한 판국에 믿음을 측량했으니, 해서는 안 될 말을 한 꼴이었다.

"정원이 진짜 있나요?"

피해자 삼촌이 테이블 모서리를 만지작거리며 물었다.

"당연하죠. 정원에는 내가 남미까지 가서 구해온 카리브 해 소나무도 있고, 바오바브나무랑 야자수도 있어요."

잠시 주변이 쥐 죽은 듯 조용했다.

"그 정원을 나에게 파세요."

그가 테이블 모서리에 침을 찍어 바른 뒤 두 팔 위에 턱을 올려놓고 기다렸다. 모서리로 개미 한 마리가 기어왔다. 그가 손가락으로 개미를 잡아 종이배에 태웠다.

"어디 아프세요?" 하고 내가 물었다.

"아프긴요……" 하고 그가 다시 테이블 모서리에 침을 찍어 발랐다. 농담이라고 생각했다. 이런 농담으로 시간을 축낼 것이 아니었다. 빨리 돈을 구해서 합의를 봐야 했다.

하지만 아무리 머리를 굴려봐도 돈 나올 구석이 없었다. 5년 전부터 나는 사전을 뒤져가며 틈틈이 영어를 한글로 번역하는 일을 했다. 원고지 장당 3천 원씩 번역비를 받아 생활비에 보태 쓰면 금세 빈털터리가 되었다. 간혹 전집류의 번역이 들어왔지만 그것들 중 대부분은 고대 희랍어를 영어로 중역한 작품들이었다. 아리스토텔레스의 수사학을 번역할 때는 희랍어를 영어로 번역할 때 당시까지만 해도 어떤 단어가 물리학이었는데 근래에 와서 생물학으로 변하는 통에 책이 출간된 뒤 편집자에게서 무식하다는 소리를 들었고 결국 번역료를 절반도 받지 못했다. 또 영국식 영어나 프랑스어를 영어로 중역한 문장은 쉼표가 잦았는데 기껏 번역을 해서 출간을 해놓으니 어느 독자가 쉼표가 많아서 금붕어처럼 숨만 쉬다 보니 책의 흐름이 엉망진창이라며 출판사와 나에게 항의

성 메일을 보냈다. 이것 때문에, 번역료는 겨우 받았지만 출판사에서 더는 번역을 맡길 수 없다고 나에게 문자 메시지를 보냈다. 고난은 여기서 끝나지 않았다. 내가 번역한 책이 출간되자 교통방송에서 새로 나온 책을 소개하는 출판평론가에게서 대뜸 전화가 걸려왔다. 아침 생방송을 하다가 기침을 했다는 것이었다. 그 평론가는 기침이야 누구나 하는 것이지만 번역을 할 때 내가 감기에 걸리거나 결막염에 걸리지 않았느냐고 코를 훌쩍거리며 물었다. 사실 감기에 걸려 이불을 덮어쓰고 번역에 매달린 책이었다. 그는 크게 화를 냈고, 자신이 이 바닥에서 20년간 이 일만 해온 출판평론가이기 때문에 책의 냄새만 맡아도 작가나 번역가의 방 구조, 건강 상태, 흡연 여부를 훤히 꿰뚫는다고 소리쳤다. 앞으로 진지하게 독서하는 사람들이라고 해봐야 자신들과 같이 직업적으로 책 읽는 출판평론가들밖에 없을 테니, 책머리에 전문 독서가를 위해 일러두기를 꼭 해두라고 말했다. 예를 들어 치통을 앓는 중이었다거나, 이삿짐을 싸는 바람에 몸에 파스를 바르고 번역을 했다거나, 72쪽은 상갓집에서 번역을 했으니 독서 후 영가(靈駕)가 붙을 수 있다거나, 188쪽은 눈병을 옮길 수 있으니 선글라스를 꼭 착용하라는 것들. 특히 내가 번역한 책은 마치 싸구려 마스카라를 한 여자의 얼굴 같아서 군데군데 잉크가 번지거나 흘러내려 책을 다 읽고 나면 자신의 코가 주물공장의 굴뚝처럼 새까맣게 된다고 짜증을 냈다. 또 내가 번역한 책만 유독 습기가 많아서 책을 펼치면 책 등이 금방 뜯겨나간다는 것이었다. 이 이야기들은 고스란히 출판사에 전달됐다. 게다가 그 출판사에서 석 달 전에 번역해서 출간된 책을 페이스북에 올렸을 때 내가 '좋아요'를 한 번도 클릭

하지 않아 뚱뚱한 편집자와 관계가 좋지 않던 참이었는데, 이 일로 그 출판사의 번역 일이 완전히 끊겨버렸다. 이러니 내가 돈과 가까워지려야 가까워질 수 없었다.

"정원을 나에게 파시죠."

"……"

그가 재차 물었지만 나는 대답하지 않았다.

"정원이 없는데 거짓말을 한 건가요?"

삼촌이라는 사람이 고개를 젖혀 한쪽 귀를 툭툭 때리자 귀청이 쏟아졌다.

"내가 거짓말이나 하고 다니는 사람으로 보입니까?"

"정원을 나에게 팔면 합의를 해줄게요. 오징어가 된 조카를 생각해서라도 그 멋진 정원을 저에게……"

사실 말을 안 해서 그렇지, 이게 웬 횡재냐 싶었다. 그리고 그에 대한 내 판단들이 모두 사실이라는 것도 증명되었다. 그는 바보 천치가 틀림없었다.

"좋아요!"

뜸을 들이던 내가 무거운 짐을 내려놓듯 후련하게 대답했다.

"고맙습니다."

어수룩한 그가 머리를 숙인 채 콧구멍에 손가락을 넣어 빙글빙글 돌렸다.

"좀 아깝기는 하지만 내가 가진 게 그것밖에 없으니 어쩔 수 없죠. 보기보단 흥정을 잘하시네요."

"그런가요……"

밤에 눈을 감으면 어둠이 다가왔다. 심야버스를 기다리듯 조용히 어둠 안에 서 있으면 잿빛의 흐물흐물한 계단이 나오고, 아주 먼 곳에서 노란 문고리처럼 생긴 빛이 반짝였다. 그 빛을 따라가면 꿈의 세계에 도착했다. 펼치면 다음 이야기가 나오는 책처럼 꿈과 현실은 앞뒤로 이어진 한 덩어리의 삶이었고, 한 페이지를 찢어버린들 문제 될 게 없었다.

꿈 안에 있는 정원을 팔라고 하니 실실 웃음이 나왔다.

"그런데……"

다짐을 받아둘 필요가 있었다. 여기는 경찰서이고, 합의서에 빨간 지장을 찍을 때쯤이면 외투를 푹 뒤집어쓴 피해자 삼촌보다 내가 몇 배는 더 치사한 인간으로 손가락질 받을 게 불을 보듯 뻔했기 때문이었다.

"이봐요."

나는 손가락을 튕기며 그의 시선을 모았다.

"네."

"내 정원을 사주신다니 고맙긴 한데, 내가 말했던 정원은 그림자에 불과합니다. 내 뒤를 졸졸 따라다니는 충실한 개 같은 존재입니다. 그 개들 중 한 마리를 당신에게 판다고 문제 될 건 없지만, 어느 날 밤, 그 개가 당신네 담을 뛰어넘어 우리 집 대문을 발로 차고 되돌아올 수 있습니다. 이건 정원을 소유하고 있는 사람으로서 충분히 예측 가능한 일입니다."

이 정도 우려는 미리 일러두는 게 좋을 듯싶었다.

"그림자를 사려고 했다면 평수가 넓은 기린이나 코끼리 그림자를 샀겠죠. 안 그래요? 흙탕물에 뒹구는 물소 그림자는 또 얼마나 짙겠어요."

"아!"

감탄할 수밖에 없었다. 또 한편으로는 그가 많이 모자란 사람일 거라는 생각에 살짝 금이 갔다. 작은 덩치에 나사가 빠져 보이는 그의 입에서 코끼리나 기린이라는 단어가 술술 나오는 것 자체가 경이로웠다.

하지만 두 어깨에 수북한 비듬과 어눌한 말투와 손가락을 꼼지락거리면서 만들어내는 종이 인형을 보며 이 사람의 이성적 판단이나 생각의 깊이가 나에게 그리 큰 위해로 다가오지 않을 거라는 느낌을 받았다.

"정원을 사서 뭘 할 겁니까?"

예의상 물어봐야 할 것 중 하나였다. 그리고 이 말이 그에게 전해지는 순간 정원은 꿈속 허깨비가 아니라 실재로 부각될 것이었다.

"거기다 호수를 만들 겁니다."

우리의 대화는 죽이 맞았다.

"호수, 잔잔한 호수라고 하셨죠?"

"네."

금붕어를 키우든 오리를 키우든 그건 내가 상관할 바 아니었다. 눈만 뜨면 사라지는 그 정원을 두고 나름 계획을 세웠다는 사실만으로도 그가 어떤 사람인지 대충은 짐작이 가는 대목이었다. 국가에서부터 급여를 받는 사람은 아니었고, 사회에서 주목받는 사람도 아니었다. 연금이나 보험으로 미래를 보장받은 사람은 더더구나 아닌, 공동체로부터 떠밀려난 사람이었다. 정신의 노숙자라고 불러도 좋을 부류의 사람이 틀림없었다.

"정원에 호수를 만들어서 거기로 배가 들어오게 할 겁니다. 그러면 저는 배를 타고 여길 영영 떠나겠지요. 영영."

"여행을 떠나신다는 말씀입니까?"

"여행이라……, 비슷한 거죠."

여길 영영 떠날 사람이 꿈 안에 정원을 사서 뭘 어쩌겠다는 건지, 도통 셈이 되지 않았지만 어렵사리 만난 고객의 로망을 속속들이 알 필요는 없었다.

"멋지네요."

나는 다시 여기가 부동산중개소가 아니라 경찰서 뒷마당이라는 사실을 일깨워줬고, 정원은 내 꿈 안에 있기 때문에 지번을 묻거나 임대차계약서 따위에 서명을 하라며 왈가불가하는 일은 없어야 한다고 지나가는 말로 다짐까지 받아뒀다. 또 정원에 야구장과 햄버거 가게가 있었는데 세월이 흘러 폐허가 되었다고도 말해줬다. 나중에 수리비를 청구하거나 원래대로 변상을 하라고 하면 안 된다고 쐐기를 박았다.

"그런데, 어떻게 해야 계약이 되죠?"

그가 바지 주머니를 벌려 종이 인형들을 모두 쓸어 담으며 나직이 물었다.

"항아리가 내 몸이라고 생각하고, 항아리 밑에 천이 있어요. 내가 항아리를 살짝 들어주면 당신이 잽싸게 천을 빼는 겁니다. 쉽죠?"

"잽싸게? 아, 손이 아주 빨라야겠네요…… 네, 할 수 있어요."

그의 목소리는 들떠 있었다. 그래서인지 외투가 출렁거렸다.

"그런데……"

이번엔 그가 뜸을 들였다.

"뭐가 또 남았나요?"

"슬쩍 보여주기만 하고 줬다고 우기면 어쩌죠?"

그가 손톱으로 턱수염을 뽑았다. 다 된 밥에 코 빠뜨릴 일은 없어야 했다.

"제가 그렇게 파렴치한으로 보이세요? 정원사와 곰까지 양도하고 경품으로 정원 앞에 있는 멋진 집도 드리겠습니다. 됐죠?"

"꿈 밖으로 이전도 가능한가요?"

"설마요."

"안 되나요?"

점입가경이었다. 아무리 철이 없기로서니 이 정도일 줄은 몰랐다. 그래도 경찰서에서부터 그가 품은 희망을 빼앗을 필요는 없었다.

"일단 합의서에 지장을 찍고 구체적인 건 경찰서 밖에서 이야기합시다. 솔직히 정원을 옮기는 방법이 핵심인데, 합의도 안 한 상태에서 내가 이야기를 다 해줬다가 만약 합의가 안 되면 나는 빈털터리가 되잖아요."

내가 살짝 슬픈 표정을 내비쳤다.

"아, 그렇군요……"

경찰이 보는 앞에서 합의서에 지장을 찍고, 경찰서에서 나왔다.

경찰서 앞에 트럭이 서 있었다. 곤색 바지를 입은 사람들이 트럭에 작은북을 싣고 있었다.

3

희끗희끗 잿빛 먼지가 날리는 거 빼고는 괜찮은 날씨였다. 경찰서 앞 벤치에 앉았다. 그에게 날 믿느냐고 물었다. 그는 햇빛에 반짝이는 건 믿을 수 없다고 말했다. 햇빛에 반짝이는 건 그림자가 존재한다는 말이고, 그림자가 존재하는 건 식물처럼 햇빛을 좇으며 산다고 했다. 그의 말을 종합하면 금방 시들어버릴 것들은 믿지 않는다는 것. 그러거나 말거나 나는 담배를 피우며 슬슬 이 키 작은 남자를 어떻게 따돌릴까 기분 좋은 고민에 빠졌다.

"달수라고 했지? 나이도 같으니 이제 말 놓자고."

합의서에 그의 이름은 김달수, 서른여덟 살 동갑이었다.

"그러지 뭐."

달수가 흔쾌히 받아들였다.

그날은 4월 세번째 목요일이었다. 날짜를 기억해둬도 나쁘지 않을, 아주 홀가분한 날이었다. 멀지 않은 곳에 택시가 서 있었다. 노란 플라스틱 바구니를 실은 오토바이도 서 있었고, 가까운 곳에 버스 정류장도 보였다. 그에게 내가 살아온 이력을 이야기해주면 충분히 나를 놓아주리라 생각했다. 이런 자신감은 그동안 읽은 책에 의지한 부분이 컸다. 책은 칼을 사용하지 않고도 진실을 말하는 법을 알려줬고, 책에 실린 인문학적 지식은 과거를 통해 현재와 미래까지 설득할 수 있다고 믿었다. 특히 무지몽매한 사람들에게는 단 몇 개의 문장만으로 정신을 무장해제시키는, 설득의 비법을 알고 있었다. 그래서 나는 손바닥으로 그의 머리를 지그시 누르며, "나는 오랫동안 고독과 함께 지냈다. 나는 침묵마저 잊어버렸다" 하고 말한 뒤, 슬픈 표정을 지으며 "복수의 욕망에 시달리는 광풍보다 차라리 기둥에 묶인 고행자가 행복하다"고 말했지만 알아들을 기미가 보이지 않아서 아무래도 이 일은 여기에서 끝을 내는 게 피차간에 좋을 거라고 쉽게 말했다.

"합의는?"

이런 반응은 당연했다. 내 언변에 자신의 삶이 축소된다는 걸 느끼지 못할 머저리는 없었기 때문이었다.

"지나간 말은 죽은 말이야. 흐르는 강물에 우리 둘이 오줌을 싼 거랑 같은 이치지. 우리의 합의는 여기서 끝난 거야. 꿈속 정원은 저 신호등처럼 깜빡일 뿐이지 실제로 존재하는 건 아니거든. 물론 그때는 존재했을지는 몰라도 지금은 또 다른 것으로 변했을 거야. 왜냐고? 정원이 있는 곳은 흐물흐물한 꿈이니까."

"지나간 말이 정말 죽었을까?"

적절한 질문이었다.

"당연하지. 말은 배고픈 고양이와도 같아서 한곳에 오래 머물지 않아. 사라질 뿐이야."

"사라진 말들이 길 모퉁이에서 침묵하는 게 아니고?"

외투 밖으로 머리카락 몇 올만 내민 그의 말이 점점 시비조로 변하고 있었다.

"이래서 시어도르 카진스키* 같은 문명혐오주의자가 폭탄 테러

---

* 유나바머UnABomber로 알려진 시어도르 카진스키는 미국 하버드대 출신의 수학 천재로 버클리대 교수를 지낸 인물이다. 현대 문명이 인류를 파괴한다는 문명혐오주의자로 20여 년간 숲 속 오지에서 은둔생활을 하며 1978년부터 1995년까지 16회에 걸쳐 컴퓨터 종사자 등

를 한 거야. 텔레비전이 사람을 다 버려놨어. 꼬질꼬질한 너랑 말쑥한 내가 문화적 차이가 없다면 이게 말이 된다고 생각하니? 인쇄술의 발달로 침묵하는 사람들이 지식을 숨긴 지성인으로 분장되곤 하지만, 넌 아냐. 내가 너 같은 부류의 사람들을 잘 아는데, 넌 네가 하는 말이 무슨 말인지도 모른 채 나불거리는 거야. 일방적이지. 텔레비전에서 떠들어대는 도덕군자와도 같은 이야기는 중학생들이나 들으라고 하는 말인데, 지금 네 생각의 8할이 빼빼로를 먹으며 텔레비전에서 주워들은 거야. 이걸 우리는 개똥철학이라고 부르지. 이 사회에서 개똥철학자들은 그냥 가만히 있으면 돼. 나섰다가는 콩밥만 먹어. 그러니 더 후회하기 전에 여기서 끝내자. 조카가 입원한 병원에는 다음 주에 한번 들를게. 아, 조카에게 바나나우유도 사갈 거라고 말해줘. 그리고 병원비는 자동차 보험회사에서 알아서 할 거야. 고맙다, 친구야!"

조카가 바나나우유를 좋아할까 하는 생각은 병원에 있을 편의점 앞에서 해도 늦지 않을 것 같았다.

"합의는 어쩌고? 꿈속 정원을 밖으로 이전시키는 건 어쩌고?"

짜증이 확 밀려왔다.

"이 친구가 정말! 꿈 안에 있는 정원을 판다는 게 말이 되니? 지금 이게 말이 된다고 생각하니?"

"금방까지만 해도 네가 정원에는 카리브 해 소나무도 있고, 야자수도 있고, 또 바오바브나무도 있다고 했잖아."

주로 과학기술과 관련 있는 사람들에게 우편물 폭탄 테러를 감행해왔다. 초기에 주로 대학과 항공사를 공격해 대학University, 항공사Airline와 폭파범Bomber의 Un+A+Bomber로 조합, 유나바머로 불렸다.

"그래서? 내 꿈에 있는 정원을 삽으로 파가겠다는 거야 뭐야?"

"합의했잖아. 엄마가 약속은 지켜야 한다고 했어."

"넌 친구 사이에 밥 한 그릇 먹자, 술 한잔하자고 하면 정말 밥도 먹고 술도 마셔야 되는 거야? 네가 이야기했잖아. 우린 친구라고! 친구 사이에 이 정도는 봐줄 수 있잖아? 안 그래?"

"약속은 약속이야."

금방이라도 울음을 터뜨릴 표정이었다.

"아니, 내 말은……, 정원에 낙타가 있든 예쁜 골프장 캐디가 있든 그야말로 한낱 꿈이야. 눈만 뜨면 지도 한 장 남지 않는 세계라고. 너도 꿈을 꾸잖아. 거기에 내가 말한 정원이 있는 거야. 꿈에 본 정원을 매매한다는 게 웃기지 않니?"

"그러지 마, 무서워."

그가 고개를 푹 숙였다.

"달수야, 미안하다. 우리 여기서 제발 찢어지자. 꿈속 정원은 솜사탕이야. 햇빛만 봐도 금방 녹아 없어지는 게 정원이야. 경찰서에서 한 말은 내가 사과할게. 달수야, 내가 잘못했어."

"꿈은 상하지 않아. 꿈은 유통기한이 없는 통조림이거든."

"그래그래, 네 말도 백번 맞아. 어쨌든 내가 사과할게."

"하늘이 두 쪽 나도 약속은 지켜야 해."

거머리가 따로 없었다.

"친구야. 합의서대로 내가 약속을 지킨다고 치자, 네가 무슨 수로 내 꿈속 정원을 가지고 갈래?"

"항아리를 들면 내가 잽싸게 천을 뺄게."

"이 바보야, 그건 내가 지어낸 말이야. 비유를 한 거라고. 비유

몰라? 너 국어책은 읽고 살았니? 꿈속에 있는 정원이 어떻게 항아리가 될 수 있겠니?"

"은유겠지. 은유는 설득하기 위한 몇 개의 증거자료야. 가능성이 있다는 말이지."

"이게 미쳤나……"

보통내기가 아닌 성싶었다.

"할 수 없지. 항아리를 깨버려야지."

그가 외투 밖으로 천천히 머리를 빼냈다. 움푹 들어간 눈에 빨간 핏줄이 금방이라도 끊어질 듯 팽팽했고, 떡진 머리카락 사이로 열십자 모양의 하얀 두피가 드러났다. 엉망인 외모에 비해 얼굴은 창백할 정도로 하얬다.

"뭘로?"

"망치."

"망치로 어떻게?"

"머리를 깨야지. 채칼로 머리를 썰어야지. 머릿속에 든 걸 꼬챙이에 걸어 담벼락에 늘여야지."

그의 두 눈이 날 쏘아봤다.

그때였다. 거렁뱅이 하나가 달수 턱밑으로 모자를 내밀고는 짤랑짤랑 흔들어댔다. 달수가 들릴락 말락 한 목소리로 "꺼져" 하고 말했지만 거렁뱅이는 들은 척도 하지 않았다. 달수가 외투 안으로 손을 집어넣어 뭉툭한 걸 꺼내서 거렁뱅이의 뒤통수를 후려쳤다.

"꺼지라면 꺼질 것이지! 씨불탱이가……"

달수가 중얼거렸다.

거렁뱅이가 들고 있던 모자를 짤랑 떨어뜨리며 쓰러졌다. 그리고 꿈틀꿈틀 건물 뒤로 느리게 기어가던 거렁뱅이가 건물 모퉁이에서 신발만 보인 채 움직이지 않았다. 계속 지켜봤지만 그 뒤로 신발은 그대로였다.

나는 운동장을 몇 바퀴 돈 개처럼 숨을 헐떡거렸다. 그때마다 또 가슴이 따끔거렸다. 우물쭈물하다가는 거렁뱅이처럼 대낮에 봉변을 당할지 모른다는 불안이 엄습했다. 이 불안은 꿈에서 느끼던 공포와 닮아 있었다. 정원 앞을 서성거리던 사람들, 처마 밑에 살던 사람들이 구걸을 하려고 팔을 내밀었지만 도중에 츠르르 소리를 내며 팔이 부서져버리곤 했다.

"허 참."

그래도 나는 달수 앞에서 움츠러들지 않았다. 나에게는 멋진 정원이 있기 때문이었다.

"약속을 안 지키면 망치들이 가만두지 않을 거야! 콩콩 때려, 머리를 막 때릴 거야."

그가 또 중얼거렸다.

일어나서 하늘을 봤다. 이번엔 누런 구름이 잔뜩 모여들고 있었다.

"어이 친구, 하늘 좀 봐. 황사가 올 모양이야."

산책 나온 사람처럼 신발 끈을 고쳐 매고 가슴을 폈다. 제자리걸음을 하다가 앞을 보고 천천히 뛰기 시작했다. 세상살이는 늘 위태위태하기 때문에 오늘 일은 수챗구멍에 발이 빠진 거라고 믿고 싶었다. 누구나 이런 난감한 일들이 불행이라는 이름으로 찾아오지 않던가. 그에게 개처럼 끌려갔다가는 두 번 다시 한여름 냉면 맛을 못 보는 나락으로 떨어질 수도 있었다. 멸치잡이 배에 실려 동남아시아를 유랑하다가 어느 섬에 고립되어 40년 뒤 지방 일간지 구석에 조그마하게 내 졸업앨범 사진이 실릴지도 모를 일이었다. 어찌되었든 그것은 내 인생의 마지막이 될 공산이 컸다.

무릎을 치켜세워 속도를 높였다. 뛰면서 바지 호주머니에 손을 넣기도 했다. 키 큰 나무가 심겨 있던 화단을 지나면서 마라톤 선수들이 물을 받아 마시듯 팔을 뻗어 나뭇가지 위에 버려진 비닐봉지를 낚아채기도 했다. 그러면서 슬쩍 고개를 돌려보니 달수는 그대로 벤치에 앉아 있었다. 더 빨리 뛰었지만 가슴은 뛰지 않았다. 오늘 있었던 울창한 일들이 귀 뒤로 바람 소리를 내며 지나가는 듯했다. 존 윌리엄스가 지휘한 「쥬라기 공원」의 테마곡이 떠올랐다. 장엄했다. 영화 「쥬라기 공원」에서 브라키오사우루스가 처음 등장할 때 그 기분이었다.

버스 정류장을 지나자 두 명의 남자가 담배를 물고 같이 뛰었다. 마라톤의 페이스메이커 같았다. 맞은편에서도 세 명의 남자가 달려왔다. 그들이 나를 보며 씩 웃었다. 그들이 대번에 날 때려눕혔다. 그리고 한 명이 내 오른쪽 다리를 붙잡아 질질 끌고 갔다. 비명을 질렀지만 아무도 거들떠보지 않는, 냉정한 거리였다.

"망치가 가만 놔두지 않을 거라고 했잖아!"

다시 달수 옆 벤치에 앉았다. 손 안에서 종이로 만든 냄비가 나왔다. 스머프 만화영화에 나오는 커다란 솥이 생각났고, 그 솥에 빠지면 끝장인 슬픈 스머프가 된 기분이었다.

"왜 거짓말을 했어?"

달수가 물었다.

"내가 뭐?"

"정원을 준다고 약속했잖아."

"그랬지."

후회가 나를 낙담케 했다.

"도망은 왜 가?"

"잠시 산책을 했을 뿐이야."

"내가 바보로 보여?"

"설마……"

"어쩔 거야?"

"뭘?"

"정원 말이야."

"글쎄……"

"네 머리를 깰 거야. 피가 흐르겠지. 넌 나에게 질문을 하겠지. 반짝반짝 희망들이 피어나는 이 봄날에 대체 왜 이러냐고. 나는 이렇게 말하겠지. 바보야, 약속을 지키지 그랬어!"

"결론적으로 날 죽이겠다는 거네?"

"넌 죽을지도 몰라. 죽더라도 정원은 오려낼 거야."

기가 찼다. 내가 다소 서두른 감이 있었고, 달수를 무시한 경향도 있었다. 이 점에 대해 후회가 살짝 밀려왔다.

"어이, 김달수! 아니, 친구야! 생각을 좀 해보자. 네게 정원을 줄 방법이 있을 거야."

가슴을 폈다.

"생각만 계속 해? 네가 공상가야 만화가야? 뭘 자꾸 생각한다는 거지?"

"조금만 더 시간을 줘봐. 이 세상에 안 되는 건 없어. 예수가 이

땅도 창조했는데 예수를 철석같이 믿는 내가 꿈속에서 정원 하나 못 옮기겠니?"

"예수는 신이잖아."

"목사님이 내 안에도 예수가 있다고 했어."

"네 안에 누가 있는지 보기는 했니? 망치로 널 깨보면 그 속에 예수가 있는지 누가 있는지 알 수 있겠네? 지금 깨볼까?"

달수가 외투 안에서 뭉툭한 걸 꺼냈다.

"진정해. 시간만 주면 방법을 찾아볼게. 날 믿어줘."

두 손을 모은 채 얼떨결에 머리까지 숙였다.

"좋아. 사흘 줄게. 그 안에 정원을 못 주면 망치가 널 가만 놔두지 않을 거야. 망치가 널 뚝딱뚝딱 내리칠 거야. 넌 울 틈도 없이 개구리처럼 혀를 빼물고 죽을 거야. 상하기 전에 뜨거운 물에 담가야지."

밀림에서 생포되어 두 다리가 묶인 채 생체실험실로 잡혀가는 오랑우탄이 된 기분이 들기도 했고, 해석이 안 되는 비문의 문장을 반복해서 읽는 기분이 들기도 했다. 섬뜩했다. 어쩌면 나는 죽어서 바람 빠진 타이어처럼 하적장 맨 꼭대기에 내던져질 수도 있었다. 이런 얼치기에게 내 목숨을 맡기다니. 눈물이 핑 돌았다. 그리고 아스클레피오스에게 닭 한 마리 갚아주라던 소크라테스의 마지막 유언이 떠올랐다. 나를 아는 모든 이들에게 마지막으로 손톱깎이라도 선물하고 싶었다.

"젠장!"

길에 침을 뱉고 침이 끊어지지 않아서 또 뱉다가 나는 사레가 걸린 사람마냥 쪼그려 앉아 기침을 해댔다.

"가자."

달수가 벤치에서 일어섰다.

"어딜?"

"우리 집."

우리 집이라는 말에서 따뜻한 형제애가 느껴졌다. 그래서 내가 실쭉 웃었다. 달수도 웃었다. 그 웃음의 의미가 뭔지 생각하다가 그만뒀다. 괜히 머리만 아팠다.

달수의 보폭은 짧았으며 몸이 살짝 오른쪽으로 기울었다. 플라타너스 가로수 길을 말없이 걸었는데 이런 식의 침묵은 나에게 도움이 되지 못한다는 판단이 섰다. 그래서 미사리에서부터 팔당대교까지 잘 가다가 갑자기 등장한 정원사와 곰 이야기를 주절주절 늘어놓았다.

"머리가 무거웠거든. 머리에 정원이 있는데 어떻게 안 무겁겠어? 안 무거운 게 더 웃긴 거지. 아마도 그래서 그랬을 거야. 머리가 툭 떨어졌는데, 글쎄, 저 멀리, 어떤 사람과 개 한 마리가 딱 서 있는 거야. 이것들이 또 왜 이러나 싶었지. 그런데 그때, 이미 차는 팔당댐으로 붕 날아가고 있더라구."

"뭐 좀 마셔……"

앞서 걷던 달수가 말했다. 껑충한 두 어깨 사이로 얼굴이 보일락 말락 했다.

"그러지 뭐."

어느 모텔을 끼고 들어가자 허름한 돈가스 가게가 보였다. 그 건물 2층으로 올라갔다. 조명이라고는 삿갓전등 두 개가 전부인 허름한 카페였다. 창가에 자리를 잡자 늙은 주인이 다가왔다.

"난 아메리카노, 넌?"

달수가 물었다.

"나도."

창밖으로 군악대가 지나갔다. 군악대 뒤로 빨간 치마를 입은 여학생들이 조용히 작은북을 치며 지나갔고, 죄수복을 입은 사람들이 그 뒤를 따랐다. 달수는 메뉴판으로 이를 후비며 창밖을 보고 있었다.

"나에게도 굉장히 불쾌한 일이었어. 여태 난 무사고였거든. 사람을 친 건 이번이 처음이야."

"그래서?"

"내가 조카를 다치게 한 걸 크게 뉘우치고 있다는 거지. 그리고 이 모든 건 불가항력이었다는 거야."

"불가항력이라니?"

"나도 많이 괴로워. 내가 이런 사고를 낼 거라고는 꿈에도 몰랐거든. 텔레비전에서나 나오는 건 줄 알았지."

이 이야기 뒤에는 나는 두통이 생길 만큼 아주 긴 이야기를 늘어놓았다. 주인이 커피를 왜 안 가지고 오는지 흘끔흘끔 주방 쪽을 보며 말이 끊어지지 않게 대화를 계속 이어나갔다.

"누구나 경험하는 건 아니지. 맞아, 그렇긴 해."

달수의 목소리에서 약간의 온기가 느껴졌다. 역시 설득의 효과는 타이밍이었다.

"내 삶이 요것밖에 안 되는 걸 나도 후회해. 젠장. 그런데 따지고 보면 네가 먼저 정원을 산다고 했잖아. 내가 그러지 말라고, 꿈은 계란탕과도 같아서 부풀어 오를 대로 부푼 것일 뿐 실제로는 먹을 게 별로 없다고 했잖아. 냄비 닦는 게 더 골치 아프거든……"

"넌 번번이 거짓말만 하는구나."

달수가 정색을 했다.

"내가 뭘? 내가 언제 거짓말을 했어?"

"지금."

창밖 도로에서 쿵 하는 소리가 들리더니 우리가 앉아 있는 카페 2층으로 승용차 한 대가 날아와서 지붕 위로 사라졌다. 워낙 순식간에 일어난 일이라 헛것을 봤나 싶어서 목을 빼고 창밖을 훑어봤지만 아무것도 보이지 않았다.

"네 꿈에 있다는 정원 말이야. 농담이었어?"

달수가 손톱으로 턱수염 한 올을 뽑아 꿀꺽 삼켰다.

"아니."

가까이에서 그의 얼굴을 쳐다봤다. 캄캄한 동굴처럼 생긴 외투 안에 하얀 얼굴이 들어 있었다. 얼굴에 삶의 의지라고는 눈을 씻고 찾아봐도 보이지 않는 눈동자가 깜빡이고 있었다. 하지만 눈동자 안에 비친, 생동감이 넘쳐나는 날 볼 때면 이 친구를 이겨먹는 건 식은 죽 먹기라는 믿음이 가시지 않았다.

"까불면 죽어."

그가 말했다.

"어떻게?"

그때 출입구 계산대에 있던 늙은 주인이 시끄럽게 서랍을 여는 바람에 내가 그쪽으로 고개를 돌리면서 꼰 다리가 풀렸다. 그러면서 무릎이 테이블을 툭 건들었고, 테이블에 올려놓은 종이 인형들이 죄다 바닥으로 떨어졌다.

"이렇게……"

달수가 떨어진 종이 인형들을 주워 호주머니에 넣었다. 그리고 일어나서 문을 열고 나가버렸다. 나도 달수를 따라 갔다. 멀리서 작은북 소리가 들렸다. 그때, 한 남자가 도로를 가로질러 달수를 향해 달려왔다.

"여기 차 못 봤나요? 2005년 검정색 BMW 745거든요."

달수는 대꾸도 하지 않았다.

"저기요!"

남자가 자꾸 따라왔다. 그러거나 말거나 달수는 걷기만 했다.

"나는 말이야……"

"응."

"미국에서 저글링을 배웠어. 그리고 집에 뚱뚱한 개 한 마리를 키워. 똥이 까만 개지."

"개 오줌 냄새가 장난이 아닐 텐데……"

내 말에 달수가 처음으로 웃었다. 나는 흥이 나서 개에 대해 이런저런 이야기를 보탰다. 예를 들어 진짜 개를 좋아하는 사람들은 자신이 키우는 개의 귀 냄새를 좋아한다거나 개가 배를 보여줄 때 같이 배를 보여주면 얼마 못 가서 그 개가 주인을 물어버릴 수도 있다는 이야기였다.

"개가 배를 보여주는 건 배에 먹을 게 많다고 자랑하는 거지."

실실 웃으면서 말하는 달수가 무서웠다.

"개를 키우면서도 개를 먹어?"

"개를 먹는 게 아니라 개의 부피를 먹는 거지."

개의 부피를 먹다니, 도통 무슨 말인지 알 수 없었다. 하지만 물어보고 싶지 않았다.

"지금 보니까 널 본 것도 같아."

처음 피해자 삼촌이라고 왔을 때부터 얼굴이 익다 싶었다.

"언제?"

"그러니까……"

내가 말을 다 하기도 전에 달수가 외투에서 다섯 개의 공을 꺼냈다. 그 공을 하나씩 허공으로 던졌다. 아주 높이 솟구친 공이 허공에 잠시 머물더니 차례로 떨어졌다. 달수는 그 공을 받아 다시 허공으로 던졌다. 텔레비전에서나 간혹 보던 저글링이었다. 공은 점점 빨리 내려왔고, 그러면서 외투 안에 파묻혀 있던 얼굴이 조금씩 밖으로 나왔다. 소맷자락에서 팔이 나왔고, 다리며 어깨 관절들이 뚝뚝 소리를 내며 펴졌다. 마지막으로 허리가 곧게 펴지면서 허공으로 날아오른 공이 어깨에 멈췄다가 천천히 팔등을 타고 손바닥으로 굴러왔다. 저글링 공을 보고 있는데 살짝 현기증이 나면서 머리 안이 온통 까맣게 변해버렸다.

"나는 말이야……"

달수가 제법 긴 이야기를 했다. 하지만 달수의 말은 중구난방이어서 내가 머릿속에서 정리를 해야 겨우 알아들을 수 있었다. 달수의 말인즉슨, 그는 자신이 뉴질랜드와 미국에서 유학을 한 엘리트라고 했다. 어머니가 교회 목사에게 부탁을 해서 뉴질랜드 유학을 추천받았다고. 2003년 8월, 그가 뉴질랜드에 도착하자 하얀색 도요타 승용차가 기다리고 있었다. 그를 마중 나온 사람은 뉴질랜드에서 목회 활동을 하고 있던 교회 목사였다. 숙소까지 가면서 목사는 나눔을 실천하는, 나눔과 평화를 위해 기도하자는 식의 나눔이라는 말을 문장 앞머리에 자주 붙였고, 그때마다 그는 아멘 하고 대답했다고. 숙소에 도착했을 때 목사가 내부 집기와 화장실 등의 사용법을 간단하게 설명했다. 설명이 채 끝나기도 전에 달수는 목사에게 숙소 근처에서 캥거루를 볼 수 있냐며 물었다. 뉴질랜드에서 캥거루는 중국요리집의 바퀴벌레만큼 흔할 거라고 생각한 모양이었다. 밤이 되자 한 무리의 학생들이 자신의 침대에 걸터앉아 성경을 외우기 시작했다. 원래 교회가 공동체를 지향하기 때문에 형제자매들이 자신의 침대를 사용한들 문제 될 게 없었다. 소유하고자 하는 순간 교회가 붕괴한다고 배웠던 달수는 뉴질랜드까지 와서도 성경을 함께 암송할 수 있다는 사실만으로 안도감이 들었다. 하지만 아무도 자리를 뜨지 않고 그대로 침대에서 잠이 들었다. 그리고 다음 날 아침, 그들은 씻지도 않은 채 좀비처럼 우르르 숙소를 빠져나갔다. 그 이유를 아는 데 오랜 시간이 걸리지 않았다. 냉장고를 열어 콜라 한 잔을 마시고, 변기 물을 내리고, 세수를 하고, 테이블 위에 있던 바나나 두 개를 먹었는데, 목사가 들어와서 돈을 내라고 말했다고. 콜라 한 잔은 4달러, 바나나 두 개는 11.14달러라고 말했다. 합해서 15.14달러를 내라고 청구서를 내밀다가 목사는 손가락으로 셈을 하더니 하나님의 은총으로 15.10달러만 달라고 말했다. 뉴질랜드 중앙은행에서는 스웨덴식 끝전처리 제도를 채택하는데 1~4센트는 절사하고, 6~9센트는 절상하기 때문이었다. 달수는 돈을 내고, 목사가 가르쳐준 주소로 대학교를 찾아갔다. 교문에 커다란 십자가가 서 있었다. 가르치는 과목은 신학밖에 없는 칼리지였고, 언어연수를 위한 랭귀지 과정은 없었다. 아침에 좀비처럼 숙소를 빠져나갔던 형제자매들이 강의실 제일 뒤에 앉아 잠을 자고 있었다. 그날 오후, 달수는 숙소를 나왔다. 그리고 대부분의 시간을 웰링턴에 있는 한인 야구팀에서 보냈다. 그때까지 그는 캥거루를 보지 못했고, 뉴질랜드를 떠나기 전 한 달간 뉴질랜드 남쪽에서 북쪽 노스곶까지 여행했다. 그러던 그가 바에서 텔레비전을 보고 귀신에 홀린 듯 무작정 노스곶으로 향했다고. 미국 저글링 챔피언 대회에서 3등을 했던 조너선 쿡을 만나 저글링을 배우기 위해서였다. 조너선 쿡이 머물던 호텔 앞에서 사흘 밤을 기다려 만난 조너선 쿡은 그에게 저글링을 가르쳐주기로 했고, 밤이면 그를 자신이 머물던 호텔 방으로 불러 우주의 섭리에 대해 들려주었다. 이탈리아 볼로냐에 있는 살라 보르사 도서관에 가면 10세기 어느 늙은 수도사가 쓴 『긴 의자에 앉은 두 시간』*이라는 책이 있는데, 그 책에 따르면 지구에 사는 사람들 대부분은 우주에서 점지되어 이곳에 사육되고 있으며, 각 행성마다의 표식으로 엉덩이나 입술, 성기, 눈 밑 등에 점을 찍어놨다는 것이었다. 그 점은 꿈에서만 인화가 되고 그래서 꿈에서만 식별이 가능하다고 했다. 토성에서 내려보낸 지구인들의 특징은 사다리꼴 모양의 점이 있으며, 이들은 저글링을 돌린다는 것이었다. 벽으로 드나들기도 하고 앞에 있는 누군가의 기억을 지우기도 하는데 그때마다 저글링을 돌려야 한다고 말했다. 여기에서 조

---

* 10세기 이탈리아 수도원에서 이름을 알 수 없는 신부가 꿈속 어둠에 갇혔다가 탈출해서 쓴 책. 그의 말에 따르면, 인간의 삶이란 긴 의자에 앉아 '나'와 꿈속 '내가' 주절주절 이야기를 나누는 것이다. 현실에서든 꿈에서든 둘 중 한 명이 먼저 일어나면 의자가 한 쪽으로 기울어 '나'라는 존재는 무너지고 만다는 것이었다.

심해야 할 사람이 딱 한 부류가 있는데 바로 입술 아래에 마름모꼴 모양의 상처가 있는 사람이었다. 프랑스 배우 자크 스피에저가 대표적인 인물이었다. 입술 아래에 마름모꼴 모양의 상처가 난 사람은 화성에서 지구로 나무를 사육하기 위해 파견 보낸 조림가라는 것이었다. 이들 조림가들은 상대방이 마음에 들지 않으면 사람을 나무 밑에 묻어서 비료로 사용한다고 말했다. 또 이들은 죽은 사람의 수액을 빨아 당겼다가 산 사람의 몸에 이식시켜 나무 아래에서 자살케 하는 악취미가 있다고, 이런 부류의 사람들을 단박에 알아보고 또 이들에게서 수액을 이식받은 사람들을 해방시킬 수 있는 비책으로 조너선 쿡 자신이 개발한 약을 먹어야 한다고 말했다. 이 약은 말레이시아 세베랑페라이에서 잡은 말벌로 만들어졌다고. 자신도 화성에서 왔는데, 지구인들에게 내리는 마지막 선물이라며 떠들어댔다. 달수는 조너선 쿡과 함께 알루미늄 가방을 들고 페루 리마로 갔다가 거기서 푸카이파, 이키토스로 갔다. 국경을 지나 콜롬비아 레티시아, 보고타로 갔다가 베네수엘라 카라카스에서 잠시 머문 뒤 쿠바 아바나로 날아갔다. 아바나 시내에 있던 헌책방에서 책을 한 권 사고, 오토바이를 타고 놀다가 낫소 섬으로 건너갔다. 거기서 코카잎 재배에 능통한 제라르라는 여자를 만나서 일주일간 놀다가 캐나다로 가서 거기서 미국 뉴저지로 건너갔다. 뉴저지에서 달수는 조너선 쿡과 함께 서커스 공연을 했다. 그리고 밤마다 사람들에게 지치지 않는 약을 팔았고, 조너선 쿡이 금방 부자가 되자 달수는 자신의 점포를 갖기 위해 로스앤젤레스에서 가장 큰 한인교회 층계참에 가방을 열어놓고 저글링을 던지기 시작했다. 그러자 주미한국일보에 '48시간 동안 잠을 자지 않고 저글링을 던지는 스트롱맨 등장'이라는 기사와 함께 달수가 매일 먹는다는 약도 소개되었다고. 다만 약 재료가 말레이시아 세베랑페라이에서 잡은 말벌이 아니라 페루 해안에서 죽은 새로 둔갑했다. 어쨌든 약은 소소하게 팔려나갔다. 그러던 중 부활절이 되어 교회 성대에서 저글링을 돌리는 행운을 거머쥔 달수는 신도들에게 외쳤다. '믿음이 없으면 사지도 보지도 마!' 이 한마디가 엄청난 결과를 낳았다. 단번에 10달러 지폐가 알루미늄 가방에 가득 찼다. 돈 버는 게 너무 쉬웠다. 번 돈을 들고 달수는 라스베이거스로 날아가서 48시간 만에 탕진했다. 그리고 다시 한인교회 층계참에서 저글링을 돌렸다. 달수에게 약을 사 먹은 신도들이 그를 경찰에 고발했다. 마약이었다. 교도소에서 5년 동안 콩밥을 먹고 풀려난 달수는 스물네 살에 빈털터리가 되었다. 그래도 다행스러웠던 것은 스티브 킹이나 폴 오스터, 커트 보네거트, 노라 로버츠 등 미국 소설과 『워싱턴 포스트』 같은 신문을 매일 읽은 덕에 영어를 유창하게 말하고 또 쓸 수 있었다.

"입술 아래에 마름모꼴 모양의 상처가 있는 사람들을 조심해. 그들이 우리를 정복할 거야! 매일매일 우릴 감시해!"

자기 이야기를 잔뜩 늘어놓던 달수가 사고로 생긴 내 입술 상처를 보고는 고개를 갸우뚱거렸다.

"이번 사고로 다친 거야."

내가 말했다.

"아, 그렇지. 넌 아냐, 아니지. 하지만 늘 조심하는 게 좋아."

내 기억에 누수가 생겼나 싶어 주변을 두리번거렸다. 사고로 지난 기억들이 떠오르지는 않았지만 익숙하다는 느낌이 머리를 서

늘하게 만들고 지나갔다.

그날, 나는 벚꽃이 져서 더러워진 길을 따라 달수 집으로 왔다.

4

현관문을 열자 큰 개 한 마리가 살찐 배로 바닥을 쓸고 다녔다. 달수가 개를 번쩍 안고 소파로 뛰어들더니 짐승 소리를 내며 제풀에 쓰러졌다. 콧물을 들이마시며 우울하게 지난 이야기를 늘어놓던 그가 개를 보며 깔깔대는 모습에서 나는 달수가 조울증 환자이며 나에게 적잖이 위로가 되겠구나 싶었다. 감정의 기복 사이로 퇴로를 만들 수 있겠다고 생각했기 때문이었다. 팔꿈치가 까져서 그렇지 감정의 골짜기로 잽싸게 줄행랑을 친다면 달수가 정신을 차렸다손 치더라도 나는 이미 상당히 먼 곳에서 핫도그에 뿌려진 설탕을 핥고 있을 것이었다. 또 재수가 좋으면 내가 줄행랑을 치지 않더라도 정원을 옮기지 못하는 건 달수 자신의 섣부른 판단 때문이라며 스스로 우울을 불러와서 자포자기할 수도 있었다.

"개 이름이 뭐야?"

생각을 분산시킬 필요가 있었다.

"사고로 한쪽 다리를 잃었거든. 그래서 미안한 마음에 '쏘리'라로 지었어."

커튼을 걷자 마치 회색 이불로 도시를 덮어놓은 듯 희뿌연 도시가 펼쳐졌다.

"이 집은 원래 하늘에 닿게 지으려고 설계했는데, 아쉽게도 하늘이 너무 낮았어. 그래서 2층만 지었지."

이 말에 나는 속으로 이 바보야, 하늘이 낮은 게 아니라 돈이 없는 게지,라고 되뇌었다. 어쨌든 나는 불쾌하거나 불안한 얼굴을 지우고 거실을 어슬렁거렸다. 그러는 동안 달수는 소파 위에서 저글링 공을 던졌다. 공을 천장으로 던져 머리로 받았고, 천천히 고개를 젖혀 공을 뺨에 올렸다가 비스듬히 목을 타고 어깨로 흐르게 한 뒤 팔뚝을 지나 다시 툭 쳐서 공을 허공으로 솟아오르게 했다. 계속 저글링 공을 던지자 거무튀튀하던 달수의 팔과 다리에 붉은 활력이 뻗기 시작했다. 축 늘어져 있던 어깨가 봉긋 솟아올랐고, 주름이 자글자글하던 손에 힘줄이 도드라지기도 했다. 그 모습을 보고 있자니 내가 몹쓸 꿈을 꾸고 있는 것만 같았다. 눈앞에 펼쳐지는 이 장면이 꿈이고, 꿈속에 일들이 현실처럼 보였다. 특히 내가 화장실에 들어가자 개가 따라와서 변기 앞에 쪼그려 앉아서는 한숨을 푹푹 내쉬었는데 콧구멍에서 담배 연기 같은 게 뿜어져 나왔다. 하도 기가 차서 개를 안고 입냄새를 맡았지만 담배 냄새는 나지 않았다.

"이리 와봐!"

창가에 긴 의자가 있었다. 의자 한쪽 끝에 내가 앉고, 반대편 끝에 달수가 앉았다. 포장마차에 나란히 앉은 기분이었다. 괜히 담배 생각이 나서 호주머니를 뒤적였지만 담배가 없었다.

"저 개가 돼지 저금통만 할 때 길바닥에서 엉엉 우는 걸 내가 주워 왔어. 차에 치여 죽었던 놈이야. 이 개를 여기, 집에 데리고 왔는데, 세상에, 이 개가 슬그머니 눈을 뜨는 거야. 그 뒤로 돼지처럼 먹더라고. 살이 찌고, 여기저기 똥만 싸고 돌아다녀서 이 의자에 올려놨거든. 그러다가 여기, 동전만 한 구멍에 발이 빠져서 한쪽 다리가 부러졌어. 슬픈 개지. 슬퍼."

달수 말대로 의자 가운데 박카스병만 한 구멍이 있었고, 개도 한쪽 다리를 절뚝였다.

"정원을 옮기지 못하면 나도 저렇게 되겠지?"

동정을 사기 위해 던진 말이었다.

"피를 찔찔 흘리며 구석마다 오줌을 찔끔찔끔 쌀걸? 오줌 냄새는 마르지도 않겠지. 아, 그 일이 더 큰일이네, 어쩌지? 바지에 오줌 냄새나면 엄마가 홀딱 벗겨서 골목에 세워놓을 텐데……"

달수가 손으로 코를 막았다.

"엄마는 어디 계신데?"

"아, 엄마는 죽었지."

달수는 금방이라도 눈물을 쏟을 것마냥 슬픈 표정을 짓다가 갑자기 하품을 쩍 했다.

"너무 많이 걸었나 봐. 피곤해. 잠이나 잘까?"

"난 별론데……"

"그래? 그렇구나. 그러면 넌 라꾸라꾸 침대에서 어떻게 하면 정원을 잘 옮길까 궁리 좀 해봐. 아, 침대에서 이상한 소리가 날 거야. 그렇다고 침대가 개처럼 멍멍 짖지는 않아. 침대가 짖다니, 말도 안 되지. 말도 안 되는 말을 내가 왜 하고 있지……"

비틀거리며 달수가 안방으로 들어가버렸다.

나는 라꾸라꾸 침대에 누웠다. 달수 말대로 몸을 움직일 때마다 침대에서 돌고래 울음소리가 들렸다. 그럴 때마다 개가 달려와서 날 물끄러미 쳐다봤다.

"이번에도 대충 둘러대면 망치가 가만 안 둘 거야!"

안방에서 달수가 칭얼거렸다.

"알았어……"

개가 소파에서 저글링 공을 가지고 놀다가 떨어뜨렸다. 거실이 경사가 져서 저글링 공이 내가 누워 있는 라꾸라꾸 침대 쪽으로 굴러왔다. 굴러오는 공을 보고 있자니 나른했다. 말하길 좋아하는 사람치고 나쁜 사람이 없다던 어머니의 말이 떠올랐다. 어린 나이에 집 떠나서 혼자 타국 생활을 한 게 그에게 큰 상처가 되었고, 그 상처가 횡설수설하는 지금의 달수를 만든 모양이었다. 또 저글링 공을 던지는 것도 불쾌하지 않았다. 삶이란 어쩌면 저글링처럼 끊임없이 머리 위에서 떨어지는 절망을 받아내는 일, 그런 절망을 더 이상 받아낼 힘이 없다고 판단되면 누구나 자신의 외투든 그림자든 집이든 그 안으로 숨기 마련이었다. 몇 년 전에 남미로 떠난 애인 수지도 그랬다.

수지는 강원도 정선의 어느 탄광마을에서 작가들과 함께 벽화를 그렸다. 1년간의 작업이 마침내 끝나자 그곳 지역발전위원장이 지역 특산품인 풍산개 한 마리와 나비, 배 타는 사람이 그림에 꼭 들어가야 한다고 수정을 요구했다. 수지는 떠나려던 그림 작가들을 불러 모아 수정 작업을 시켰다. 광부들의 랜턴으로 나비들이 날아들고, 탄광에서 광부들이 도시락 먹는 그림에는 물끄러미 서서 밥 먹는 걸 구경하는 개를 그려 넣었고, 퇴근하는 광부들 그림은 환하게 웃는 광부들 뒤로 금방이라도 덮칠 듯한 물보라와 보트를 탄 아이들이 손 흔드는 장면을 추가했다. 그런데 몇 해 전에 탄광이 무너져 광부들이 갱도에 매몰되었다며 지역발전위원장이 벽화를 당장 지우지 않으면 경찰서에 고발하겠다고 엄포를 놓았다. 결국 그녀는 많은 빚을 떠안고 탄광마을에서 쫓겨났다. 그 후, 그녀는 내가 살던 〈건강원〉으로 와서 온라인 게임을 하고 지냈다. 한 달쯤 지나자 책상 위로 사발면 빈 그릇이 천장에 닿을 지경이었고, 눈 밑에 다클서클이 짙게 드리워 있었다. 게임을 하다가 탄광촌에서 들었던, 젊은 것들이 빨갱이 물이 들어서 순박한 시골 사람들을 꼬드긴다는 말을 되뇔 때면 나는 그녀를 불만녀라고 놀렸다. 가만히 듣고만 있을 그녀가 아니었다. 공장에서 기계를 돌리고 논에 벼농사를 짓는 것만큼 그림도 노동이라며 대들었다. 수지는 틈틈이 피해 보상을 받을 수 없는지 여기저기 알아봤다. 또 강원도에서 같이 작업했던 그림 작가들을 모아 전국벽화쟁이연대를 계획하고 있었다. 그런데 그녀를 정작 힘들게 한 건 그녀의 부모님이었다. 전화를 해서 여자 나이가 서른이면 애가 학교에 다닐 나이라며 새벽기도라도 같이 가자고 말했다. 전화를 끊고 나면 그녀와 나는 창턱에 걸터앉아 담배를 피웠다. 그녀의 부모님은 그녀가 홍대 근처 작업실에서 신실한 마음으로 성화(聖畫)를 그리는 줄 알고 있었다. 작업실 전세금을 빼고, 통장에 있던 돈마저 탈탈 털어서 강원도 벽화에 쏟아부은 걸 부모님이 알면 그녀를 당장 호적에서 파낸다고 했을 것이다. 하는 수 없이 부동산중개소에 집을 내놓았다. 그 후, 그녀는 조금씩 컴퓨터에서 멀어졌다. 배가 가라앉듯 서서히 침대에 누워 지내는 시간이 늘어났다. 그리고 어느 날부터 해바라기 그림이 그려진 원피스를 입고 침대에서 누워 잠만 잤다.

수지가 강원도에서 벽화를 그릴 때쯤, 나는 포 전집을 번역해서 출판사로 원고를 보내고 있었다. 그런데 사흘이 멀다 하고 수정 요청이 들어왔다. 수정 요청이 잦아지더니 출판사에서 대학 졸업증명서를 보내달라고 했다. 없다고 하자 "대충 짐작은 했지만……"이라고 말을 흘리더니 대뜸 영문학 전공 교수에게 감수를 맡기자고 했다. 그리고 얼마 지나지 않아 어떤 교수가 나에게 고등학교 나온 사람치고는 그나마 읽어줄 만하다며, 이번 책은 자기 이름으로 출간할 테니 양해를 바란다는 메일을 보내왔다. 번역에 매달린 지 2년이 지났고, 원고지로 4천 매가 넘었다. 이것이 고스란히 교수의 이름으로 출간되었다. 나에게 떨어진 것이라고는 처음에 받은 몇 푼의 계약금이 전부였다. 내가 번역에 매달리면서 2년 동안 컴퓨터와 밥솥과 세탁기와 냉장고와 휴대폰 충전기와 커피포트를 돌리는 데 들어간 전기세도 안 되는 돈이었다. 재떨이로 뒤통수를 맞은 것 같은 충격이었다. 늦은 밤, 서점에서 교수의 이름으로 번역되어 나온 책을 본 날, 술을 진탕 마시고 들어와서는 수지 곁에서 잠을 잤다. 이 절망을 송두리째 갖다버릴 곳이 있으면 당장이라도 갖다버리고 싶었다. 그때부터 나와 수지는 천장만 보고 누워 있거나 잠이 들거나, 둘 중 하나만 했다. 방 모퉁이에 슬금슬금 피던 곰팡이가 벽을 타고 올라가서 천장을 까맣게 뒤덮었다. 장마가 시작되자 벽지가 뜯겨 갑자기 방 안으로 떨어지기도 했다. "꿈에서 저글링을 돌리는 남자를 만났어." 잠을 깬 그녀가 곧잘 하던 말이었다. 나도 꿈에서 그 남자를 얼핏 보기도 했다. 그 남자는 의자에 앉아 지나가는 고양이 달구지를 보며 손을 흔들기도 했고, 베란다에 서 있는 어떤 노인을 향해 손을 흔들기도 했다. 그런데 어느 날, 그녀가 이 남자를 만나기 위해 여행을 떠나겠다고 했다. 지구본을 사서 볼펜 끝으로 점을 찍어가던 그녀는 페루 해안에 볼펜똥을 잔뜩 묻혀놓은 채 며칠씩 거길 들여다봤다. "하필 왜 페루에 살지? 그 남자가 페루 사람이야? 아니잖아." 내가 묻자, "그 남자는 종종 밤바다를 바라보며 저글링 공을 던졌는데, 그 밤바다가 페루 앞바다 같아. 로맹 가리 소설에 나오는 그런 바다, 밤바다, 모래언덕이 있는 바다"라고 답했다. 나는 그녀를 따라가지 않았다. 굳이 그녀를 따라 나서지 않더라도 밤만 되면 그녀와 남자를 만날 수 있기 때문이었다. 수지가 떠난 지 보름쯤 뒤 동네 주민들이 문을 두드려 나가보니 2층에서 이상한 냄새가 난다며, 동네에서 이사 갈 것을 요구했다. 신발을 찾아 신고 슬금슬금 마당으로 나와 담배를 피웠다. 아무런 냄새도 나지 않았다.

얼마나 지났을까. 라꾸라꾸 침대에서 대각선 방향에 있는 안방문이 열렸다. 침대에 누워 있던 달수가 하품을 하다가 입이 찢어져 고통스러워하는 사람마냥 입을 벌린 채 천장을 보고 있었다.

"와봐."

달수가 불렀다. 내가 안방으로 갔을 때 달수는 서랍에서 주섬주섬 뭔가를 꺼내 먹고 있었다. 페레로로쉐 초콜릿이었다. 쟁반에 초콜릿은 먹고 헤이즐넛만 잔뜩 모아뒀다.

"알아냈어?"

"아직……"

"여태 뭐 했어? 쿨쿨 잠만 잤구나?"

달수의 입술이 검게 변했다.

"안 잤어."

"안 잤으면 뭐 했어? 대충 둘러대면 이 일이 끝날 거라고 생각했지? 약속을 아주 개껌같이 생각하는 모양인데, 네 못된 버릇을 내가 쓱쓱 고쳐주겠어."

입에서 초콜릿이 흘러내렸다.

"조금만 기다려 봐. 잠이 안 와서 그래. 잠만 자면 금방 알아낼 수 있어."

"어떻게?"

아주 진지하게 달수가 내 눈을 쳐다봤다.

"정원사를 만나면 돼."

"정원은 자기 거라고 큰소리 빵빵 치더니, 이제 와서 정원사를 만나겠다고? 이게 무슨 개소리야?"

입을 반쯤 벌린 달수가 넋이 나간 사람처럼 천장을 올려다봤다.

"주인은 내가 맞지만 실제로 정원을 관리하는 사람은 정원사거든. 단 한 번도 내 명령을 어긴 적이 없으니까 걱정 안 해도 돼. 정원사에게 사정을 설명하고, 너에게 정원을 이전시켜주라고 하면 끝이야."

내 말이 끝나자마자 베란다 문을 열더니 달수가 담배를 빼물었다. 그걸 왜 자신에게 뒤집어씌우냐며 혼자 구시렁거리다가 입에 담배를 문 채 주전자에 물을 받아 안방에 있는 벤저민 화분에 물을 줬다. 개가 폴짝거리며 달수가 내뿜은 담배 연기를 주워 먹었다.

"너 거짓말로 겨우겨우 밥 먹고 살지?"

부산하던 달수가 개 목줄을 가지고 왔다.

"웃기네……, 내가 무슨 거짓말을 한다고 그래? 정원사를 만나겠다는데 갑자기 왜 그래?"

"내가 웃겨?"

달수가 목줄을 들고 날 노려봤다. 시멘트 벽에 분필로 그림을 그려놓은 듯 밋밋하던 그의 얼굴이 갑자기 쓱 내 앞으로 다가왔다.

"말이 그렇다는 거지……"

잠시 고요가 찾아왔다. 그 고요 아래로 손을 뻗어 달수가 들고 있던 목줄을 낚아채 베란다로 던져버렸다. 그로써 팽팽하던 긴장감이 사라진 듯 보였다.

"헤이즐넛 좋아해?"

달수가 턱수염을 뽑아 베개 밑으로 집어넣었다.

"별로……"

"먹어."

"이 더러운 걸?"

내가 왜 이런 어린애랑 말씨름을 해야 하나, 후회가 밀려왔다.

"안 먹을래?"

달수 눈에서 웃음기가 싹 사라졌다.

"이걸 내가 왜 먹지?"

"거짓말쟁이니까!"

헤이즐넛에 침이 잔뜩 묻어 있었다. 침을 보니까 경찰서 앞에서 피를 흘리며 벌벌 기어가던 거지가 떠올랐다. 모욕감에 정신이 아득했다. 달수는 점점 다루기 어려운 아이가 되어가고 있었다.

그때 개가 선풍기에 올라타서 붕가붕가를 했다. 달수가 베개를 던지며 "꺼져!" 하고 소리를 질렀다.

"먹을게. 친구끼리 뭐 나눠 먹을 수 있지. 안 그래?"

숨을 크게 들이쉰 채 침이 잔뜩 묻어 있는 헤이즐넛 하나를 입에 넣었다. 헤이즐넛이 목에 걸려 넘어가지 않았다. 그러자 달수는 중세에 흑사병이 걸려 난리법석일 때 주교와 신부 들이 흑사병이 돈다는 소문만으로 마을 밖에다가 묘지부터 만들었다고 느릿느릿 말했다. 그리고 묘지를 만든 이들은 죄다 멀리 도망을 가버렸다고 했다. 묘지를 만들고 보니 두려움이 현실이 되었다고.

"고양이가 왜 높은 곳에 오르는지 모르지? 위에 있으면 밑에서 못 보던 자신을 너무나 잘 볼 수 있거든. 도망간다고 해결될 게 아니야."

어린애라고 생각한 달수의 입에서 그나마 들어줄 만한 이야기였다. 좋지 않은 조짐이었다.

"네 말이 맞아. 그러니까 조금만 더 생각해보자. 태풍에 날아갈 정원도 아닌데 왜 그리 호들갑이니? 아, 개집은 있어?"

개집을 구실로 밖으로 나가서 줄행랑을 칠 계산이었다.

"여기가 다 개집인데?"

달수가 엉거주춤 팔을 벌리며 말했다.

"아니, 개가 들어가서 잠자는 집 말이야."

"같이 사는데 집이 꼭 필요해? 봐, 개는 소파 밑에서도, 프라이팬 위에서도, 싱크대 위 서랍에서도 잘 자."

밖에 나가서 라면 박스라도 구해와야겠다고 말했다.

"라면 박스라면 베란다에 많아."

달수 말대로 베란다에 컵라면 박스가 잔뜩 쌓여 있었다. 다행히, 컵라면 박스로 개집을 만들기는 무리였다. 이제 막 태어난 강아지면 모를까 살진 큰 개가 들어가기에는 좁아도 너무 많이 좁았다.

"냉장고 박스라도 구해와야겠는걸?"

"동물을 많이 사랑하는구나. 그렇지, 넌 동물을 사랑했어. 아, 개 귀냄새를 좋아한다고도 했지? 배를 뒤집는다고 했고…… 같이 나갈까?"

달수가 내 뒤를 졸졸 따라다녔다. 되는 일이 없었다. 전자대리점 점원이 어두워질 때쯤 오라고 말했다. 갑자기 몇 시간의 여유가 생겼다. 두리번거리던 달수가 굴뚝을 향해 걸어갔다.

굴뚝에서 하얀 연기가 솟아오르고 있었다. 연기는 하늘 높이 솟구쳐 소용돌이를 일으키더니 좌측으로 조용히 굽었다. 나도 연기의 소용돌이를 쳐다보며 걸었다. 앞서 걸어가던 달수가 손가락으로 굴뚝을 가리키며 당인리화력발전소라고 했다. 그리고 발전소 근처 〈RAIN FACT〉라고 씌어진 커피숍으로 들어갔다. 커피를 시켜놓고 진열된 소설책과 연필을 집어 들었다. 책 여백에 정원을 떠올리며 조용히 그림을 그려나갔다. 수종을 알 수 없는 꽃나무들만 빽빽했다. 나중에는 책이 온통 검게 변해버렸다.

"정원이 이렇게 생긴 거야?"

달수가 어린아이처럼 손가락을 입에 넣고 쪽쪽 빨았다.

"이건 커피숍 창문이야."

대충 둘러대고 커피 받침대를 보니 〈BRAIN FACTORY〉라고 희미하게 적혀 있었다. 간판 상호랑 달랐다. 간판에서 앞에 'B'와 뒤에 'ORY'가 떨어진 모양이었다. 나는 달수에게 둘 중 어느 게 맞는지 물었다.

"네가 본 건 BRAIN FACTORY일 것이고, 내가 사는 이곳 커피숍은 RAIN FACT야. 우린 같은 곳에 살았는지 모르지만 서로 다른 곳을 쳐다보고 있었겠지. 넌 어둠의 세계를, 난 빛의 세계를. 그래서 넌 가짜야."

사사건건 시비였다.

"내가 왜 가짜지?"

"넌 거짓말쟁이니까."

달수가 씩 웃었다.

화가 나서 주먹으로 테이블을 때렸다. 커피 잔이 흔들리면서 달그락거리는 소리가 멈추지 않았다.

"화났어?"

달수가 놀란 표정으로 물었다.

"그럼 화가 안 나게 생겼냐? 내가 약속을 어긴 건 잘못한 일이지만 너에게 가짜라는 말을 들을 처지는 아니지! 네 눈엔 내가 우습게 보이니?"

"조금."

"나 참……"

히죽 웃었다.

사실은 조금이라는 말에 다소나마 쓰러져가던 자존심을 일으켜 세울 수 있었다. 달수도 내가 호락호락한 사람은 아니라는 걸 아는 모양이었다. 마음이 놓였다.

"여기서 기다려."

이렇게 말하고는 달수가 밖으로 뛰어나갔다. 당인리화력발전소 앞에서 주민들이 발전소 이전을 촉구하는 집회를 열고 있었다. 달수가 사람들 뒤에 섰다. 그때 하늘에서 비행기가 낮게 날았다. 사람들이 비행기를 올려다봤다. 비행기가 지나간 자리에 하얀 구름이 포물선을 그렸다. 달수가 헐레벌떡 커피숍으로 뛰어 들어와서, "비행기가 아주 큰 원을 그리고 있어. 칠레나 페루를 지난 뒤 다시 우리 눈에 보일 때쯤이면 큰 원이 완성될 거야!" 하고 흥분했다. 또 "누군가 저 비행기를 보며 페루에서도 손을 흔들겠지" 하고 말한 뒤, 비행기를 향해 손을 흔들었다.

"손의 색깔이나 모양과 시간은 각각 다르지만 꿈 안에서의 모습은 똑같아. 까맣지. 까만 손들이 더러운 목장갑처럼 던져져 있지. 그 위로 또 비행기가 날아가지. 하얗게. 또 그 위로 누군가의 달달한 꿈이, 그리고 더러운 기억이 쌓이지. 왜냐고? 이곳 세상은 시간의 뿌리를 가진 하나의 퇴적물이니까. 물론 내가 그 퇴적된 꿈 위에 큰 정원을 일궜지."

커피숍에 있던 사람들이 우릴 쳐다봤다. 이 아일 어쩌지, 하는 생각을 하다가 보던 책을 툭툭 두드렸다. 책에서 커피 냄새를 풍기는 까만 가루가 좌르르 떨어졌다.

"비행기 조종수가 우릴 봤을까?"

달수가 말했다.

"조용히 좀 하자."

우리의 대화는 이어지지 않았다. 잠시 가만이 있던 달수가 갑자기 슬로베니아의 동굴 속에 사는 올름이라는 도롱뇽은 먹지 않고도 백 년 가까이 산다는 이야기를 떠들어댔고, 내가 가짜라는 말을 사과하라고 하자 자기는 3분요리 중 함박스테이크가 가장 맛있다고 딴소릴 지껄였다.

"학교에서 캠핑을 가는데 선생님이 3분요리 하나씩을 사 오라는 거야. 집에 가서 엄마에게 3분요리를 가지고 가야 한다고 했더니 3분짜장을 사줬어. 그런데 캠핑을 가서 선생님이, 자, 여러분 3분요리를 꺼내봐요, 하고 말했는데, 오 마이 갓, 나만 3분짜장이었어! 다른 애들은 몽땅 3분함박스테이크를 사 왔지 뭐야. 캠핑을 마치고 집에 가서 이 이야기를 엄마에게 들려줬더니, 글쎄, 내가 운이 더럽게 없었다고 했어. 그러면서 용기를 내서 짜장이 더 맛있다고 하지 그랬어? 하고 말하는 거야. 애들은 함박스테이크를 맛있게 먹는데 나 혼자 시켜먼 짜장을 먹으면서 이게 더 맛있다고 할 수 있겠니? 선생님도 함박스테이크를 가지고 왔는데!"

"그래서?"

"그래서는 무슨 그래서야. 그때부터 엄마는 밥맛이었지."

무료하게 앉아 있는 시간 내내 옆 테이블로 손님들이 들락거렸다. 스물한두 살쯤 돼 보이는 두 남자가 우리 바로 뒤에 앉아서는 밀로라드 파비치의 소설을 번역자가 엉망진창으로 만들었다며 욕을 했고, 밀로라드 파비치의 문장 중, 슬라브 사람들은 수염 난 영혼을 지녔고 겨울이면 따스한 기운을 유지하기 위해 옷 속에 새를 넣어 가지고 다닌다는 이야기를 떠들어댔다. 그러자 맞은편 남자가 여기는 결코 유토피아는 아니더라면서 절벽 아래에 사는 사람들에게 투항하는 편이 훨씬 낫겠다고 투덜댔다. "조심해. 잘못하면 나무 밥이 될지도 몰라." 다른 남자가 이렇게 말하자, 이 소릴 들은 달수가 커피숍을 나가버렸다. 망설일 것 없이 나도 달수를 따라나섰다.

저만치 걸어가는 달수의 뒷모습이 아버지 심부름으로 슈퍼에 술 사러 가던 내 모습과 많이 닮아 있었다. 무슨 연예인 기획사 건물을 지나자 나무에 인두를 불에 지져 새긴 〈촛불공장〉이라는 간판이 보였다. 마당에 참나무 두 그루가 서 있었고, 마당을 가로지르면 클럽으로 올라가는 계단이 나타났다. 계단 양쪽으로 촛불이 일렁거려서 지나가려면 사정없이 내달려야 했다.

"여기 가볼래?"

달수가 〈촛불공장〉을 가리켰다. 시간을 허비하는 게 못마땅했지만 나름 계획을 세우기 위해서라도 달수의 말을 들어주는 편이 나았다.

"좋을 대로……"

클럽 입구에 불이 활활 타고 있었다. 나는 괜히 움찔거리며 과장되게 두 팔을 높이 치켜세운 채 흔들어댔다.

"개중에는 가로수만 한 그림자를 달고 다니는 사람이 있어. 그런 사람들은 출입금지야. 자칫 잘못하다간 그림자를 몽땅 태워먹을 수 있거든. 그래서 입구가 이 모양이야."

주물 장식을 덧댄 나무문을 열고 들어섰다. 천장에 매달린 야구공만 한 조명들이 머리에 닿을 만큼 가까이 내려와 있었다. 제일 먼저 눈에 들어온 건 거실 한복판에 있는 목욕탕이었다. 목욕탕 주변으로 모자이크 타일이 깔려 있었고, 일정한 간격으로 타조, 부엉이, 공작, 독수리, 사슴들이 프린트된 양탄자가 놓여 있었다.

"그림자라고 하니까 생각났는데, 꿈속에서 우리 둘이 만나는 건 어때? 거기서 네가 정원을 직접 보고 가져가면 되잖아. 합의는 정원을 너에게 양도하는 거니까 영 틀린 말도 아니잖아."

반신반의하며 내가 물었다.

"꿈에서?"

"응, 꿈에서."

허무맹랑한 제안은 아니었다.

"날 정원의 퇴비로 쓸 생각은 아니지?"

달수가 눈썹을 끌어올리며 슬픈 표정으로 날 쳐다봤다.

"퇴비?"

최초 정원은 손바닥만 했다. 이때는 물만 줘도 꽃나무들이 쑥쑥

자랐고, 조약돌을 모아다가 나무 주변을 동그랗게 쌓아놓으면 멀리서도 정원이 보였다. 그런데 날이 갈수록 꽃나무들이 빨리 자라면서 문제가 생기기 시작했다. 잎사귀가 허옇게 마르고, 실실 부는 바람에도 나무가 쓰러지기 일쑤였다. 하는 수 없이 퇴비를 구하러 다녔다. 곰이 뒤에서 달구지를 밀었고, 정원사는 하루 온종일 그림자를 주워와서 나무 밑에 묻었다. 그러던 어느 날, 퇴비를 구하기 위해 떠난 정원사가 내 방에 나타났다. 꿈인가 싶어 아주 오랫동안 그를 쳐다봤다. 그리고 정원사가 사람을 죽였다. 나는, "또 악몽이군" 하고 탄식하는 순간 정원사와 눈이 마주쳤다. 그런데 아무래도 꿈 안이 아닌 성싶었다. 소주병이 넘어지면서 방 안에 술냄새가 진동했고, 술을 마시기 위해 방바닥에 깔아놓은 신문지 날짜가 바로 오늘이었다. 나는 덜덜 떨며 정원사에게 꿈 안에서 어떻게 나왔냐고 물었다. 정원사는 더 이상 꿈 안에서 퇴비를 구할 수 없다고 말했다. 꿈 안으로 사람들이 밀려들면서 보는 눈들이 많아서 정처 없이 떠도는 동물이나 죄인 들을 더 이상 퇴비로 쓸 수 없다고. 들리는 소문에 따르면 그동안 퇴비로 가져간 그림자들 때문에 어둠의 세계에 사는 종족들이 정원을 쑥대밭으로 만들 계획을 세우고 있다며 하소연했다. 그래도 그렇지, 꿈에서 나와서 살인까지 할 게 뭐냐고 내가 화를 냈고, 결코 용납할 수 없다고 소리쳤다. 하지만 정원사는 정원의 주인인 내가 이런 문제로 자신을 야단치면 정원은 어떻게 되겠냐고 되레 나에게 따졌다. 나는 원래 야구방망이를 만드는 몇 그루의 나무만으로 충분하다고 했지만 정원사의 말로는 이젠 정원이 스스로 확장하는 탓에 더 이상 멈출 수 없다며, 그래서 살인을 할 수밖에 없다고 항변했다. 나는 당장 정원을 축소하라고 일렀다. 의자 위에 올라서면 다 보일 만큼의 정원이면 족하다고도 말했다. 그러자 정원사가 "누가요?" 라고 반문했고, "내가!"라고 짜증을 냈다. "밀짚모자를 쓴 노인과 했던 약속은 어쩌죠?" 하고 정원사가 다시 물었고, "그렇지, 그렇다면 노인의 집 베란다에서 끝이 보이지 않을 만큼만 넓히면 될 일을 왜 계속해! 물론 자네가 무슨 죄가 있겠어. 그러니까 이쯤에서 그만둬!" 하고 나도 짜증을 냈다. 그리고 불필요한 오해를 살 수 있으니 죽은 사람은 절대 꿈 안으로 옮길 수 없다고 말하자 정원사가 같이 온 누군가와 방구석에서 수군댔다. 어두워서 그 사람을 보지는 못했지만 정원사와 죽이 맞는 사람인건 분명했다. 오랫동안 이야기를 나누던 두 사람이 시체를 천장에 올려놓고 나에게 차선책으로 꿈 밖의 그림자를 회수해서 퇴비로 쓰는 건 어떤지 물었다. 좋은 방법은 아니었다. 자칫 내가 백일몽을 꾸듯 밤낮없이 잠의 세계에 빠져 있을 수 있었다. 꿈속의 정원사가 꿈 밖으로 나오다니. 내 생각을 흩뜨려놓기 위해 정원사는 또 한 번 노인과의 약속을 들먹였다. 정원사의 판단이 정말 그렇다면 나로서는 어쩔 수 없었다. 그날부터 꿈에서 정원사가 사라지는 걸 자주 목격했고, 그가 퇴비로 꿈 밖의 그림자를 수거한다는 사실을 알았다.

"정원에 퇴비가 필요하다는 걸 네가 어떻게 알아?"

달수에게 물었다.

"정원에 꽃나무가 있으면 퇴비가 필요하지. 꽃나무들은 쫄쫄 굶나?"

"……"

기분이 좋지 않았다. 내 몸에 도청장치가 있는 모양이었다.

"아, 꿈에서 만나는 거, 이거, 괜찮은 거 같아. 어디서 만나지?"

달수가 갑자기 흥분하기 시작했다.

"글쎄……"

나는 눈만 껌뻑였다. 말을 해놓고도 만날 장소는 미처 생각하지 못했다. 꿈에 여행가이드북이나 팻말이 있는 것도 아니었다.

"주변에 특이한 건물 없어? 예를 들어 마트나 경찰서, 큰 병원 같은 거 말이야."

"기억이 안 나."

"그런 게 있으면 바로 찾는데……"

꿈속 정원은 늘 예측불허의 일들로 가득했다. 특히 허공에서 사람이 툭 떨어지는 날에는 오한이 들 정도였다. 정원사를 데리고 사람이 떨어진 곳으로 가보기도 했다. 하늘에서 떨어진 사람은 바지를 탈탈 털고는 물을 좀 얻어 마실 수 있냐며 집으로 와서 내가 벗어놓은 양말을 신고 가버리기도 했다.

"그런 게 없다면……, 정원에 어떤 표시를 해놓으면 내가 찾아갈 수 있지 않을까?"

달수가 말했다.

"무슨 표시?"

"돌에 내 이름을 적어놓거나, 아라비아숫자를 적어놓으면……, 난 돌을 던져보면 그 속에 뭐가 있는지 알거든."

"돌이 얼마나 많은데……"

"아, 좋은 생각이 떠올랐어."

달수가 뛰어오르며 손뼉을 쳤다.

"뭔데?"

"여기서 널 망치로 콩콩 죽여야겠어. 널 죽이면 악몽처럼 네가 내 꿈에 등장하거든. 트라우마처럼 말이야. 그러면 내가 네가 있는 곳으로 바로 갈 수 있잖아. 내 말이 맞지?"

"내가 죽으면 정원은 영영 사라지는데?"

한 번도 아니고 계속 내 죽음을 입에 올리는 달수가 무서웠다.

"아니지. 한 방에 죽이지 않고 야금야금, 천천히 피를 뽑는 거지. 넌 오늘도 죽고 내일도 죽는 거야. 그러면 내가 꿈에서 널 만날 수 있고, 너는 피 한 방울 흘리지 않은 채 나와 같이 정원을 둘러볼 수 있잖아. 왜냐! 꿈이니까! 좋은 생각이지? 송곳 같은 걸로 귀 뒤에 구멍만 뚫으면 돼. 넌 명태처럼 빼들빼들 말라 죽겠지. 망치도 채칼도 필요 없어. 굉장하지?"

날 죽이겠다는 말을 이렇게 쉽게 할 만큼 내가 큰 죄를 지었다는 말인가.

"정원보다 날 죽이려는 게 목적 같은데?"

"네가 우리 조카를 오징어로 만들어놨지만 용서해준 사람이야. 넌 화해, 사랑, 용서, 이런 거 안 배웠니? 지금 내가 용서를 말하는 중이야."

"……"

"혼자 3분짜장을 먹고, 다음 학기 때는 나도 3분함박스테이크를 가지고 갔어. 애들에게 막 자랑했지. 나도 함박스테이크야! 짜장은 싫어! 그랬더니 애들이, 어머나, 날 좋아하기 시작했어. 나도 그들과 화해를 했지. 화해는 약한 쪽이 빨리 비굴해지면 질수록 평화가 깃들지."

이 친구의 기를 살려준 건 전적으로 내 탓이었다.

그때, 클럽 회원들이 하나둘씩 등장했다. 회원들은 서로 "누구세요?" 하고 인사를 건네며 두 명씩 짝을 지어 들어와 흩어졌다. 어떤 남자는 한 손에 검은 재킷을 거머쥐고 창가에 버텨 섰고, 술주정뱅이처럼 얼굴이 빨갛게 달아오른 곱슬머리 남자도 들어와 의자에 앉았다. 다른 쪽에선 대나무로 짠 바구니 안에 중국 사람처럼 생긴 늙은 남자가 들어가서 바구니 아래 다리를 꼰 채 앉아 있는 뿔테 안경을 쓴 남자를 내려다보고 있었다. 또 술이 달린 하얀 옷을 입은 남자가 굽은 도끼를 든 채 한쪽 발을 목욕탕 안에 넣고는 어떤 남자와 대화를 나누고 있다가 달수가 나타나자 유심히 쳐다봤다. 그러면서 "저놈이야" 하고 달수를 손가락으로 가리켰다. 하지만 달수는 그 사람을 보지 못했고, 굽은 도끼를 든 남자가 "저놈의 정원이 점점 넓어지면서 달구지가 한참 돌아가게 되었어. 어쩌면 영영 이 도시로 못 나올 수도 있어. 그러면 우리는 평생을 박쥐처럼 살아야 해" 하고 속삭이는 걸 내가 들었다. 이걸 달수에게 이야기해야 할지 말아야 할지 망설이고 있는데 목욕탕 옆에 금장 단추가 달린 재킷을 입은 남자가 비스듬히 누워 현관 쪽을 주시하다가 들고 있던 지팡이로 탁탁 바닥을 두드렸다. 그와 동시에 빨간 구두를 신은 두 여자가 문을 열고 나타나서 사람들을 향해 손을 흔들었다. 두 여자 모두 속옷만 걸친 데다가 검은 고양이 한 마리씩을 안고 있었다.

"달수 씨, 한가하네."

여자가 우리 쪽으로 다가왔다.

"유라 씨, 내가 예쁜 정원을 샀어요. 조만간 멋진 정원으로 초대할 테니 꼭 놀러 오세요. 아, 유나 씨도 같이 오셨네요?"

달수가 말했다.

"글쎄 이년이 또 약을 먹었지 뭐예요."

"저런……"

"매니저 오빠랑 바람이 났거든요. 그런데 매니저 부인이 찾아와서 이년을 물소 농장에 팔아버리겠다고 협박을 하는 거 있죠?"

"목숨이라도 붙어 있는 게 어디에요."

고양이가 뛰어내려 달수 발목을 핥았다.

"누가 진짜 죽으려고 수면제를 먹나요? 분위기 전환용으로 먹는 거지."

그녀가 깔깔대고 웃었다. 내가 볼 때 짝을 지어 모인 사람들이 모두 동성애자처럼 보였다.

"앗, 비둘기 언니다!"

달수가 팔짝팔짝 뛰며 아이처럼 좋아했다.

"누군데?"

세상에서 가장 흥미로운 이야기를 물고 오는 검정색 비둘기와 세상에서 가장 잔인한 이야기를 물고 오는 하얀색 비둘기의 주인이라고 달수가 소개했다.

"오늘 꽤 흥미로운 이야기가 준비되어 있어요. 달수 씨가 오래전에 예약을 해놓은 이야기예요."

사람들이 비둘기 언니 주변으로 모여들었다.

"자, 시작할게요. 건강원을 하던 집에 어떤 아이가 있었어요. 부끄러움이 많은 아이였어요. 어느 날인가부터 부끄러움이 사라지자 바둑알만큼이나 까만 밤에 얼굴이 창백하게 변했어요. 얼굴이 변해서 무서운 이야기가 아니에요. 정말 무서운 건, 이 아이가 사춘기 때 이야기예요. 좀비처럼 부스스 일어난 아이는 해가 뜨기도 전에 오토바이를 타고 동네를 돌았어요. 어떤 날은 한 바퀴를 돌고, 어떤 날은 열 바퀴나 돌아다녔죠. 왜 그랬을까요? 차에 치여 죽은 고양이나 개를 줍기 위해서였어요. 이 죽은 동물들을 주워서 찜통에 넣고는 즙을 내렸어요. 그런데 집 근처에서 더 이상 로드킬 당한 동물이 보이지 않자 지도를 펴놓고 미사리, 팔당까지 가게 되었어요. 차가 쌩쌩 달리는 외곽도시를 배회하게 된 거죠. 거기에는 고라니, 사슴, 너구리 들이 있었어요. 로드킬 당한 동물들은 숨을 헐떡이고 있었죠. 이걸 건강원으로 가져와서 즙을 내리고 요리를 해서 팔았어요. 청양고추를 넣고, 파와 양파를 다져서 굴소스에 재운 뒤 만두처럼 만들었죠. 사람들이 건강원에서 파는 음식이라서 건강해지는 느낌이 든다고들 했죠. 소문은 빨랐어요. 알 만한 사람들은 배달까지 시켜 먹었죠. 그러자 이 아이는 더 많은 레시피를 준비했어요. 고양이굴소스볶음, 개고기감자찜, 개고기시금치수프, 고라니버섯전골 등. 이쯤 되자 프랜차이즈를 하자며 찾아온 사람도 있었고, 아이를 부추겨서 책을 출간하자고 하는 사람도 있었어요. 아이는 글을 몰랐으니 책을 낼 수는 없었죠. 말을 하지 않고 종이에 글을 쓴다는 건 자전적 허구이기 때문에 가치가 없다고 생각했죠."

사람들이 탄식을 쏟아냈다.

"달수야, 이거, 네 이야기야?"

"네 이야기로 하고 싶으면 해도 돼."

"아니, 그 말이 아니잖아. 너, 나에 대해 아는 거 있지?"

몸에 기운이 다 빠져나갈 만큼 충격이었다. 내가 밤마다 동물들의 사체로 음식을 만들었던 것은 아니었다. 하지만 아침에 눈을 뜨면 집에 먹고 남은 음식들이 가득했다. 피를 흘리는 동물도 거실에 잔뜩 쌓여 있었고, 밤늦게 낯선 이들에게서 전화가 오기도 했다. 하지만 경찰서에 신고할 수 없었다. 아무도 믿어주지 않을 것 같았다. 또 이 일들이 나의 일상적인 일들과 중첩되어 머릿속을 떠돌아다녔다. 그래서 누가 문을 열고 찾아와 죽은 개가 자기 개라며 내 멱살을 잡고 죄를 물으면 무릎을 꿇고 빌 수도 있을 만큼 헷갈렸다. 이건 누가 다른 도시에서 내 카드를 마구 긁어대는 기분, 착각, 어지럼증이었다.

"무섭게 왜 그래? 이건 내 이야기야. 이야기를 갖다 버리라면 버릴게."

달수가 머리를 흔들어댔다.

자기 이야기라고 하면서 달수가 은근히 내 이야기를 퍼뜨리는 느낌이었다.

그때 〈촛불공장〉의 여주인이 등장했다. 녹색 드레스를 입은 여주인 앞으로 석판을 든 아이가 걸어왔다. 여주인이 선 곳은 거대한 부조물들이 즐비한 곳이었다. 광대뼈가 툭 튀어나오고 눈은 반쯤 감긴 채 화가 난 사람들처럼 사납게 입을 벌리고 있는 부조물들. 달수가 말하길 이 부조물들은 이 도시를 떠도는 그림자를 먹어치우는, 물 먹는 하마 같은 거라고 했다. 먹어치운 그림자들은 지하로 연결된 배관을 통해 〈원뿔 모양의 굴뚝〉으로 보내진다고. 가슴에 늙은 염소 문양을 달고 다니는 종족들이 그림자들을 고양이 달구지에 실어서 지평선이 끝나는 곳에다 내동댕이친다고 말했다.

"이 도시는 네모거든. 거기서 떨어지면 죽어. 땡, 탈락! 끝이지 끝!"

달수 입가로 침이 흘러내렸다.

"왜 네모지?"

"밤의 도시니까."

"밤의 도시?"

"낮보다 밤을 더 사랑하니까."

"낮이 어때서?"

"낮엔 다들 일 나가거든. 나가서 불화만 잔뜩 만들어 오거든. 그러다가 밤이 되면 자기를 조용히 타이르기도 하고, 싸우기도 하고, 겁을 줘서 버릇을 고쳐놓기도 하지."

"누가 누굴 타이르지?"

"꿈 안에 있는 내가 꿈 밖의 나를 일깨우지."

"여기가 우주정거장이야? 이게 왜 여기서만 가능하지?"

"하루 온종일 어둠만 내리는 이 동네에서는 여러 명의 자신을 만날 수 있거든."

이 동네에 대해선 나도 알 만큼 알고 있는데 이상한 점이 한둘이 아니었다. 지금은 허물어진 건물들이 띄엄띄엄 보였다. 공병이 쌓여 있던 곳은 몇 년 전에 편의점이 들어섰는데도 여전히 공터였고, 이미 대형 마트가 들어선 곳에는 아직도 터파기를 하며 가림막이 쳐져 있었다.

어둠이 모래처럼 줄줄 소리를 내고 쌓이고 있었다. 사람들은 목욕탕에서 손을 씻은 후, 상대를 찾아 수다를 떨기 시작했다. 대부분 작은 공포와 혼동, 갈등, 서로 간의 관계에 대해 떠들어댔다.

말하는 대상이 뒤죽박죽 섞여 코스트코 한복판에 서 있는 것처럼 시끄러웠다. 개중에는 화를 내다가 뒤엉켜 싸우기도 했다.

"왜들 이러지?"

달수에게 물었다.

"걱정 마. 떠들다가도 동물들이 우리로 들어가는 게 보이면 모두 사라져."

불티 같은 게 계속 날아들었지만 아무도 환풍기를 돌리지 않았다. 앰뷸런스가 달려가고, 가까운 곳에서 불이 나도 눈썹 하나 까딱하지 않았고, 누워 있던 남자 뒤로 여자가 올라가서 섹스를 해도 누구 한 사람 눈길조차 주지 않았다. 더럽다며 수십 번씩 몸에 물을 끼얹는 사람들, 쉼 없이 밥만 안치는 사람들, 목이 마르다며 계속 물을 퍼마시는 사람들이 목욕탕 주변에 모여 있었다.

"나는 뿔 달린 마음들이 나누는 홍정을 싫어합니다. 나는 저주 하는 신성을 멀리합니다. 나는 모독하는 자의 어두운 위생을 혐오합니다. 자, 형제자매들이여, 여기 영혼의 가옥에서 하나가 되세요."

여주인이 외쳤다.

그리고 물방울이 튀는 소리가 들렸다.

그 소리에 맞춰 사람들이 손을 잡은 채 춤을 추기 시작했다.

"등으로 느껴보아요."

여주인의 말에 두 사람씩 등을 맞댄 채 서 있었다. 빗소리가 들리고, 마른 나뭇잎 밟는 소리가 들렸다. 달수는 내 등에 등을 기댄 채 짐승 소리를 냈다. 그 소리가 내 몸으로 고스란히 전달되었다. 그런데 이상하게도 달수가 종잇장만큼이나 가벼웠다.

〈촛불공장〉을 나왔다. 발전소 담벼락 앞에 먼지를 잔뜩 뒤집어

쓴 차들이 줄지어 서 있었고, 몇몇 사람들이 벽에 기대어 새끼 고양이들을 팔고 있었다. 고양이를 사기 위해 버섯 채집가들이 모여 있었다. 바로 옆에는 배관 수리공과 소방관 들이 맨홀 뚜껑을 열어놓고 담배를 피우고 있었다. 그들 사이로 맨홀 아래가 보였는데 거기에 아주 많은 토끼들이 살고 있었다. 방금 맨홀에서 나온 소방관이 말하길, 이렇게 많은 토끼는 본 적이 없다며 누가 토끼를 여기에다가 버렸는지 밝히는 게 중요하겠다고 담배 연기를 뿜으며 했다. 결국 맨홀 뚜껑은 다시 닫혔고, 달수와 나는 가던 길을 걸었다.

4층 높이의 원형극장을 반으로 절단해놓은 듯한 〈심장에서 나온 사자〉라는 건물이 서 있었다. 수탉 문양의 쇠꼬챙이가 삐쭉삐쭉 솟은 〈재판을 기다리는 곰〉이라는 건물도 보였다. 창살 사이로 건물 안을 들여다보니 여자의 외음부처럼 생긴 회랑이 기다랗게 뻗어 있었고, 군데군데 의자와 작은 테이블이 줄지어 놓여 있었다. 어두워서 그런지 회랑의 빈 의자들이 을씨년스러웠다. 그래서 바삐 달수를 따라 걸었는데 이번에는 〈고통의 모이를 먹는 새〉라는 건물이 나왔다. 이 건물은 새들이 월계수 나뭇잎 같은 데다 죄상을 쪼아놓으면 바람이 그들을 소환한다고 달수가 말했다. 소환된 사람들이 다리가 셋인 사자와 싸운다고.

전자대리점에서 냉장고 박스를 얻었다. 박스를 질질 끌고 집으로 향했다. 집 앞에 은사시나무가 서 있고, 우편함에 우편물들이 가득 꽂혀 있었다.

괜히 입에서 한숨이 터졌다.

5

집에 도착하자마자 냉장고 박스로 개집을 만들었다.

"이리 와! 자야 만나지. 만나야 정원을 받지."

거실을 뛰어다니던 달수가 안방으로 들어갔다.

나란히 천장을 보고 침대에 누웠다. 천장이 금방이라도 무너질 듯 가운데가 불룩하게 내려앉아 있었다. 벽지에는 검버섯이 피어 있었고, 책상이며 장롱이며 화분이 드라마 세트장의 소품들처럼 허술했다. 오라는 잠은 안 오고 창밖으로 어둠이 흑염소처럼 몰려다녔다.

"일단 정원사를 만나볼게."

정원사를 만나든 곰을 만나든 정원은 한낱 꿈속 풍경일 뿐이었다. 이런 풍경을 자꾸 내놓으라니까 기가 찼지만 정원이 망상이든 환상이든 달수와의 관계에서는 주관적인 현실로 느껴진다는 게 중요했다. 가슴에 손을 올리자 손바닥만 한 숨이 빠져나오면서 천천히 꿈으로 빠져드는 느낌이 들었다.

오늘따라 정원으로 통하는 계단도 엘리베이터도 없이 눈을 감자마자 침대로 내려와서 임산부처럼 배가 부른 천장을 보고 있었다. 오래전부터 정원사에게 천장을 손봐야 한다고 누차 말했지만 정원사가 내 말을 듣지 않았다. 책상 위의 노트북과 키 작은 조명, 몇 권의 책과 의자, 벤저민 화분, 옷걸이, 액자가 눈에 들어왔다. 천장을 제외하고는 더할 나위 없이 정리가 잘된 방이었다.

문을 열고 정원사가 들어왔다.

"자네에게 뭐 좀 물어볼 게 있네."

나는 침대에 걸터앉았다.

"무슨……"

"정원을 말이야……"

그런데 정원사가 바라보는 쪽이 내가 아니었다. 침대에 누가 누워 있었다.

"이 사람은 누구지?"

"주인님이 데리고 온 친구잖습니까."

신발도 신지 않은 채 물에 젖은 옷을 입고 있었다. 그 순간, 퍼뜩 내가 죽어 여기에 누워 있구나 싶었지만 헛구역질이 날 만큼 슬프지는 않았다. 오히려 더러운 발로 침대에 누워 있는 게 기분이 나빴다. 그래서 정원사에게 옷가지를 훔쳐갈지도 모르니 잘 감시하라고 일렀다. 정원사가 기다란 작대기로 누워 있는 사람의 옆구리를 툭툭 쳤지만 아무런 반응이 없었다. 이런 일이 종종 있었다. 오래전에, 정원에서 새를 잡는다며 어린 여자가 대바구니에 나무 작대기를 걸쳐놓고 기다랗게 줄을 풀어 집 안에서 엿보다가 잠이 들었다. 그 여자는 하루도 안 빠지고 새를 기다렸다. 그러던 어느 날 여자가 잡아놓은 새가 거실을 날아다녔다. 그 바람에 곰이 새를 잡겠다며 날뛰다가 벤저민 화분을 넘어뜨렸다. 정원사가 방을 가로지르는 활대를 만든 다음에는 그 위에서 쉬는 새를 볼 수 있었다. 물론 그 일 이후로 여자와 나는 아주 가까워졌다.

"사람들은 악행을 뒤집어쓸 누군가를 생산해내는 능력을 가졌습니다. 조심해야 합니다." 정원사가 진지하게 말했다. "호박에 수박을 접붙이듯 악인은 누군가의 선을 빨며 기생합니다. 그래서 세상 사람들은 대부분 성인군자만 남아서 지지고 볶고 사는 겁니다." 정원사의 목소리에서 비장감마저 감돌았다.

"나랑 저 사람 중 누가 악인이지?"

내가 생각에 잠기자 정원사는 손가락으로 이마를 긁었다.

"또 지난번 일을 생각하시는군요. 지난번 그 일은 잊어버리세요. 우리가 그자를 죽였지만 그자는 여기저기에다 우리의 비밀을 누설하고 다니던 나쁜 사람이잖습니까. 밀짚모자를 쓴 노인에게 각서까지 써놓고 자기 혼자 선한 척 나대던 배신자입니다. 제 개인적으로는 그날 주인님의 판단이 옳았다고 봅니다. 물론 그날 주인님은 그분의 얼굴을 처음 봐서 더 놀라셨겠지만……"

"자넨 그분을 자주 봤잖아?"

"저는 항상 그분의 뒤통수만 봐서 얼굴은 모릅니다. 물론 화장실 같은 데서 거울에 비친 그분의 얼굴을 보기는 했지만, 거울 뒤 환경이 썩 좋지 않기 때문에 어떻게 생겼다 말씀드릴 수가 없었습니다."

뭔가 깊숙한 곳에서 식은땀 같은 게 스며들었다. "저 사람을 어쩌지?" 내가 고심을 하는 사이 정원사가 묘안을 짜냈다. "이건 어떨까요?" 나는 손톱으로 턱수염을 뽑으며 경청하려는 모습을 보여줬다. "방에 아예 가둬버리는 겁니다. 두 번 다시는 이곳에 얼씬도 못하게 말입니다." 정원사가 단호하게 말했다. "문을 부수면 어떡하지?" 내가 정원사에게 묻자, "새로 문을 만들겠습니다. 쇠문으로 해놓으면 절대 나가지 못할 것입니다" 하고 대답했다.

"방에 가두는 건 쉽지 않아."

꿈 안에서의 방은 비 맞은 종이 상자처럼 마음만 먹으면 쉽게 허물어졌다.

"그냥 죽여버릴까요?"

"퇴비로 쓸 생각이군."

"할 수 없지 않습니까. 이런 사람들은 이곳에 널렸는데 무슨 걱정이십니까. 저기, 정원에 나무들 좀 보십시오. 펄럭이는 나뭇잎들을 보면 가슴이 찢어집니다. 하얀 손바닥처럼 생긴 나뭇잎들이 살려달라고 울부짖습니다. 이대로 방치할 순 없잖습니까."

"퇴비는 필요하지만 저 사람을 죽일 순 없어……"

"……"

정원사가 고개를 떨궜다.

"아, 이 말을 하려고 했는데……, 내가 급한 일이 생겨서 어쩔 수 없이 정원을 팔 생각이네. 자네로서는 도저히 이해되질 않을 거야. 당연하지……"

"갑자기, 왜, 무슨 일이죠?"

정원사의 검은 얼굴이 더 검게 굳었다.

"갑자기는 아니고……"

"그런데 주인님, 주인님이 정원을 어떻게 팔죠?"

"나도 딱 꼬집어 어떻게 팔 방법이 있는 건 아닌데, 살 사람이 나타났어."

"누군데요?"

"그런 사람이 있어."

"잘 생각해보세요."

"뭘?"

"주인님은 이 정원을 팔 수가 없습니다."

"그걸 누가 모르나?"

"아시면서 정원을 팔겠다는 겁니까?"

"팔아야 해. 자네와 날 위해서라도……"

"이 정원은 저 위, 주인님 것이잖아요. 꿈을 훼손하면 악몽만 펼쳐질 뿐 변하는 건 아무것도 없습니다."

"자네 꿈 해몽도 하나?"

"정원이 두려우신 거죠?"

"글쎄, 두렵다고 생각해보진 않았는데?"

"잎사귀가 푸르게 변할수록 두려움 때문에 잠이 오지 않으시죠? 퇴비로 쓴 그림자들이 일시에 벌떡 일어나서 달구지를 타고 도망이라도 가면 어쩌나 싶죠?"

"저 위에 계신 분이 정원을 팔면 내가 살 수도 있잖은가?"

"저 위에 계신 분이 정원을 팔까요? 주인님과 저 위에 계신 분과 그리고 제가 사라질 수도 있는데요?"

"내가 저 위로 가서 주인이 되면 되잖은가?"

"아, 정말 그렇게 하실 건가요? 정말요?"

"괜히 물어봤네. 좀더 이야기가 진전되면 그때 가서 알려주겠네."

이야기가 길어질 것 같아 그만 돌아섰다.

"네, 주인님."

정원사가 밖으로 나가서 곰을 불러왔다. 그리고 둘이 문 앞에서 심각하게 이야기를 나눴다. 곰이 대화를 하면서 계속 발로 돌멩이를 찼다. 날아간 돌멩이가 문에 부딪혀 둔탁한 소리를 만들었다.

빗물이 강을 지나가듯 후드득 어둠이 뿌려졌고, 파문이 가라앉자 꿈에서 깨어났다. 그런데 옆구리가 아팠다.

"정원사를 만났어?"

달수가 물었다.

"응……, 일단 이야기는 해봤어."

현기증에 눈 아래가 실룩거렸다. 분명히 꿈 밖으로 나왔는데도 꿈을 다 깨지 못한 기분이었다. 기면증 때문에 이런 착시현상이 생겼나 싶어 호주머니를 뒤적거렸다. 약봉지, 약봉지를 잃어버린 게 지금에 와서 살짝 후회가 되었다. 점점 기억이 되살아나는 건 나쁘지 않았다. 그런데 기억이 되살아나는 것과 상관없이 금방 꿈에 본, 침대에 누워 있던 사람은 누군지 알 길이 없었다. 또 꿈에서 남의 일인 양 투덜대던 나는 또 누구인지, 정원사는 왜 한사코 반대만 하는지, 이 세 사람 중에 달수도 포함되어 있는 건 아닌지, 또 지난번에 내 방으로 와서 사람을 죽여 천장에 올려놓았던 사람이 정원사와 달수는 아닌지. 그렇다면 방금 꾼 꿈은 내가 관장하는 꿈이 아닐 가능성이 컸다. 꿈을 믿지 못하다니. 나만 드나드는 집 현관의 비밀번호 네 자리중 세 자리 정도를 달수가 알고 있는 것만 같았다.

"약속한 시간이 내일까지인 거 알지? 망치가 가만두지 않을 거야."

달수가 저글링 공을 천장으로 던졌다. 다섯 개의 공이 천장에 매달려 내려오지 않았다. 달수가 손뼉을 치자 하나씩 내려와 새처럼 달수 어깨에 앉았다.

"이게 다그친다고 될 일이야?"

지구가 초속 29.8킬로미터의 속도로 공전하고 초속 463미터의 속도로 자전하는데, 낮도 아닌 밤에, 마트에서 장 보듯 정원을 들고 나오기란 불가능했다.

"불가능한 걸 왜 판다고 했지? 이것 봐, 넌 거짓말쟁이잖아."

달수가 다시 시무룩했다. 그때 퍼뜩 어떤 생각이 지나갔다. 꿈과 현실의 경계에 벤치만 놓을 수 있다면 가능할 것 같았다. 그 경계에서 투망을 던지거나 정원을 줄에 묶어 끌어올리자는 말이 아니라 꿈은 접혔다 펴지는 경첩 구조이기에 꿈이 접힐 때 접힌 정원을 내가 겨드랑이에 끼고 나올 수 있을 것 같았다.

"벤치는 뭐로 만들지? 겨드랑이 털로 만들면 앉을 수 있을까?"

달수가 겨드랑이 냄새를 맡았다.

"꿈과 현실의 경계는 사인펜으로 그어놓은 게 아냐. 꿈은 젖가슴처럼 생겨서 출렁거리기도 하고, 또 펑퍼짐하게 퍼지기도 하잖아."

"꿈이 젖가슴이래. 너 은근히 웃겨."

시무룩하던 달수가 금세 키득거렸다.

"그만큼 경계가 모호하다는 거지. 달수야, 그런데 말이야. 꿈의 경계에 정말 벤치를 놔두고 누군가 앉아 있는 건 아닐까?"

나는 꿈 안에 누워 있던 사람이 떠올랐다.

"무슨 소리야?"

"간혹 지난 밤 꾼 꿈이 기억이 안 나기도 하잖아. 꿈을 취사 선택하는 건 나인데 왜 내가 기억을 못 하지? 잊어도 될 만한 꿈이라는 게 있나? 또 내가 꾸고 싶은 꿈을 꾸는 것도 아니잖아. 혹시 누군가 벤치에 앉아서 텔레비전 화면 조정하는 것처럼 이쪽에서 저

쪽으로 꿈을 옮기면서 적당히 조율을 하는 건 아닐까?"

"왜?"

"다 옮기면 현실이 너무나 꿈같으니까."

정원을 둘러싼 의문을 품다 보니 이런 생각까지 하게 되었다. 하지만 곰곰이 생각해보면 그럴 것도 같았다. 꿈을 한 편의 드라마라고 치면 꿈꾸는 나는 관객이었고, 꿈에 등장하는 나는 배우일 뿐이었다. 그렇다면 연출자는 누굴까, 하는 의문이 들었다. 꿈 안과 꿈 바깥 세계를 관찰하는 누군가가 있을 법도 했다.

"그 사람이 누군데?"

달수가 턱수염을 만지작거리며 물었다.

"나야 모르지."

"모르니까 다행이네, 다행이야. 그런데 이제껏 모르면서 떠들었어?"

"꿈에서 누굴 봤거든. 누군가 내 침대에 자고 있었어. 얼핏 보니까 생김새가 나와 닮긴 했는데, 그 사람이 누군지 모르겠어."

"누워 있는 사람이 눈을 감은 채 말도 안 하는데, 관찰은 무슨 얼어죽을 관찰이야. 말이 되는 소릴 해야지!"

"너 지금 말이라고 했지?"

꿈속에서 벌어지는 일들이 간간이 입으로 전달되는 경우가 있었다. 헛소리. 헛소리는 꿈의 영역이고, 이 역시 꿈의 어떤 조짐을 꿈 바깥으로 표출하는 상징이었다.

"말이 왜?"

"꿈을 꾸면서 하는 헛소리! 헛소리를 알아들을 수만 있다면 좋은데!"

대단한 걸 발견한 양 내가 소리쳤지만 정작 내 마음은 지푸라기라도 잡고 싶은 심정이었다.

“헛소리는 알아들을 수 없잖아. 도통 무슨 말을 하는지…… 개도 가끔 끙끙대며 헛소리를 하는데 개 소리로밖에 안 들려. 치석 때문인가?”

헛소리는 구강 구조의 문제가 아니었다. 그것은 이빨이 안 맞는 빵틀이 덜거덕거리듯 잠자는 세계와 잠을 안 자는 세계, 두 세계가 이상한 소리를 내는 것이었다. 또 캄캄한 영화관에서 영화를 보면서 잔인한 장면이 나오면 아, 이건 영화야, 저건 피가 아니라 토마토케첩이야, 하며 스스로 두려움을 상쇄시키듯 꿈속에서도 같은 원리로 두렵거나 하소연을 하거나 싸울 때 헛소리가 터지기도 했다. 기계장치와도 같이 현실과 꿈이 계속해서 붙었다 떨어지게 하면 잠에서 깨어날 때 내가 정원을 후다닥 밖으로 옮겨올 수 있었다. 물론 문제가 없는 건 아니었다. 꿈을 꾸다가 지껄이게 되는 헛소리가 누구의 말인가 하는 부분이었다. 발성 자체는 내 성대를 통해 나오지만 말의 주체가 과연 나일까 하는 문제였다. 나보다는 오히려 꿈속 등장인물의 두려움, 공포, 기쁨, 놀라움이 될 가능성이 컸다. 또 이게 아니면 꿈속 등장인물의 어떤 행동을 타이르거나 설득하기 위해, 때론 증명하기 위해 제3의 누군가가 외부로 누설케 하는 건 아닌지.

“바로 그거야! 달려 나온 정원을 병에 담으면 돼!”

갑자기 달수가 흥분해서 식식거렸다.

“그러다가 날 병에 담으면 어떡하지?”

“죽을 팔자구나 생각하면 되지.”

"아무리 내가 잘못을 했다 손치더라도 어떻게 말끝마다 협박이냐? 이럴 줄 알았으면 차라리 감방에 가는 게 나았겠다."

정말이었다. 그럴 수만 있다면 당장 경찰서 유치장으로 돌아가고 싶었다.

"과연 그럴까?"

달수가 저글링하던 공 하나를 머리 위에 올렸다.

"뭐 지금 상황으로 봐서는 그렇다는 거지."

"정말?"

"아냐, 아냐."

괜히 달수와의 관계를 나쁘게 만들 필요가 없었다.

"까불지 마."

살짝 유치했다. 어린 시절 구시렁거리며 혼자 노는 것만 같았다. 혼자 아빠가 되기도 하고, 혼자 엄마가 되기도 하면서 느티나무 나뭇잎을 면도칼로 잘라 콜라병 뚜껑에 밥을 만들어 한 그릇씩 나뭇잎 밥을 먹을 때 기분이었다.

"아, 그렇지. 내가 계속 널 깨우면 되지 않을까? 딸깍딸깍 스위치를 누르듯 말이야."

달수가 까만 이를 드러내고 웃었다.

괜찮은 생각이었다. 대신 잠을 아주 깊이 잔 상태에서 자주 누군가가 초인종을 누른다면 깨어나는 의식에 들붙은 꿈의 잔해를 건질 수 있을 것이었다. 그런데 깨어났다가 곧바로 다시 잠드는 게 문제였다.

"어서 자."

달수가 보채기 시작했다.

"잔다고 금방 잠이 오냐?"

"잠을 불러줘?"

"장난칠래?"

"장난 아닌데."

달수만 심각했다.

"잠을 어떻게 부르는데?"

"눈을 감아봐."

이런 심각한 그의 표정이 날 더 불안하게 만들었다.

"곰아 어딨니, 곰아……"

눈꺼풀 위로 얼룩 같은 어둠이 지나갔다. 그리고 엘리베이터를 탄 듯 깊은 곳으로 하강하다가 공허와 고요가 모여 있는 침대에 도착했다. 나는 천장을 보며 한숨을 내쉬었다. 뭔가 잃어버리지 않기 위해 이를 앙다물고 있다는 기분이 살짝 들었다. 곰이 밖에서 안방 문을 긁고 있었다. 나는 괜히 다리가 무겁다며 투덜거리다가 방문을 잠근 채 옷걸이를 보며 정원에 대해 주절주절 떠들어댔다. 느닷없는 내 행동에 밖에 있던 정원사가 적잖이 당황한 모양이었다. 그는 기다란 작대기로 바닥을 쿵쿵 두드리며, "제가 뭘 잘못했군요, 죄송합니다" 하고 용서를 구했다. 나는 문을 열어주며 오늘은 그냥 쉴 테니 곰 목욕이나 시키는 게 어떤지 물었고, 정원사는 "할 수 없죠" 하며, 어느새 침대 밑으로 와서 누워 있던 곰의 다리 한쪽을 끌어당겼다. 그래도 곰이 좀처럼 나오지 않자 정원사가 곰의 젖꼭지를 손톱으로 꾹꾹 눌렀다.

"나가자, 어서!"

정원사 말에 곰이 느릿느릿 침대 밑에서 나왔다. 정원사가 작대기로 엉덩이를 툭툭 건들자 곰이 뒤도 안 돌아보고 뛰쳐나갔다. 정원사는 나에게 꾸뻑 인사를 하고 돌아섰다. 언제 봐도 믿음직한 정원사였다. 정원사는 온몸이 검고, 큰 키에 바짝 마른 데다 대머리였다. 하도 검어서 이마와 쇄골에서 반사된 빛이 어려 무섭게 보일 때도 있었다. 간혹 나는 정원사가 두려울 때도 있었는데 그것은 그의 눈동자에 서린 노란 눈빛 때문이었다. 팔을 흔들며 어떤 주장을 펼 때는 그 노란 눈빛이 유난히 도드라지면서 의지의 표상처럼 아랫입술을 깨물기도 했다. 또 그는 내가 입속에서 말을 만드는 순간 이미 알아차리는 묘한 능력의 소유자였다. 내가 오솔길에 뭘 심지,라는 생각과 동시에 그가 이미 해결책을 만들어서 자목련을 심자거나 청단풍이나 홍단풍을 심자고 말했다. 거기다가 생각지도 않았던 정원 입구에 좀작살나무를 매화와 같이 섞어 심어보는 게 어떻겠냐고 묻기까지 했다. 이런 정원사를 아주 오래전에 밀짚모자를 쓴 노인이 데리고 왔다. 내 그림자라며, 나에 대해서는 그 어떤 사람보다 잘 알 거라고, 정원을 살필 일꾼으로 정원사를 데리고 온 것이다. 원래 나는 태어날 때부터 그림자가 없었다. 그림자가 없는 사람에게 그림자는 공포와 신비로움, 이 둘이 뒤죽박죽된 인물이었다. 모호했고, 도통 계량이 되지 않는 누구였다. 당장 손볼 일이 많았던 나는 그가 내 그림자든 누구든 상관하지 않았다. 시간이 흘러 정원사는 내 우려를 뛰어넘어 내 부족한 부분을 채워주는 최고의 일꾼이 되었다.

정원사의 주된 일은 정원을 관리하면서 내 기억들을 수선하는 것이었다. 꿈 밖에서 만든 모든 기억들이 이미지로 저장되면 여기에 곰이 라벨을 붙여 창고에 보관했다. 내가 5층 높이의 건물을 보고 서 있는 장면을 재현한다고 하면, 정원사가 다섯 개의 이미지를 이어 붙여 뚝딱 만들었다. 이 건축에 있어 중요한 핵심은 내가 주시하는 방향이었고, 내가 움직일 동선을 중심으로 정원이 펼쳐져야 했다. 그런데 인간의 가시거리는 직사각형이 아니라 찌그러진 공 모양으로 펼쳐졌기 때문에 번번이 애를 먹었다. 정원을 둥그스름하게 재단을 해야 했고, 키가 닿지 않는 곳은 작대기 끝에 롤러를 매달아 검은색 페인트를 칠해야 했다. 이미지는 곧 기억이었고, 기억은 화석처럼 굳어져 시디 케이스처럼 창고에 진열되어 있었다. 창고에 스위치를 올리면 곰이 재빨리 손을 놀려 적당한 이미지를 찾아왔다. 구부러진 이미지도 있었고, 낡아서 희미해진 이미지들이 칼라와 흑백으로 마구 뒤섞여 있었다. 개중에는 상당히 에로틱한 것들도 많았다. 정원사는 종종 곰을 불러 영화를 감상하듯 그것들을 훔쳐보기도 했다. 나도 그들과 같이 스토커가 된 기분으로 기억들을 훔쳐봤다. 한 여자와 얽힌 사랑 놀음이었다. 과테말라 드립커피를 마시고, 훈제칠면조를 먹고, 흑맥주를 마셨다. 아버지 차를 타고 양평으로 드라이브를 가서 차 안에서 섹스를 하기도 했다. 또 남미로 여행을 가서는 백인 여자와 섹스를 했다. 되돌려 본 기억들은 다음 날 고스란히 꿈으로 재현되었다. 또 재현되길 원하는 이미지가 있으면 정원사가 꿈 밖으로 나가서 이미지를 만들어 왔다. 만들어 온 이미지에는 편집을 해야 했고 곰이 이미지를 조합하느라 밤을 새웠다. 그럴 때마다 정원사와 나는 퇴비를 모으러 다녔다.

그런데, 그가 또 침대에 누워 있었다. 정원사를 부를까 하다가 말고 내가 그를 흔들어 깨웠다.

"정신이 좀 드나?"

들은 척도 하지 않았다.

"다행이군……"

꺼진 불도 다시 보라던 어머니의 말이 떠올랐다. 그래서 주먹으로 그의 가슴을 툭툭 쳤다. 그러자 입에서 더러운 물이 새어 나왔다. 참으로 알 수 없는, 천 피스짜리 퍼즐을 내려다보고 있는 기분이었다. 창고에서 본 그의 조각난 이미지들을 보며 느꼈던 불안을 눈앞에서 목격하는 것만 같았다. 꿈 밖에서 숨 쉰다는 건 이런 잔혹한 일의 결말이 아닐까. 사회는 집단이 만든 어떤 장치이고, 이 장치의 부속처럼 살아가려면 모든 사람들이 지향하는 방향으로 가면 될 것을, 의심하고 뒷걸음치거나 부정하기 시작하면 결과는 지금처럼 강물이나 마시고 깨어날 때까지 침대에 누워 있는 신세가 되는 것이었다. 생각을 갖고 주장을 펴는 일은 미친 짓이었다.

괜히, 누워 있는 그의 턱수염을 잡아당겼다.

"왜 그래!"

눈을 떴더니 달수가 날 내려다보고 있었다.

"내가 뭐!"

달수가 화를 냈다.

"왜 남의 털을 뽑냐고!"

"그랬나?"

"……"

달수가 좀비처럼 두 팔을 떨어뜨린 채 소파로 갔다.

"정원은 좀 딸려 나왔어?"

달수가 소파에 드러누워 심드렁하게 물었다.

"지금 정원으로 가려다가 깼잖아."

나도 거실로 나왔다.

"눈으로 보는 거랑 손에 쥐는 거랑은 다르지? 그럴 거야. 또 말도 안 되는 걸 한다고 했네?"

"정원을 봐야 가지고 오든 말든 하지."

"이건 아냐. 안 돼. 코끼리가 담배 피우던 시절에 쓰던 수법이야."

"그럼, 어쩌자고!"

이랬다저랬다 하는 달수 때문에 미쳐버릴 것만 같았다.

"정원에서 만나는 건 어때? 괜찮을까? 길치인 내가 찾아가야겠지? 그렇구나. 아, 정원 주변에 뭐가 있지? 주변에 뭐가 있는지 알아봐. 아, 내가 너에게 명령을 하다니. 이걸 엄마가 봤어야 하는데. 유학 간 아들을 위해 철야기도를 하던 엄마가 봤어야 하는데……"

달수가 소파에 누워 발을 동동 굴렀다.

"철야기도?"

내가 달수에게 물었다. 달수는 소파에서 일어나서 저글링 공을 던지며 안방으로 사라졌다.

나는 라꾸라꾸 침대에 누웠다. 며칠 전만 해도 조용하던 정원이었다. 내 말 한마디면 개구리 한 마리 울지 않던 곳이었다. 곰이 더러운 발로 오솔길을 쑥대밭으로 만들어놓긴 해도 정원사가 쓱쓱 비질 몇 번 하면 금방 깨끗해졌다. 그때는 정원으로 가기 위해서 베개에 흰 타월을 감쌌고, 창문마다 신문지로 빛을 가렸으며,

밥솥과 냉장고까지 코드를 뽑아놓았다. 또 떠오르는 모든 생각들을 몇 개의 문장으로 만든 뒤 종이에 적어 손톱만 하게 접었다. 그것들은 나중에 내가 꿈으로 내려갔을 때 정원을 가꾸는 곡괭이와 물조리개, 빗자루와 낫, 긴 호스 등 훌륭한 도구로 변해 있었다. 꿈에서 가끔 우유로 허기를 달래기도 했다. 우유 한 잔이면 충분했다. 현실의 고통뿐만 아니라 삶의 대부분을 꿈 안으로 옮겼다. 내가 꿈속으로 들어오면 기다렸다는 듯 정원사가 노크를 했고, 침대에 누워 정원에 관한 보고를 받은 뒤 함께 정원을 산책했다. 정원은 워낙 광활해서 한 번에 전부를 볼 수 없었다. 정원의 끝은 정원사만이 알고 있었고, 나는 정원사가 정해준 범위만 둘러보고 방으로 돌아왔다. 오는 길에 아련하게 서점 간판을 본 것도 같았다.

"어서 와."

눈을 감은 채 누워 있는데 현관문을 열어주고 안방으로 걸어가는 달수의 실루엣이 보였다. 달수 뒤에 긴 머리카락의 여자가 있었다. 달수가 안방으로 들어가고, 여자는 내가 누워 있는 라꾸라꾸 침대 쪽으로 와서 발치에 있던 개에게 "쏘리, 안녕?" 하고 안부를 물었다. 달빛마저 사라진 날이었다. 여자는 "주름이 많이 늘었네, 어제는 공을 먹었다고? 많이 먹으면 살쪄!" 하고는 개를 안고 안방으로 들어갔다. 잠이 달아났다. 누가 문을 발로 차는 소리가 들려서 현관문을 열었다. 먹물처럼 까만 얼굴의 사내가 오른손에 개 목줄을 쥐고 서 있었다. 순간 나는 허 참, 하고 탄식하며 점점 잠의 경계가 지워지는 것을 한탄했다. 그리고 화장실로 달려가서 거울 앞에 섰다. 거울에 내가 없었다. 사람과 사람 사이에 불가분의 거리가 있는데 이게 사라지거나 사람과 사람 사이에 존재하는 말의 무게가 사라지면 밥숟가락 놓은 상태가 됐다. 이런 젠장. 다시 현관으로 갔다. 아무도 보이지 않았다. 이것에 대해 달수에게 물어볼 생각으로 방문 앞에 섰는데 방 안에서 교성이 섞인 여자 목소리가 들렸다.

"이번엔 나갈 수 있겠죠?"

여자가 말할 때마다 달그락달그락 사발 그릇 부딪치는 소리가 들렸다.

"걱정 마. 걱정 말래도……"

"배는 언제 출발해요?"

"모레."

"꼭 성공하길 바라요."

"걱정은 개한테나 줘버려."

"전 달수 씨만 믿어요. 정말……"

두 사람의 섹스는 달그락달그락 시끄러웠다.

라꾸라꾸 침대에 누워 잠을 청하려 했지만 정신은 멀쩡한데 몸은 잠이 든 것처럼 무거웠다. 나른했고, 머리 뒤 벽이 끝없이 어디론가 밀려가는 착각에 빠지곤 했다.

그렇게 한 시간쯤 지났을까.

"일어나."

달수가 라꾸라꾸 침대를 흔들었다.

"어디서 만날 건지 생각해봤어?"

일어나서 안방에 가보니 아무도 없었다. 달수에게 그 여자가 누군지 물어보려다가 사생활을 간섭하는 거 같아 그만뒀다.

"서점에서 만나자."

어렴풋이 서점을 본 것도 같다고 달수에게 말했다.

"확실해?"

"어딜 막 쏘다니다가 간판을 본 것도 같다니까. 멀지 않을 거야."

"좋아. 그러면 곧 헤어질 테니까 기념으로 고기나 냠냠 구워 먹을까?"

달수가 신문지를 깔고 불판을 놓았다. 자기는 속이 안 좋다며 고기만 뒤적거렸다. 이런 상황이 썩 달갑지만은 않았다. 이 어리석고 철없는 애가 나에게 고기를 먹이다니. 밖에서 많이 먹었다며 나에게 고기를 권하던 아버지가 떠올랐다. 나이가 들어서 안 사실이었지만 사회생활을 하다 보면 밖에서 정말 고기를 많이 먹게 되었다. 비굴함이 목울대를 타고 치밀어 올랐다. 달수의 얼굴이 먼 여행을 떠날 사냥꾼 표정과 흡사했고 사냥개에게 살진 고기를 줘서 더 많은 고기를 잡아오거나 내어준 고기보다 몇 곱절 살이 올라 사냥개가 결국 푸짐한 고기로 사냥꾼의 배를 채워주길 바라는 마음이 얼핏 읽히는 것도 같았다. 달수의 마음은 읽었지만 젓가락을 내려놓을 용기가 나지 않았다. 젓가락이 불판 쪽으로 가면 갈수록 목구멍으로 더러운 기분이 치밀었다. 남쪽 어느 박물관에서 본 적이 있는, 불을 피워놓고 고기를 구워 먹는 초기 농경사회의 플라스틱 조형물이 된 기분이었다. 그래도 질겅질겅 고기를 씹었고 달달한 육즙에 가끔은 감탄사를 터뜨리며 내 안에 갈등하는 수많은 날 달랬다. 불판에 고기를 올리던 달수가 사고 나기 전에 뭘 했는지 물었다. 이야기하고 싶지 않았다.

"남자가 왜 그리 쪼잔하냐."

달수가 젓가락으로 불판을 탁탁 두들겼다.

"기억이 안 나."

"여기에 놀러 온 게 아닐 텐데? 조랑말 불알만큼 짤랑거려도 시원찮은 판에……"

불알이라는 말에 얼굴이 화끈거렸다. 이 어린애 앞에서 왜 이런 수치를 감내해야 하는지 이유를 몰랐다.

"네 눈에는 내가 조랑말로밖에 안 보이냐?"

"차로 사람을 치었으면 손이 발이 되도록 빌어도 시원찮을 판에 고기까지 구워주는데 말방구를 뀌네."

달수는 내 눈을 피한 채 고기를 뒤적였다. 어눌하게 손을 꼼지락거리던 그가 아니었다. 둘 사이에 팽팽한 긴장감이 맴돌았다.

"내가 네 조카를 쳤다는 증거가 있냐? 내가 말했잖아. 꿈에……"

"넌 핑계가 많아서 좋겠다."

갑자기 고기가 목에 걸려 넘어가지 않았다. 물을 마시니 눈가에 물기가 촉촉하게 고였다. 달수에게 얼굴을 보이기 싫어서 화장실에 가서 세수를 하고 다시 고기를 먹었다.

"교회 앞에 있는 〈소소야〉라는 술집 알아?"

달수가 물었다.

"알지. 넌 어떻게 알아?"

"기분이 꿀꿀하면 그 집으로 갔거든. 그 집에 안주로 훈제칠면조가 나왔잖아. 그 칠면조 뼈다귀를 백 개 모아오면 맥주 10만 시시 준다는 이벤트를 했는데, 내가 한 달 만에 백 개를 모았지."

"어떻게?"

"잡다한 뼈다귀를 모았지."

"칠면조 빼다귀가 아니잖아."

"비슷해."

"그걸 어디다 모아뒀는데?"

"그 옆에 동사무소가 있었거든. 거기 옥상! 밤에 동사무소에 사람이 아무도 없었어. 거기에 자기도 했는데, 겨울에는 추워서 얼어 죽어."

"주민센터겠지."

"동사무소야."

"참 나, 언제 적 이야기를 하는지……"

한숨이 나왔다.

"동사무소가 주민센터로 바뀐 거야?"

"넌 여태 뭐 하고 살았니? 바뀌어도 진작 바뀌었는데."

"어찌 되었든. 고기나 많이 먹어."

"갑자기 왜 고기를 먹자고 그래?"

"먹기 싫어?"

"이상하잖아."

"뭐가?"

"솔직히 말해봐. 너 누구야?"

"김달수."

"그 아이의 삼촌이 맞기는 한 거야?"

"당연하지. 난 태어나자마자 이마에 삼촌이라고 문신을 새기려고 했어. 그런데 태어나자마자 눈앞이 캄캄해져서 새길 필요가 없었지."

"조카가 내 차에 치인 거 맞아?"

"가볼래? 아직도 사고 현장에 조카 실루엣이 흰색 라커로 표시 되어 있어."

"넌 왜 조카 보러 병원엘 안 가?"

"이미 오징어가 되었는데 두 번 세 번 봐서 뭐 해."

"여긴 어디야?"

"여긴 우리 집, 왜? 자꾸 뭐가 그리 궁금한데?"

"아까 들어오면서 건강원 간판을 봤어. 여긴 내 집이야."

〈건강원〉이라고 간판도 달려 있었고, 내 이름의 문패도 있었다.

"그럼 네 집이겠지. 그리고 내 집이기도 하지."

몸에서 뭉텅 열기가 빠져나오는 걸 느꼈다. 그리고 입술이 파랗게 질리도록 한기가 몰려왔다. 두 눈을 시퍼렇게 뜬 지금 대체 무슨 이런 일이 벌어지고 있는지. 이것도 착시의 일종인지. 간혹 꿈에 한쪽 귀가 없는 남자를 만나기도 했다. 수십 년 동안 그런 남자를 본 적이 없다가 어느 날 고속도로 휴게실에 들러 화장실 바로 옆에서 오줌을 누는 이의 귀가 없을 때, 갑자기 내 살의 일부를 먹고 자라던 동물인가 싶어 계속 그 사람을 주시한 적이 있었다. 또 남산에서 케이블카를 타고 내려오는데 맞은편 올라가는 케이블카 안에 있는 어떤 여자, 꿈에서 나만 보면 달려와 키스를 하던 여자를 보곤 다시 케이블카를 타고 올라가서 그 여자를 찾았지만 그 여자는 어떤 남자와 같이 사진을 찍고 있었고, 괜히 그 남자와 모종의 감정이 뒤섞여 혼자 소나무 숲을 보며 담배만 빽빽 피우다가 허적허적 내려오기도 했다. 하지만 이들을 꿈에서 봤을 거라는 내 판단은 믿을 수 없었다. 거리에서 자주 마주쳤거나 마트에서 같이 카트를 밀고 다니다가 인상이 진하게 남았을 수도 있는 일이었다.

같이 페이스북을 하다가 본 어떤 사람의 사진이 뇌리에 박혀 꿈으로 갔다가 되돌아와서는 실제로 아는 사람으로 인식될 수도 있지 않겠는가. 워낙 이미지가 흔한 세상이니까. 그런데 달수는 이미지가 아니었다. 그는 헤이즐넛은 버리고 초콜릿만 먹는 사람으로 꿈 안에서 기어 나와 내 앞에 현존하고 있었다. 내장이 만든 뜨끈한 에너지들이 근육과 머리로 가서 '나'라는 존재를 하루하루 만들며 사는데, 아무른 노동 없이, 어느 날 갑자기, 내 꿈을 박차고 너무나 단조롭고 쉽게 내 앞에 서 있으니 입을 다물 수 없었다. 그동안 나에게 보인 모습으로 봐서 달수가 로또에 당첨될 여섯 개의 숫자를 전달하기 위해 잠시 꿈 밖으로 나온 것도 아닐 테고, 내 지저분한 방을 청소하기 위해 인력센터 직원으로 방문한 것도 아닐 것이었다. 그런데 이러한 내 생각을 달수 역시 하고 있다면, 이건 내가 감당하지 못할 재앙임에 틀림없었다. 여태 내가 '나'라고 생각했는데, 차근차근 대화를 하다 보니 내가 그의 투사물이거나 그가 장난삼아 만든 봉제인형이면, 이건 사생결단을 내야 할 엄중한 일이었다.

"너, 내 꿈에서 나왔지?"

달수가 날 빤히 쳐다보다가 싱긋 웃었다.

"그래서?"

"맞냐고! 맞아? 그런 거야?"

"네가 하루하루를 꿈으로 소일하는 동안 난 정원을 돌보느라 오줌 눌 시간도 없었어. 네가 잠에서 막 깨어나서 변기에 앉아 담배를 피울 때, 나는 줄담배를 피우며 정원의 돌멩이 하나 꽃나무 하나 꼼꼼하게 보살폈어. 그런데 네가 퇴비를 구하러 나온 우릴 쓰레기 취급을 했잖아. 네가 그런 놈이야! 잠이 모든 걸 덮어버린다고 생각하는 이 꽈배기 같은 놈!"

"내 생각이 맞구나."

젓가락으로 불판을 엎어버렸다.

"그런데 말이지……"

달수가 히죽히죽 웃으며 일어섰다.

"뭐?"

"난 네 꿈에서 나온 게 아냐."

달수가 실실 웃으며 턱수염을 뽑아 개에게 줬다.

"내 꿈에서 안 나오면 무슨 재주로 날 보냐?"

"멍청아, 네가 꿈 안으로 들어온 거지. 수영도 못하는 바보야. 넌 바보 멍충이야."

턱수염의 절반이, 그것도 오른쪽만 다 뽑혔는데 돌아서면 다시 한 올씩 기어 나왔다.

"수영도 못하다니?"

"넌 지금 물을 먹고 혼수상태에 빠져 있어. 숨이 턱에 깔딱깔딱 걸려 있다는 거야. 그러니까, 지금 넌 꿈 안에 분주하게 뛰어다니던 널 만난 거야. 꿈에서 넌 구경꾼이었거든. 처음으로 정원이 있는 꿈의 현장엘 온 거지."

달수가 깔깔거렸다.

"거짓말. 이렇게 디테일한 삶이 꿈일 수가 없잖아. 내가 바보냐?"

"여긴 원래 이랬어. 다만 네가 기억하고 싶은 것만 기억해서 그렇지."

"어리숙한 네가 날 놀리기도 하는구나."

"그렇다면 어쩔 수 없네. 망치 맛을 보면 정신이 번쩍 들겠지?"

"됐어."

달수가 저글링 공을 돌리기 시작했다. 그러면서 알 수 없는 말을 늘어놓으며 소파와 거실을 뛰어다녔다. 꿈에서 이런 풍경을 자주 봤다. 그때마다 나는 저글링 공을 던지는 꿈 안의 나를 보며 어떤 불가해한 상황을 모면하기 위해서는 이 방법밖에 없다고 생각했다. 꿈속 내가 어떤 행위를 하든 그것을 내가 이해하는 방향으로 생각이 마른 골짜기로 물 흐르듯 스며들었다. 그러고 보니 경찰서에서 본 몇몇 풍경도 낯설지가 않았다. 거기 경찰서는 쿠바에서 본 경찰서 풍경이었고, 모니터며, 커피숍이며, 내가 걸었던 길까지 모두 꿈속에 등장하던 풍경이었다. 어쩌다 이런 일이 벌어졌는지 도통 이해가 가지 않았다. 키우던 햄스터에게 이래라저래라 잔소리를 하다가 어느 날 햄스터와 내가 같은 케이스 안에서 만난 꼴이었다. 완벽하던 내 꿈이 하루아침에 부서진 것도 놀랍지만 지금 달수가 정원을 빌미로 집요하게 날 끌고 다닌 것도 수상했다. 정원이라면 달수가 모를 리 없었다. 필시 내가 정원을 내주면 어떤 일이 벌어질 것이고, 그 일이라는 게 꿈꾸는 사람의 지위를 박탈하는 것일 확률이 높았다. 조심스레 내 꿈의 울타리를 보수하고, 하루라도 빨리 여기에서 벗어나는 수밖에 없었다. 이런 다짐을 했지만 그리 희망적이지 않았다. 달수가 꿈 안에 있는 나라는 것이었다. 내가 날 설득하는 꼴이었는데 이건 불가능했다. 가능했다면 지금 이런 수모를 달수에게 당하고 있겠는가. 광장에 나가서 불의에 맞서서 싸우고, 생계를 돌보기 위해서라도 어디든 취직을 하고, 수지를 찾아 남미든 지옥이든 갔을 것이다.

"집에 갈래. 날 죽이든 말든 마음대로 해."

모른 척, 달수에게 성질을 부렸다.

"여기가 집인데 자꾸 어딜 간다는 거야?"

달수가 히죽 웃었다.

"네가 뭘 잘 모르나 본데, 진짜 내 집으로 간다는 거야."

일어서서 엉덩이를 탈탈 털었다.

"이 공이 말이야. 네 오른쪽 귀로 들어가서 왼쪽 귀로 나오게 할 수 있어. 볼래?"

"됐어. 머리가 터질 것 같아. 제발 그만 좀 해."

"왜? 죽든 살든 마음대로 하라고 했잖아."

또 공 돌리기가 시작되었다. 현기증이 났다. 그런데 먹고 있던 고기에서 눈알이 굴러 나왔다. 이게 뭔가 싶어 집게로 쟁반에 올려놓은 고기를 뒤적였다. 동물의 아래턱이 나왔다. 치아의 형태가 개였다.

"정원만 옮겨주면 끝나는 거 맞지?"

옥신각신해봤자 달수가 쳐놓은 덫에 더욱 깊이 빠질 뿐이었다.

"당연하지. 몇 번 말해야 알아듣니?"

"정원만 옮겨주면 끝나는데 고기를 왜 먹자고 했니? 고기를 먹인다고 정원이 살찌냐? 꽃나무가 살찌냐. 네가 처음부터 말이 안 되는 소릴 했으니까 그렇지."

"너 참, 더럽게 말 많구나."

달수가 고기 뒤집던 집게를 던졌다. 그리고 일어나서 발로 내 옆구리를 걷어찬 다음 재빨리 현관에 걸려 있던 개 목줄을 가지고 와서 내 목에 채웠다. 반항을 하기로 했으면 훨씬 전에 했어야 했다는 후회가 밀려왔다. 잠깐 눈을 감은 사이에 달수가 날 발가벗겼다. 유난히 배가 불룩했다. 성기는 초라했고, 가슴은 부풀어 올랐다. 달수는 나를 개처럼 질질 끌고 다녔다. 틈새를 노려야 했다. 달수가 잠시 한눈을 파는 사이, 나는 바닥에 등을 대고 누워 물에 빠진 사람처럼 허우적거렸다. 그러면서 발로 몸을 살살 돌려 달수가 내 쪽으로 몸을 돌렸을 때, 발을 찼다. 하지만 내 생각은 보기 좋게 빗나갔다. 달수는 발을 살짝 들어 피했고, 내 발은 단조로운 기계처럼 빙빙 돌았다. 이런 모습에 달수가 크게 웃었다. 아마도 얼굴과 다리, 그 사이에 놓인 초라한 성기를 본 모양이었다. 그 덕에 목줄이 목을 목줄이 옥죄어서 켁켁 기침을 했다. 그때부터 달수의 발이 내 배를 향해 쏟아졌다. 배를 얻어맞을 때마다 양쪽 무릎이 자연스럽게 솟으면서 입에서 더러운 물이 흘러나왔다.

"더러운 새끼."

거실 바닥을 흘러가던 물이 베란다 쪽으로 가서 모였다. 이걸 개가 쩝쩝 소리 내어 마셨다. 어떤 이유에서인지 통증보다는 속이 비워진다는 느낌, 목에 거북하게 걸려 있던 가시가 뽑혀나가는 느낌이었다.

"너, 한 번만 더 이런 식으로 나오면 망치로 눈알을 뽑아서 하늘로 통통 던져버릴 거야! 알겠어?"

나는 길게 한숨을 내쉬었다.

"저급한 새끼……"

쩝쩝거리던 개가 토하기 시작했다. 그 바람에 고기 만찬이 끝났다. 달수가 개 목줄을 풀고, 옷을 던져줬다. 휴지로 토사물을 치우는 사이 달수는 흐뭇한 미소를 짓고 안방으로 들어갔다. 나도 화장실로 들어가 먹었던 고기를 모두 토했다. 살인도 할 수 있을 것 같았다. 더 이상 잃을 것이 없을 정도로 자존심에 상처가 났다. 뼈마디가 욱신거리면서 손에 잡히는 대로 집어 던졌다. 양치질을 하다가 칫솔이 뚝 부러졌고 변기에 물을 내리다가 레버가 부러졌다. 코 옆으로 버짐이 하얗게 피어서 손가락으로 문질렀더니 허연 때가 밀렸다. 때가 자꾸 나왔다. 이러다간 얼굴이 지워질 것만 같았다. 슬리퍼를 벗어 베란다 밖으로 집어 던졌다. 그리고 조용히 개 옆에 누웠다.

잠이 오지 않았다. 이 시간에 자고 있는 모든 사람을 증오할 수도 있었다. 내가 꿈 안으로 끌려오다니. 그리고 종이인형 같은 달수에게 잡히다니. 비루하고, 처참했다. 이건 악몽이라고, 뺨을 때리고 의자 다리로 발등을 짓이겨봐도 꿈에서 깨어날 수 없었다. 세상의 모든 악들이 나에게 들러붙은 모양이었다. 「토별산수록」의 토끼는 어찌 그리 유쾌하게 깡총깡총 뛰며 거북이를 속여먹었을까. 도저히 잠이 올 것 같지 않았다. 빗으로 개털을 빗겼다. 한 움큼 뽑혀 나온 털을 쓰레기통에 버리면서 보니 쓰레기통에 개털이 수북이 쌓였다. 빗겨도 빗겨도 자라나는 개털을 보다가 수지에게 부탁을 할까, 하고 혼잣말을 했다. 남미로 떠난 수지가 꿈 안에서는 내 정원에서 그리 멀지 않은 곳에 집을 짓고 살았다. 꿈에서 본 남자를 만나러 간다면서 매일 내 정원 앞에서 서성거려서 내가 그녀에게 정원을 구경시켜주기도 했고, 그녀와 함께 그녀의 집에서 놀기도 했다. 내가 궁금했던 건 그녀가 꿈에서 만났다는 남자였는데, 단 한 번도 그 남자를 정면에서 제대로 본 적이 없었다. 수지의 집에서 양치질을 하다가 "그 남자를 왜 안 보여주니!" 하자 그녀는 잠만 자는 그런 남자를 왜 보고 싶어 하냐고 오히려 나에게 화를 내기도 했다. 그런데 이상한 게 있었다. 그녀가 내 집으로 올 때쯤이면 내가 정원사와 곰에게 일을 시켰다. 정원사는 안방을 청소하면서 액자를 옷장 안에 넣었고, 금방이라도 무너질 것만 같았던 천장을 작대기로 떠받쳐놓았다.

"개 데리고 산책 좀 가려고……"

개를 데리고 현관문을 열자 달수가 나왔다.

"개가 싫어하는데?"

"개가 살이 쪄서 배구공이 되면 좋겠니?"

현관을 나가서 엘리베이터만 타면 곧장 뛴다는 계산이 섰다.

"쏘리가 식분증(食糞症)에 걸려서 그래. 저놈은 자기 똥을 자기가 먹거든. 한번 개밥을 주면 영원히 배고프지 않아. 똥의 윤회 같은 거야."

"그런 게 어딨어."

식분증이라는 말은 처음 들었다.

"진짠데? 개에게 물어봐."

"관둬."

"안 믿네. 좋을 대로 해. 쏘리, 쏘리쏘리, 도망가든 말든 쏘리."

문을 여는 순간 신기하게도 머리에 동네가 그려지기 시작했다. 집 앞에는 은사시나무 한 그루가 서 있었고, 나무 옆으로 긴 화단에 있었다. 화단에는 사시사철 푸른 돈나무가 사람 키 높이만큼 자라 있었다. 밤에는 그 화단 뒤로 숨으면 형체는 알아보겠지만 허리 아래는 보이지 않았다. 화단에서 큰길까지만 달아날 수 있으면 탈출에 성공했다. 큰길에 서 있는 은사시나무를 벗어나면 골목이 나오고, 골목을 지나가면 〈천일화물〉이 나왔다. 그 옆에 수지가 살았었다. 그런데 여기가 꿈이라면 수지가 꿈 밖에 있을 터, 소용없는 일이었다. 거기까지 도망갈 바에야 〈천일화물〉 앞에서 택시를 잡아도 되고, 최대한 사람이 많은 합정역으로 뛰어가면 달수에게서 영영 벗어날 수도 있었다. 〈천일화물〉에서 합정역까지는 어림잡아 3백 미터. 이 3백 미터 안에 있는 모든 상점들이 머릿속에서 정리가 되기 시작했고, 건물 모서리와 전봇대와 횡단보도와 돌출 간판까지 위치와 범위가 그려졌다. 개를 데리고 천천히 화단 옆으로 걸었다. 그리고 개가 똥을 누는 것처럼 목줄을 느슨하게 풀어놓고 서 있다가 재빨리 목줄을 은사시나무에 묶었다. 그다음은 생각하고 말고도 없이 냅다 뛰었다. 팔을 휘저으며 골목을 돌다가 흘끔 집을 쳐다봤다. 검은 실루엣 하나가 내 그림자의 궤적을 따라 움직이고 있었다.

"굿 바이 달수!"

달리면서, 더 빨리 달릴 수 있는 방법이 있을 텐데, 하는 생각을 했다. 아니, 너무 빨리 달려서 길이 나를 향해 덤벼드는 착각이 들 정도였다. 극도의 쾌감이 갈비뼈 근처에서 소름처럼 돋아났고 등허리로 땀이 맺히는 것도 같았다. 악과 악이 싸워 악이 이겼다. 결국 나는 더 큰 악이 되었지만 그래서 더 큰 만족감에 몸을 떨었다. 시원한 맥주가 그리웠다. 어디로 갈지 생각했지만 막상 달리다 보니 마땅히 갈 곳이 없었다. 계단을 다섯 개씩 뛰어넘어 지하철 승강장에 섰다. 승강장이 텅 비어 있었다. 조금 뒤 전철이 왔고, 열린 문이 닫히자마자 고개를 숙인 채 의자에 앉았다. 값진 시간이었다. 불안감이 가뭇없이 사라졌고 의욕이 치솟으며 삶의 열정이 들끓었다. 지하철 광고판의 문구들을 읽으며 박수를 쳐주고 싶을 만큼 수긍이 갔다. 그래서 박수를 쳤다. 박수를 치다가 눈물을 흘렸다. 불행은 왜 나에게만 오지, 하고 생각하다가 결과물처럼 찔끔 나온 것이었다.

서너 개의 역을 지났을 때 비로서 어디에 내릴지 생각했다. 어디로 가든 달수가 닿기에는 먼 거리였다. 내키는 대로 아무 역이나 내렸다. 그런데 여전히 익숙한 거리였다. 수지와 자주 들르던 〈늘보네〉라는 커피숍이 보였다. 드문드문 심어진 플라타너스 길을 따라가자 교회 맞은편에 〈소소야〉라는 호프집도 보였다. 그제서야 마음이 놓였다. 〈소소야〉로 문을 열고 들어가서 맥주와 안주로 훈제칠면조를 시켰다. 훈제된 칠면조에 허연 기름이 붙어 있었다. 속을 다 게워내서인지 배가 고팠다. 혼자 마시는 술이, 혼자 마시는 기분이 아닌 것만 빼면 어두운 실내 공기도 친구요, 창밖에 두툼하게 쌓인 어둠도 내 후원자인 듯했다.

어디선가 닭이 울었다. 나는 비틀거리며 칠면조 다리를 들고 다시 거리에 섰다. 소주 한 병 살 돈밖에 남지 않았다. 편의점에서 소주 한 병을 사서 동사무소로 갔다. 2층에 불이 켜져 있었다. 다행히 건물 옆으로 철제 계단이 있었다. 옥상 국기 게양대 밑에 앉아 소주를 마셨다. 꿈에 있는 정원을 미끼로 협상을 하다니. 소소하게 후회가 밀려왔다.

2층에서 라디오 소리가 들렸다.

찔끔 또 한 번 눈물이 났다.

아침이 되어 일어나보니, 달수가 국기 게양대 밑에서 저글링을 던지고 있었다. 어두운 밤 골목을 지나다가 헌옷 수집함 위에 앉은 고양이가 발을 핥고, 핥은 발로 세수를 하는 모습을 물끄러미 구경하고 있는 기분이었다.

아니, 내가 꿈을 들여다보고 있는 기분이었다.

6

달수와 서점에서 만나기로 하고 눈을 감았다. 멀지 않은 곳에 개미핥기처럼 생긴 잠이 어슬렁거렸지만 느려터져서인지 도통 올 생각을 하지 않았다. 눈을 감았다가 뜨기를 수십 번. 눈을 감으면 동공을 유영하는 실핏줄 같은 게 떠다닐 테고 이걸 붙들고 잠으로 빠져들 생각이었는데 시간이 흐를수록 물에 빠진 사람처럼 몸이 떠올랐다. 그래서 손가락으로 눈을 꾹 눌렀다. 먹물이 터지듯 짙은 어둠이 온몸으로 퍼졌지만 조금조금씩 가라앉을 뿐 나는 여전히 침대에 누워 있었다.

침대에서 일어나 신발을 찾아 신었다. 신발에 먼지가 많았다. 누가 또 내 신발을 신고 다닌 모양이라고 투덜대자 정원사와 곰이 날 내려다보고 있었던지 끈이 풀린 새 신발을 내놓았다.

"왔으면 말을 해야지."

곰이 하품을 쩍 해대는 바람에 내 목덜미에 더러운 침이 뚝 떨어졌다. 나는 정원사에게 곰을 동물 교육센터라도 보내라고 짜증을 냈다. 정원사가 소파 밑에서 저글링 공을 찾아내어 곰에게 던졌다. 곰이 공을 쫓아 뛰어다녔다.

"철없기는……"

뒤뚱거리는 곰을 보면 웃을 수밖에 없었다. 그런데 어떤 냄새가 나는 것 같기는 한데, 맡아지지 않았다. 대신 분위기가 어떤 냄새의 존재를 말해주었다.

"이 냄새는 뭐지?"

내가 정원사에게 묻자 그는 손가락으로 거실을 가리켰다. "어제 저희들에게는 알리지도 않고 고기를 구워 먹지 않았습니까." 정원사가 입맛을 다셨다. "아, 기운을 차리게 고기를 좀 멕였지. 그래 그래, 창문을 좀 열어놔" 하고 말하자 정원사가 "네" 하고 대답하다가 지난번에 같이 온 친구의 몸에서도 비릿한 물냄새가 난다고 말했다. "좋은 소식은 아니군." 나는 옷걸이에 걸린 외투를 걸쳤다. 외투 호주머니에서 돌멩이가 나왔다. 정원사에게 남의 옷을 빌려 입었으면 이딴 건 버리는 게 예의라고 주의를 주었다. "주인님이 쿠바에서 가져온 돌이잖습니까." 정원사가 말했다. 정원사는 그림자답게 모르는 게 없었다. "그런가?" 나와 함께 여기서 살고 나와 같이 퇴비를 주워 모았지만 내 그림자가 아니었기에 그닥 큰 믿음은 없었다. 정원사나 나나 위에서 우릴 내려다보고 있는 그의 투사물이니 어쩔 수 없는 노릇이었다. "어딜 가시려고요?" 정원사가 물었다. "만날 사람이 있어." 내 말에 곰이 손가락을 꼽아보며 킬킬거렸다. "진짜 정원을 파시게요?" 정원사는 내가 정원을 파는 걸 몹시 싫어하는 눈치였다. 이게 다 정원을 관리하는 정원사로서 최선을 다하는 모습이라고 생각했다. "왜? 팔면 안 돼? 또 사악한 사람들이 날 꼬드겨 틀린 결론에 도달했다고 말할 참이지?" 고개를 숙여 신발 끈을 맸다. "설마요." 정원사가 신발끈 매는 걸 도왔다. "고맙네." 이렇게 말하자, "굳이 정원을 파시려면 새 잡는 여자에게 파시는 게 어떻습니까? 자주 정원을 산책하며 좋아하는데요." 정원사가 기다렸다는 듯이 말을 쏟아내기 시작했다. 또 수지를 들먹였다. 그 여자가 날 사랑하는 것까지는 상관하지 않는데

새를 잡겠다며 내 방에 들어와서 난리법석을 떠는 건 내키지 않았다. "수지라……" 끙, 한숨을 쉬며 말을 이어나갔다. "이미 살 사람이랑 계약을 했어! 어쩔 수 없는 일이야!" 주인으로서 단호함을 보여주는 것도 나쁘지 않았다. "무슨 일인지 모르겠으나 정원을 망치는 사람에게는 팔지 마십시오." 정원에 관한 한 정원사의 집념은 대단했다. 이것 역시 마음에 드는 대목이었다. "왜?" 슬쩍 문틈으로 바깥을 내다봤다. 우중충한 날씨였다. "그동안 주인님과 제가 정원을 위해 얼마나 고생이 많았습니까? 그동안의 땀과 노력이 헛수고가 되는 일이 없도록 하자는 말입니다. 그리고 정원이 얼마나 넓어졌는지 주인님도 잘 아시지 않습니까. 최근 사람들이 집 하나 지을 땅이 없다고 난리들인데 꽃나무가 싫으시면 파프리카 농사를 지어도 굉장할 겁니다. 정원 끝까지, 빨갛고 노란 파프리카! 한번 상상해보세요. 대단하지 않습니까? 아름다움만 좇는 사람이라면 필시 정원의 나무들을 몽땅 뽑아버릴 겁니다. 그땐 주인님에게 어떤 일이 닥칠지 생각해보셨나요? 우리의 땀과 노력이 한순간 물거품이 되는 건 기정사실로 하고서라도 묻혀 있는 그림자들이 정원을 박차고 나가서 이 도시를 쑥대밭으로 만들 겁니다. 이걸 밀짚모자를 쓴 노인이 반길까요? 아마도 곰이랑 저는 여기저기 떠돌다 고양이 달구지에 실려 낭떠러지로 떨어지겠죠." 틀린 말이 아니었다. "이 지긋지긋한 정원에서 탈출할 수도 있잖아? 꿈 밖으로 말이야." 넌지시 정원사의 의향을 떠볼 요량이었다. "백에 하나, 만에 하나, 운이 좋아 밖으로 나간다면 주인님 곁에서 한평생 뒤를 봐주며 살겠지요. 아, 주인님이 나가실 모양이군요." 내가 볼 때 정원사는 운이 아주 좋은 편이었다. "글쎄, 생각 중이야."

곰이 신경질을 내며 발로 벽을 찼다. 놀란 내가 정원사가 들고 있던 막대기로 곰을 겨누었다. 곰이 무서워하기는커녕 뒷짐을 지고 벽을 따라 느릿느릿 걸었다. "어찌 되었건, 모든 건 시간이 보슬보슬 덮어버리지 않을까?" 대충 이렇게 둘러댈 수밖에 없었다. "시간은 썩거나 사라지는 게 아니라는 걸 주인님도 잘 아시잖아요. 주인님은 이 정원을 팔면서 지난 기억들은 몽땅 죽여버리겠지요. 그다음엔 주변의 맹지를 사들여 또 다른 정원을 꾸밀 겁니다. 틀림없습니다." 틀린 말은 아니었다. 나는 그와 달랐다. 정말이지 나는 죄책감과 절망에 고개조차 들지 못하는, 어눌한 촌뜨기와 거리가 멀었다. 세상이 내 생각대로 될 것 같으면 나는 노벨물리학상을 받고도 남았을 정도의 총명한 머리가 있었을 것이고, 평판 또한 나쁘지 않았을 것이다. 하지만 나는 가끔 욱하는 성미로 인해 망측한 일이 생기는 것만 빼면 책으로 습득한 지식과 창가에 기댄 채 검은 하늘을 보며 만들어낸 시기 질투를 행동으로 옮길 줄도 알았다. 광우병 문제로 촛불집회가 한창일 때도 나는 통인동의 어떤 갤러리 옥상에서 혼자 미국산 소고기를 구워 먹었고, 일본 방사선 피해로 후쿠시마에서 잡은 고등어를 먹지 말라고 할 때도 나는 효창공원 옆 기사식당에 혼자 앉아 한밤에 일본산 고등어를 먹었다. 광화문에서 세월호 유가족들이 단식을 할 때도 나는 밤늦게 혼자 이순신 동상 아래에서 햄버거를 먹었다. 내 몸이 어찌 되든 나는 군중 속에 혼재된 존재로 누군가 내 삶을 목격해주길 원했고, 온몸에 퍼져 있는 불안과 욕망은 진실 앞에서는 쉽게 용해되었기에 스스로 쉽게 포기하는 그와는 달리 인내하면서 야금야금 내 몫을 챙겨오는 법을 배웠다. 이 사회가 시도 때도 없이 만들어내는 거짓과 위선은 내 삶에 활력을 불어넣기에 안성맞춤이었다. 내가 가진 능력의 대부분이 꿈 안 정원에서 체득한 것이었기에 내 어두운 부분을 감추기 위해선 어쩔 수 없었다. 나는 성격도 그와는 판이하게 달랐다. 궁지에 몰렸을 때도 솟구치는 울화를 공처럼 단단하게 굳힌 다음 누군가를 향해 하루에 하나씩 계란으로 바위를 깰 요량으로 던졌다. 그로써 나는 이 사회에서 힘을 가진 사람들에게 건전하고 모범적인 시민이라는 인상을 풍길 수 있었다. 번역에 젬병이었던 그가 원고지 4천 매를 고스란히 교수에게 빼앗겼을 때 나는 그가 비워놓은 침대에서 잠을 잤고, 교도소 문체라며 자신을 책망할 때 나는 침대에 누워 웃었다. 집 안에 심어놓은 은사시나무를 하룻밤 사이에 도둑맞았을 때도 나무가 떨어뜨린 잎사귀를 주워가며 남의 집 정원에 도착해서 이제 막 이식된 은사시나무가 이 정원과 어울리는지부터 살폈다. 도둑과 싸우는 법을 터득하지 못한 부분도 있었지만 일이 커지면 내가 숨을 곳이 점점 줄어들기 때문에 최대한 인내심을 발휘했다. 그러고 나서 그 집 마당에 묶여 있던 개를 죽여 나무 밑에 파묻었다. 밤새 구더기를 불러냈고, 구더기가 집 안으로 들어가도록 달달한 빛을 흘렸으며, 창문에 못질을 하고, 어느 날 갑자기 까맣게 부활한 파리들이 그 집을 잠식했을 때, 조용히 나무를 뽑아 집 앞으로 옮겨 심었다. 이런 나는 꿈 안에서 무럭무럭 자라나 마침내 괴물이 되었다. 그리고 이 괴물이 멀건 대낮에도 그의 몸을 빌려 도시를 걸어 다녔다. 몽유병자, 기면증 환자로 말이다.

"그리 잘 알면서 왜 정원을 새 잡는 여자에게 팔라고 하는 거지?"

"그분은 정원을 털끝 하나 건들지 않겠다고 맹세했습니다. 저희들 역시 이곳에 그대로 머물게 하겠다고 했습니다. 자신이 주인이지만 명목상 그렇고, 진짜 주인은 주인님이라고 했습니다."

"어떤 주인?"

"글쎄요……"

이런 대답은 늘 기분을 상하게 만들었다.

"수지가 천사인가? 천사가 새 한 마리도 제대로 못 잡나? 수지가 날 핫바지로 만들려는 이유가 뭐지? 그리고 정원을 사는 조건으로 대체 나에게 뭘 준다는 거지?" 여태 그런 낌새도 없던 수지가 새나 잘 잡을 일이지 왜 정원을 사려고 하는지 도통 이해가 되지 않았다. 새는 정원 주변에 널렸다. 그런 새를 놔두고 하필 내 정원을 산다는 게 께름칙했다. "이게 다 주인님을 사랑하기 때문에 그렇다고……" 정원사는 수지에 대해 아는 게 없었다. 항상 등 뒤에 서 있었으니 그럴 수밖에. "날 사랑하는 여자가 딴 남자에게 전화를 걸고, 내 정원이나 욕심내나? 이게 사랑이라는 거야?" 정원사가 날 물끄러미 쳐다봤다. "그분은 진정 주인님만을 사랑하십니다. 오늘도 여길 다녀갔잖습니까." 정원사는 다 좋은데 흠이 하나 있다면 여자에게 관대하다는 것이었다. "날 사랑하는 게 아니라 자신의 남자친구가 누군지 여태 구분도 못 하는 거겠지. 어쩔 수 없는 일이지만 까놓고 말해서 난 그녀를 사랑하지 않아. 그녀도 자기가 사랑하는 사람이 내가 아니라는 걸 대충은 알고 있지만 어쩔 수 없이 날 따르는 거야." 그녀에 대해 시시콜콜 따질 시간이 없었다. "자넨 자네 할 일이나 열심히 하면 돼! 이후에 일은 그때 가서 따지자고. 설마 내가 자넬 버리겠나." 이렇게 말하고 문을 열고 나갈 참이었다. "주인님! 정원을 파시면 주인님은 영영 못 돌아올 수도 있습니다. 지난번에 말씀드린 대로 이건 주인님이 꾸는 꿈이 아니잖습니까?"

"이 사람아, 이 꿈은 내가 주인이야. 내가 주인이 아니면 이 꿈에 어떻게 내가 나오나? 그리고 꿈을 꾸고 안 꾸고의 결정권은 나에게 없을지 모르지만 낮만큼 밤이 있잖아. 하루를 반으로 나눴을 때, 그 절반은 내가 주인이야. 내가 만약 그를 밤낮없이 잠자게 만들어버린다면 그는 단지 꿈꾸는 기계밖에 더 되겠나? 이래도 자네가 내 마음을 제대로 읽는다고 큰소릴칠 텐가? 요즘 자넨 나사가 빠져도 한참 빠진 사람 같아!"

버럭 화를 냈다.

"주인님, 나사가 빠진 게 아니라 합리적으로 생각한 겁니다. 주인님이 이 꿈의 주인이 되고 싶으시다면 ……"

"그를 죽여라? 안 되지. 죽여버리면 우린 끝인데?"

사다리꼴 모양의 방을 쭉 걸어가면 벽장이 나오는데 그곳으로 나가서 그를 죽일 순 있었지만 내가 완벽하게 정원의 주인이 되기 전까지는 내버려둬야 했다.

"자넨 왜 밖으로 나가지 않지?"

정원사에게 물었다.

"주인님과 같이 종종 나가잖습니까. 꿈 안에 있는 저 같은 놈이 밖으로 나가면 지나온 길만 걷거나 혼자 구시렁거립니다. 횡단보도 같은 곳에서 혼자 우두커니 서 있는 경우도 있고, 비둘기에게 새우깡을 주다가 언젠가 비둘기들이 날 먹어버릴지도 모른다는 공포에 소리를 꽥 지르기도 합니다. 하늘에 비행기가 지나가면 추락

해서 내 머리를 깨버릴지도 모른다는 생각, 세상 모든 계단이 활짝 펴지면서 길이 일순간 와르르 무너질 거라는 생각, 이 모든 불안들을 잠재울 수 있는 건 어둠밖에 없습니다. 그래서 우리 같은 그림자들은 벽을 더듬어 스위치를 찾느라 허둥지둥 시간을 다 까먹곤 합니다. 여긴 그럴 필요가 없으니 얼마나 좋은지 모릅니다."

"비슷한 운명이군. 안 그래? 그럴수록 서로에게 관심을 보여주자고."

결코 좋은 기분은 아니었다.

"제 이야기가 좀 길어졌습니다. 주인님 말씀대로 하겠습니다. 죄송합니다."

정원사가 다리를 모은 채 고개를 숙였다. 나는 침대에 걸터앉아 쉬고 싶었지만 서점으로 가봐야 한다는 생각이 지배적이었다. 어떤 생각에 몰두하면 몸이 그 방향으로 기운다는 점에서 생각은 포환과도 같았다. 서점이 어디에 있는지 알지 못하는데도 몸이 기우는 방향으로 무작정 걸었다. 근처에서 간판을 봤다고 하니까 나로서는 도리 없는 일이었다. 이런 비주체적인 삶도 얼마 남지 않았다. 더 이상 갈등 없는 번민과 반성 없는 후회도 없을 것이고, 꼭두각시 같은 삶도 벗어던질 수 있었다. 그런데 갑자기 길이 뱀의 혓바닥처럼 날름거렸다. 내가 어디로 가려 하는지, 길이 불꽃처럼 너울너울 갈등하고 있었다. 대체 서점이 어디에 있다는 것인지, 이 골목 저 골목을 들여다봐도 서점은 보이지 않았다. 사람들이 길게 줄을 서 있어서 거기인가 하고 줄을 섰는데 막상 가보면 빵을 나누어주는 무료급식소였고, 광장 한구석에 사람들이 둥글게 모여 있어 가보면 선글라스를 쓴 신사가 노인들에게 돈을 나누어

주고 있었다. 나는 길에 우두커니 서 있었다. 길을 잃어버렸다는 건 외롭다는 증거였고, 기다렸다는 듯이 공포가 엄습했다. 하는 수 없이 무작정 달렸다. 덩달아 어둠도 뛰었다. 어둠에 갇힌 모양이었다. 이대로 서점까지 가면 악몽이 될 게 뻔했다. 구차하게 어떤 힘에 이끌려 서점으로 가는 것보다 차라리 꿈에서 벗어나는 편이 나았다. 그래서 두 팔을 벌렸다. 꿈을 깨기 위해서는 꿈속 여기저기로 연결된 생각의 호스를 끊어내야 했다. 머리카락만큼이나 미세한 호스들을 거머쥐고 빛을 향해 솟아올라야 했다. 그런데 몸이 비틀거렸다. 발가락과 손가락 사이로 검은 실들이 엉켰다. 꿈의 축에 물렸구나, 하고 길게 한숨을 내뱉었다. 몸에서 주먹만 한 한숨이 빠져나가자 그 왼쪽 귀밑에서 오른쪽 귀밑으로, 두 눈동자를 관통해서 날아가는 주먹만 한 공을 봤다. 나와 연동된 다수의 꿈이 동시에 작동을 멈추지 않으면 깨어날 수 없었다. 오래전에 창고에 불을 질렀어야 했다. 그의 조상과 친족 들이 만들어가는 연대기를 부수어버려야 했다.

"저기……"

그때, 어떤 젊은 사람이 다가왔다. 완벽하지 않은 형상의 그가 바들바들 떨고 있었다.

"〈촛불공장〉을 아시나요?"

손을 부비며 말했다.

"알지."

"어디로 가야 하는지 알려주세요. 거기서 만날 사람이 있습니다. 부탁드립니다."

"만나서 뭘 하게?"

"그 친구가 다리에서 뛰어내렸나 봅니다. 곧 죽을 겁니다. 그 친구를 만나야 합니다."

"만나서 뭘 어쩌려고?"

"살 의지를……"

"밖에서도 없는 의지를 여기서 어떻게 불어넣지? 의지로 따지자면 여기나 거기나 매한가지잖아. 그리고 의지는 가진 사람만이 저축해놓을 수 있는 미래야. 없는 것들에게 의지란 도취에 불과하지. 안 그래?"

"그렇긴 합니다만 저는 그의 심장 뛰는 소리를 들으며 자랐습니다. 그 소리가 멈춘다면 저는 이 무거운 고요를 감당할 재간이 없습니다. 제발……"

어렸을 때는 나도 그랬다. 꿈 안에서 어둠으로 존재한다는 것은 긴장의 연속이었다. 말을 탄 사람들이 채찍과 굽은 칼을 휘두르며 어둠 속에 잠복한 그림자들을 잡아갔다. 사람들은 그들에게 쫓겨 도시로 피난을 갔고, 도시 중심가에 서 있는 건물은 늘 피난민들로 북적였다. 간간이 달팽이 모양의 그림자 청소기가 도시를 돌아다니기도 했다. 말굽 소리나 고양이 울음소리, 그리고 달팽이가 벽을 훑는 소리가 들리면 정원사와 나는 집으로 들어와 문을 잠근 채 귀를 막았다.

"여길 찾아가보게."

그의 손바닥에 약도를 그려줬다.

"고맙습니다."

먼 곳에서 점점 명료해지는 어떤 불빛을 볼 수 있었다. 그가 말했던 서점 간판이었다. 서점 문을 밀자 희미한 불빛 아래 책들이 눈에 들어왔다. 책 위에 먼지가 앉은 걸로 봐서 이 서점은 누군가가 오래전에 버린 이미지이거나 꿈 안에서 유령처럼 떠돌아다니는 서점의 형상이었다. 책을 펴 그 속에 손을 넣어보기도 했고, 책 모서리로 머리를 탁탁 두드려보기도 했다. 이 지겨운 책들을 그가 번역하고 있을 때 나는 꿈 안에서 종종 책 읽는 시늉을 했다. 이런 나를 그가 황홀하게 지켜봤다. 그에 대해 시시콜콜한 것까지 아는 내가 볼 때 이건 꼴사나운 행동이었다. 5년간 감방 생활을 한 뒤 귀국해서 그는 교회에 가지 않았다. 동네 친구들이 교회에서 유학도 보내준 인재라며 직장을 소개해줬지만 그는 합당한 보수와 리버럴한 직장이 아니라는 이유로 거절했다. 합당한 보수와 리버럴한 일자리는 그에게 아주 훌륭한 변명거리였다. 합당한 보수와 리버럴한 일자리가 생겼을 때도 그는 철제 책상에 앉아 모니터와 싸우는 건 고용자와 사용자 모두 시간 낭비라고 딱 잘라 거절했다. 결국 그는 하루하루 자신도 알지 못하는 곳으로 숨어들었다. 잠으로 젊은 날을 탕진한 것이다. 그 결과 내 운신의 폭이 좁아졌다. 벽장을 통해 어렵게 어렵게 꿈 밖으로 나와서 사람들 눈을 피해 숨어 다녀야 하는 신세가 되었다. 그래서 내가 짜낸 꾀가 포커 판에서 크게 돈을 따게 하는 것이었지만 그 돈 역시 병원비로 탕진했다. 이번에 만약 그가 정원을 내놓지 않으면 현실보다 꿈이 더 끔찍하다는 걸 보여줄 것이다. 매일매일 피살되거나 매일매일 달려오는 자동차를 향해 내가 달려들어 악몽의 구렁텅이에서 빠져나오지 못하도록 만들 것이었다. 이런 퍼포먼스로 내가 죄책감에 빠질 이유는 없었다. 여긴 꿈이니까. 내가 죽었다고 해도 결코 나는 죽을 수 없는 조건이니까.

책 사이사이에 있는 각양각색의 끈이 보였다. 이 끈들을 뜯어냈다. 뜻대로 되지 않으면 이 끈을 이어 붙여 목을 맬 생각이었다. 부지런히 끈을 뜯어내는데 『꿈 제조에 관한 매뉴얼』이라는 책이 눈에 띄었다. 호기심이 발동하는 책이었다. 꿈 밖으로 나가서 살려면 꿈을 꿀 수밖에 없었다. 꿈에서 그를 만난다는 건 지옥에 떨어지는 것과 같은 고통인바, 꿈을 제조할 수만 있다면 그가 얼씬도 못 하는 새로운 땅을 개척해서 소박한 정원을 만들고 싶었다. 아니, 정원 따위는 필요 없을지도 몰랐다. 나는 회피하거나 도망가는 사람이 아니니까.

책 모서리에 묶인 끈을 들어 올리자 머리에 가르마를 타듯 반듯하게 책이 펼쳐졌다. 흑사병에 관한 이야기였다. 흑사병이 유럽을 덮쳤을 때 많은 사람들이 꿈에 영지를 건축해서 거기서 살았다는 이야기를 하고 있었다. 산 육신은 그저 잠을 잘 뿐이었고, 영적 삶은 꿈에 영지로 이전시켰다는 말이었다. 흑사병이 물러난 뒤, 꿈으로 도피했던 사람들이 긴 잠에서 깨어나 이 책을 정리했다고 책의 서문은 밝히고 있었다.

서문이 끝나자 본격적으로 꿈 제조에 관한 이야기가 시작되었다. 이 책에 따르면 희망, 즐거움, 소원 성취를 꿈 안으로 밀어 넣는 건 낙타가 바늘구멍을 통과하는 것만큼 어려웠다. 대신에 불행, 좌절, 절망, 죽음, 괴로움을 꿈꾸는 건 식은 죽 먹기였다. 둘 다 공복상태에서 스토리를 다섯 시간 이상 암송하면 꿈 안에서 연출이 가능하다고 했다. 실제로 531년 로마 장수 벨리사리우스의 아내 안토니나는 서커스단 출신이었는데 나중에 벨리사리우스가 반달족 지역에 쳐들어갔을 때 자신이 꾼 꿈을 그에게 보내 전쟁에서 크게 성공한 예를 소상히 적어놓았다. 또 꿈을 낮과 밤으로 양분해서 꿈꿀 수 있는 방법도 적혀 있었다. 이는 아우구스티누스의 『고백론』을 소개하면서 시작되었다. 『고백론』 4권 4장에 이와 같은 말이 전해졌다. '나 자신이 나 자신에게 수수께끼가 되었다. 그리고 내 영혼에게 내 영혼이 어째서 그렇게 고통스러워하고 어째서 그렇게 어지러워하는가?' 하고. 그러면서 꿈 안이 낮이면 자신은 지금 맑은 영혼의 소유자며, 꿈 안이 밤이면 자신의 영혼이 혼탁하다면서 꿈에서 해가 뜨게 하려면 하얀 눈이 창문 바로 밑까지 쌓이는 날 밤, 밀폐된 방에서 가을에 수확한 모과를 반달 모양으로 썰어 불에 태우고 그 연기를 마신 뒤 잠을 자면 된다고 적혀 있었다. 또 책에는 꿈에서 이룬 성과물을 현실 세계로 수확하는 방법도 자세히 소개되었다. 이 방법을 체득하기 위해서는 복잡한 수학 공식을 알아야 했다. 12세기 수학자 피보나치의 수열이 핵심이었는데 각 항이 앞에 있는 두 숫자의 합이 되는 수열이었다. 1, 1(0+1), 2(1+1), 3(1+2), 5(2+3), 8(3+5), 13(5+8), 21(8+13), 34(13+21), 55(21+34), 89(34+55)…… 수열이 이렇게 계단식으로 나열되어 있는 게 꿈속 인물들이면, 이 인물들을 뒤에서부터 줄여나가다가 3이 되어야 지갑이라도 하나 들고 나올 수 있다고 적혀 있었다. 여기서 말하는 3이란, '나'와 꿈 안에 또 다른 '나', 그리고 그림자였다. 이 책이 사실이라면 정원을 밖으로 가지고 나오기 위해서라도 그를 죽이면 안 되었다. 또 정원사까지 데리고 나와야 했다. 낙담이 컸다.

그다음 쪽에는 꿈꾸는 지역을 바꾸는 방법이 소개되어 있었다. 기원전 44년에 율리우스 카이사르가 지구를 측량하기 위해 동서

남북으로 네 명의 사람을 보냈다. 니코독수스는 동쪽, 테오도쿠스는 북쪽, 폴리클리투스는 남쪽, 디디무스는 서쪽으로 갔다. 오랜 시간 뒤 이들이 돌아와서 한 장의 지도를 만들었다. 그 지도가 〈헤리퍼드 마파문디〉였다. 이 지도는 동물의 가죽 위에 그려졌다. 그런데 지도의 왼쪽 끝, 큰 동물의 어깨쯤에 세계의 끝에 대한 설명이 적혀 있었다. '이곳에는 상상을 뛰어넘는 온갖 종류의 공포가 있다. 견딜 수 없는 추위, 산에서 끊임없이 불어오는 바람, 인육을 먹고 피를 마시는 야만인들, 카인의 저주를 받은 아들들도 있다. 그곳은 북쪽이며, 북은 일곱을 뜻하며 라틴어로는 septémtrïo라고 불렀다. 큰곰자리에서 북두칠성의 일곱 개 별을 의미하는 것이었다.' 이런 설명 뒤에, 북쪽으로 머리를 두고 자되 북두칠성과 같이 곰의 형상으로 잠을 자면 꿈자리가 바뀔 수 있다고 했다. 이 방법이 통하지 않을 때를 대비해서 또 하나의 방법이 제시되었다. 마크로비우스의 『스키피오의 꿈에 관하여』에 실린 지도에서 보듯이 지구를 삼등분했을 때 상하(上下)로 꿈이 물 흐르듯 흘러 지형을 이룬다고 되어 있었다. 상(上)에서 꿈꾸던 사람이 하(下)로 꿈자리를 바꾸려면 5백 마리의 새를 잡아 그 깃털로 보료를 만든 뒤 검은 돌에 스무 번 오줌을 누고 잠자리에 들면 된다고 나와 있었다. 수지가 원하던 게 이것은 아닌지. 나와 다른 곳으로 꿈을 옮기려고 하는 건 아닌지. 갑자기 머리가 복잡했다. 어쨌든 다음 쪽에는 '많은 내가 동시에 꿈꾸기'라는 내용이 있었다. 여기에서 주장하는 것은 인간이 다양한 모습으로 다양한 지역에 분포하지만 대부분 동일한 인물이라는 주장이었다. 그들은 서로 알지 못하지만 꿈속에서는 같은 집에 기거하는 동일 인물이라는 것이었다. 이 말은

A의 유년기, 청년기, 장년기를 거치면서 살아온 유년기 A+, A++, B+, B++ 등이 실제 전 세계 곳곳, 지구 곳곳에 존재하고 있다는 말이었다. 이들은 꿈이라는 공간에서는 한 인물로 집약되기도 하고, 각기 다른 사람이나 동물, 사물로 대치되어 존재하기도 한다고 했다. 밀짚모자를 쓴 노인이 더 이상 늙지 않은 채 정원 주변을 배회하는 이유가 이 책 내용과 관련이 있는 듯했다. 책 끈을 모아 목을 맬 생각이었는데 괜히 머리만 아팠다.

그때, 서점 문을 열고 뒤뚱뒤뚱 곰이 걸어와서 나에게 꾸뻑 인사를 했다.

"네가 여기 어쩐 일이지?"

곰이 정원을 벗어난 걸 본 적이 없었다.

"왔으면 무슨 말을 해야지. 왜? 정원에 무슨 일이 생긴 거야?"

곰이 자기 엉덩이를 탁탁 두드렸다. 또 개가 곰을 건드린 모양이었다. 문만 열어놓으면 개가 곰 뒤로 가서 붕가붕가를 했다.

"그래서, 어쩌라고!"

곰이 쓰레기통에 한쪽 발을 올린 채 담배를 뻑뻑 피웠다.

"저놈이!"

곰은 내가 자기 친구인 줄 아는 모양이었다. 정원사만 없으면 침대에 누워 털을 손질해달라고 등을 내밀기도 했고, 냉장고 앞에서 사람처럼 서서 음료수를 마시기도 했다. 이참에 버릇을 고쳐놓을 생각으로 손바닥을 까딱거리며 곰을 불렀지만 눈치 빠른 곰이 피우던 담배를 서점 안에 던져버리고는 도망갔다. "살다 살다 이런 곰을 봤나! 거기 안 서!" 나도 곰을 쫓아 달렸다. 곰은 우산으로 비바람을 뚫고 가듯 구부정하게 허리를 숙인 채 어둠을 가르며 달렸다. 뒤에서 보니 산만 한 검은 개를 억지로 끌고 가는 곰처럼 보였다.

"이놈이 왜 이래?"

정원 앞에 정원사가 서 있었다. 나는 서점에서 누굴 만나기로 했는데 곰 때문에 엉망이 됐다고 투덜거렸다. 정원사는 고개를 숙인 채 죄송하다는 말만 반복했다. 잘 가르치는 교육센터라도 알아보라고 하자 정원사는 이게 다 담배 때문일 거라며 말끝을 흐렸다. 그러면서 "곰이 나의 수고를 덜어줄 생각으로 그런 행동을 한 게 아닐까요?"라고 말했다.

"만나기로 약속한 분이 누구신지는 모르지만 나올 가능성이 희박하다고 생각해서……"

"만나기로 약속했다니까!"

돌이켜 생각해보니 그의 삶은 늘 이런 식이었다. 어떤 일을 하다가 좌절하면 곧바로 물러설 변명거리를 만들었고, 해보지도 않은 채 자신의 일이 아니라고 외면했다. 여자친구인 수지가 강원도에서 벽화 작업을 하다가 집으로 왔을 때도 그랬다. 그가 내민건 섹스와 늘어지게 자는 것뿐이었다. 그는 잠이 모든 걸 용서하고 이해할 거라고 믿었다.

"누구랑 만나기로 하셨는지요?"

정원사가 땅에 삽을 꽂으며 물었다.

"저 위……"

손가락으로 하늘을 가리켰다.

"아, 그분과 여기서 만난다는 건 의미가 없습니다. 주인님은 지금 주파수가 안 맞는 라디오를 듣고 있다고 생각하시면 됩니다.

거울 속 주인님을 만날 수 있다고 보십니까? 만날 수 있다면 위에 계신 분의 숨통이 꿈과 현실의 빨랫줄에 걸렸을 때만 가능합니다. 오도 가도 못하는 경우에만 가능하다는 말입니다."

"지금이 딱 그래."

내가 싱긋 웃었다.

"정말요?"

"그렇다니까."

"세상에……"

정원사는 입을 다물지 못했다.

"오랜만에 정원이나 한번 둘러볼까?"

내가 정원을 향해 걸음을 옮기자 곰이 달려들어 치렁치렁한 나뭇가지들을 잘랐고, 발에 걸리는 돌은 정원사가 발로 툭툭 차서 일찌감치 뽑아버렸다. 어제와 오늘, 별로 달라진 게 없는 정원을 정원사가 주섬주섬 설명하기도 했다. 요사이 정원을 돌보지 않아 떡갈나무의 가지들이 찢어져 허연 수액을 뱉어내고, 발목까지 낙엽이 차 있지만 이 역시 정원이 가져야 할 덕목 중 하나이니 문제될 게 못 된다고 말했다. 그러면서 어제 정원 깊숙이 움막을 짓고 사는 사람을 쫓아냈는데 앞으로 정원에 개를 풀어놓는 건 어떨지 물었다. 나쁘지 않았지만 허락하지 않았다. 그러자 정원사가 이렇게 사람들이 밀려오면 수년 내로 정원이 위험해진다고 말했다. 그러면서 이곳에 사람들이 늘어나는 이유를 모르겠다며 탄식을 쏟아냈다. 나 역시 그들의 속마음을 알 도리가 없으니 할 말이 없지만 정원사와 내가 창고에서 본 기억 중 몇몇 장면에 그 이유가 있지 않겠냐며 아는 체를 했다. 분명한 사건과 명확한 진실이 있음에도 불구하고 거짓으로 진실을 가리기 위해 동원되는 언론과 권력의 시녀들이 시민들을 맹인이나 귀머거리로 취급하면서 저항할 수 없는 무력한 시민들이 꿈 안으로 쫓겨올 수밖에 없지 않겠냐며 실쭉 웃었다.

나는 정원을 둘러보다가 야트막한 언덕에 멈춰 섰다. 거기에는 아주 큰 떡갈나무 한 그루가 버티고 서 있었다. 머리 위로 뻗어나간 가지가 넓게 펼쳐져 지붕 역할을 했고, 땅 밑으로 뻗어나간 뿌리는 여기저기에 불쑥불쑥 솟아 의자처럼 보였다.

"자넨 날 이해할 거라고 봐."

"이해하고말고요."

"내가 괴물이 될 수밖에 없는 건 다 그 친구 때문이야."

"정말 트럭만 한 괴물도 있었습니다. 그에 비하면 주인님은 양반입니다."

역시 정원사였다. 충직하기로는 개보다 나았다.

"고맙네."

집으로 돌아왔다.

정원사가 뛰어 들어온 곰을 붙잡아 발을 하나씩 옆구리에 낀 채 발바닥을 걸레로 닦았다.

"괜히 고생만 했네. 난 이만 잠 좀 자야겠어. 나가보게."

"네, 주인님."

"아, 개는 어디로 갔지?"

"자고 있습니다."

"문 좀 닫아주게."

침대에 누웠다.

침대에서 일어났다.

달수에게 왜 서점에 안 나왔는지 물었다.

"네가 안 왔잖아."

달수가 졸린 목소리로 말했다.

"내가 서점에 갔을 때 아무도 없었는데? 거기서 책도 봤어."

"또 시작이군. 핑계로는 널 당해내지 못 해. 난 못 하지."

"핑계가 아니라니까!"

내가 주먹을 쥐고 대들었다.

"그래, 알겠어. 너도 갔겠지. 암, 가고말고. 내가 갔으니까 네가 갔다고 생각하는 거야."

어떤 기억이 먼지를 일으키며 시골 버스처럼 지나갈 뿐 제대로 된 기억이 떠오르질 않았다.

"네가 서점에 왔다면 정원을 보여줄 수 있었어. 난 백 프로 약속을 지킬 수 있었다니까. 그래, 좋아. 이걸로 끝이야. 난 할 도리는 다 했으니까. 분명히 난 서점에서 기다렸고, 넌 안 왔어. 됐지? 이제부터 정원 어쩌고 하면 가만두지 않겠어!"

"난 정원을 받지 못했는걸?"

달수가 사타구니를 박박 긁었다.

"구제불능이구나. 어이, 김달수! 내 손이 더러워질까 봐 참는 거야. 알기나 해? 정원에 오줌을 싸든 배를 띄우든 네 마음대로 해! 난 집에 갈 거야!"

현관으로 가서 신발을 구겨 신었다.

"망치가 널 가만 놔두지 않을 텐데?"

뻔뻔스러운 그를 향해 당장이라도 신발을 할딱 벗어던져버리고 싶었지만 참았다.

"다시 말하는데, 정원을 못 받은 건 다 네 탓이야. 이것만은 분명해. 그러니까 오지랖 넓게 이래라저래라 하지 마. 분명히 경고했어!"

또 무슨 일이 있을지 몰랐다.

"여기가 집인데 가긴 어딜 가니?"

달수가 계속 깐죽거렸다.

"이 미친놈을 봤나. 기가 차서 말이 안 나오네. 여긴 네가 사는 꿈 안에 있는 집이고, 내가 살던 곳은……, 그래! 다 끝난 마당에 내가 욕을 해서 뭐 하겠니, 개새끼야……"

소파 옆에 골프가방처럼 앉아 있던 개가 부스스 일어나 현관으로 왔다.

"널 살려준 건 나야, 앉아!"

내가 외쳤지만 개는 꿈짝달싹도 하지 않았다.

"앉아!"

달수가 소리치자, 개가 냉큼 앉았다.

"정원사가 누군지 알지?"

음산한 목소리로 달수가 물었다.

"정원을 관리하는 사람이자 내 그림자이기도 하지."

"그래, 넌 여태 그림자도 없이 살았던 거야. 낮에는 방에 웅크리고 있다가 밤만 되면 전기뱀장어처럼 어슬렁거렸지. 네가 가슴에 담아뒀던 걸 내가 비워냈지. 그러니까 우린 서로 모른 체할 수는 있어도 모르는 사이는 아니라는 거야."

이렇게 말하고는 달수가 입안에서 이 하나를 뽑아 꿀꺽 삼켰다.

"달수야, 내가 네 주인이야. 내가 지금 이 꿈을 깨면 넌 끝이야."

일어나서 여름휴가에서 돌아온 사람처럼 집 여기저기를 둘러봤다. 손으로 먼지를 쓸어보기도 했고, 음식물쓰레기 봉지에서 냄새를 맡아보기도 했다. 베란다로 나가서 컵라면 박스에 든 플라스틱 그릇을 꺼내 냄새를 맡으며 괜히 창밖을 내다보기도 했다.

"과연 그럴까? 깨어나지 않는 꿈이라면 어쩔래? 돌의 꿈은 못 깨어나지. 죽은 돼지의 꿈도 절대 못 깨어나지. 안 그래?"

달수의 저주에는 어떤 혐의가 있었고, 생각을 정리할 시간이 필요했다.

다시 라꾸라꾸 침대에 앉았다. 눈을 감고 머리를 흔들었다. 엄지발가락을 당기면서 꿈에서 깨기 위해 어금니를 깨물었다. 숨을 크게 들이쉰 다음 조금씩 토해내며 꿈 밖의 내 모습을 그려보기도 했다. 하지만 기억을 퍼올릴수록 기억으로 까만 파리 떼들이 사방에서 날아와서 내 눈 안으로 빠르게 달려들었다. 이럴 때는 세상을 부정하거나 저주를 퍼부으면 효과가 있었다. 이건 꿈이다, 이건 가짜다, 이건 내가 원하지 않는 것이다, 숨을 몰아쉬며 고개를 흔들었다. 그러면서 어머니에 대한 저주, 막막한 사회에 대한 저주, 내 앞을 가로막는 세상 모든 것들에 대해 욕이란 욕은 다 끌어모아 퍼붓기 시작했다.

"욕을 쓰시네요."

달수가 다리를 떨며 거실 바닥에 침을 뱉었다.

"닦아!"

나도 모르게 소리를 질렀다.

"네 집도 아닌데……, 너, 좀 웃긴다."

우스꽝스러운 달수가 나를 우울하게 만들었다. 달수 말에 따르면 달수는 천궁(天宮)의 좁쌀만 한 빛을 보며 살았고, 나는 좁쌀만 한 천궁에서 어둠 속 전기뱀장어처럼 살고 있는 달수를 보고 자라서 희망이 뭔지 모른다고 말했다. 내가 이 모든 게 기면증으로 인한 병세라고 말하자 달수는 현대 의학이 가져다준 변명이라고 비아냥거렸다. 내 안에 있던 수많은 말들을 이미 달수가 눈치채고 있었다. 이걸 달수는 내가 만들다 버린 말이거나 내가 뱉어낸 말을 여태 주워먹고 자란 덕택이라고 말했다. 이 말은 나보다도 더 나를 달수가 알고 있다는 것이었다. 나는 복잡하게 소용돌이치는 나를 들여다볼 수 있었다. 검정색 고무판화에 날 드로잉한 뒤 칼로 파낼 것만 같은 기분에 휩싸였다. 그 첫번째 드로잉이 경찰서에서 달수를 만난 일이고, 두번째가 달수의 과거 이야기이며, 세번째가 서점에 나타나지도 않았으면서 나타났다고 우기는 것이었다. 이런 걸 되짚어나가자 콩만 하던 달수가 해일만큼이나 성장해서 내 삶을 향해 돌진하고 있다는 착각이 들었다. 어찌 보면 그동안 내가 달수를 사육한거나 진배없었다. 용서를 구한다면 달수가 아니라 거울에 비친 나에게 손이 발이 되도록 빌어야 했다. 어둡고 습기 찬 곳에서 아무 의지할 곳을 찾지 못한 어린 '나'부터 아빠를 미워하고 또 엄마를 증오하며 사람을 피해 다녔던 '나', 스무 살도 안 된 나이에 남미를 전전하며 몹쓸 짓만 배운 청소년인 '나'까지, 모든 나에게 용서를 구해야 했다.

"넌 영혼을 믿니?"

뜬금없이 달수가 물었다.

"영혼이 있다면 금방 판 코딱지를 입에 넣진 않겠지."

내가 퉁명스레 대답했다.

"더러운 놈! 퉤! 넌 목 뒤도 안 닦잖아. 아이고 더러워라!"

달수가 내 목덜미를 찰싹 때렸다.

"왜 그래?"

꿈 안에서 어쭙잖게 서성거리던 달수가 처음으로 내 몸을 건드렸다.

"너 바보지?"

달수가 귀에 대고 속삭였다.

여태 나는 그가 바보라고 생각했다. 그런 바보가 나에게 바보라고 하니까 나도 모르게 내가 바보라는 말을 입안 가득 물었다. 바보라. 꿈 안에서 빈둥대던 달수에게 정원을 사라고 했으니 틀린 말도 아니었다. 내가 바보였구나. 그 순간 어떤 생각들이 머리 뒤로 넘어가는 걸 느꼈다. 그 생각은 딸꾹질만큼이나 아주 재빨랐고, 낚싯줄만큼이나 투명했다. 나는 이 생각이 어두운 협곡을 넘어서기 전에 재빨리 실행에 옮겨야 했다. 판단 없는 행동, 짐작할 수 없는 결론이 필요했다. 모든 기능이 정지한 무상무념의 평정심을 유지했다. 이 기술은 수지가 남미로 떠난 뒤 내가 언제 무너질지 모르는 천장을 보며 터득한, 그 어떤 죄악도 물리칠 수 있는 것이었다. 화장실을 가는 척하다가 달수의 등 뒤로 달려들어 두 팔로 달수의 목을 옥죄었다. 눈치챌 수 없는 선제공격이었다. 달수는 날 업은 채 버둥거렸지만 이미 두 팔이 달수의 턱 아래 깊숙이 들어간 뒤라 힘을 쓸 수 없었다. 나는 달수의 등에 업혀 무수히 많은 말을 쏟아냈다. 베란다 창문에 내가 비쳤는데 네가 보여서 말로 형용할 수 없을 만큼 부끄러웠다. 이제 우리는 두 번 다시 만날 수 없다. 이 집과 이 방과 침대와 텔레비전과 말라 죽은 개가 너의 기념비가 될 거라는 말, 그동안 묵묵히 참아왔지만 언젠가 오늘 같은 날이 올 거라는 믿음이 분명히 있었다는 말, 내 모든 불안과 우울과 좌절로 이 정원을 키워왔으며 이게 다 너 때문이라는 말도 덧붙였다. 부지런을 떨며 퇴비를 모은답시고 여기저기 돌아다니던 네 모습에 나는 밤은 물론 낮까지 잠에 빠져 살 수밖에 없었다고. 그럴수록 네가 점점 내 꿈에 등장하는 내가 아니라 나와는 별개로 존재하는 인격체가 되었다고. 내가 설탕물을 먹인 개를 꿈 안에서 봤을 때보다 마당에서 사라진 내 오토바이가 꿈속 어느 건물의 로비에 서 있을 때의 충격은 말로 이루 표현할 수가 없었다고. 또 밤늦게까지 문이 닫혀 있는 1층 〈건강원〉에서 노린내가 나고, 이 냄새가 창문을 넘어올 때면 방 한구석에서 이불을 뒤집어쓰고 엉엉 울었는데 나는 이 모든 걸 몽유병 때문에 생긴 이상 증세라고 생각했다고, 그래서 병원을 들락거리면서 이상 증세에 대해 객관성을 확보한 뒤 약을 버리며 널 알아가는 중이었다고.

하지만 달수의 입가로 흘러내리는 허연 침을 보는 순간 들끓던 악담들이 모두 용해되어버렸다. 승자가 된 내가 그에게 마지막 은총을 내려야 할 시간이었다. 나는 달수의 목에서 팔을 풀었다. 달수가 쓰러졌고, 몸 위로 간헐적으로 경련이 지나갔다.

"네가 생각하는 것처럼 만만한 내가 아냐! 언젠가 이런 날이 올 거라고 생각했지만 네가 이렇게 빨리 내 뒤통수를 칠 거라고는 생각하지 못했지. 내 실수야. 하지만 똑똑히 알아둬! 넌 내 상대가 못 돼. 넌 곰새끼랑 노는 게 어울리지."

이 말은 꼭 해둬야 했다.

"너에게 줄 은총은 이게 다야!"

안방으로 들어가서 옷장을 열었다. 나프탈렌 냄새에 하품이 났다. 입을 만한 옷이 보이지 않았다. 눅눅한 옷을 입고 나갈 수는 없는 일, 달수의 외투를 벗겼다. 용케도 딱 맞았다. 외투를 입었으니 목에 넥타이 하나쯤 갖추면 없어 보이진 않을 것 같았다. 하지만 집 어디에도 넥타이는 보이지 않았다. 그나마 다행스럽게도 신발장에 쓸 만한 새 구두 두 켤레가 보였다. 수건에 물을 적셔 구두를 꼼꼼하게 닦았다.

"여긴 개가 살 곳이 못 돼."

물끄러미 날 쳐다보던 개에게 말했다. 그리고 나랑 같이 저 문을 열고 나가지 않겠냐고 물었다. 개는 눈만 끔뻑였다. 어쩔 수 없었다. 그런데 거실에 쓰러진 달수가 마음에 걸렸다. 누가 발견하더라도 잠자다가 돌연사한 것처럼 보이려면 침대에 눕혀놓는 게 나았다. 달수를 업었다. 달수도 내 목을 두 팔로 꼭 껴안고 방으로 들어왔다.

"머저리 같은 놈! 이제 안녕!"

구두를 신고, 현관문을 열었다.

어둠이 깔려 있었다. 금방 누군가 담배를 피우고 간 듯 어둠 사이사이로 하얀 연기가 층층이 쌓여 옆으로 흘렀다. 나는 어둠을 뚫고 보도 위를 조용히 걸었다. 묵상하듯, 눈을 반쯤 감은 채 발치만 간신히 내려다보며 속으로 자유를 만끽했다.

외투 안주머니가 무거워 꺼내보니 돌멩이였다.

7

"달수 씨!"

길에서 비둘기 여자를 만났다. 그녀는 예언자의 시선으로 날 쳐다봤다.

"달수는 나갔어요."

"달수 씨, 왜 그래? 농담도 잘 하셔."

달수와 나 사이에 어떤 차이가 없다는 사실을 처음 알았다. 이게 다 더러운 외투 때문에 벌어진 일인가 싶어 외투를 벗어 팔에 걸쳤다. 그래도 그녀는 날 알아보지 못했다. 나는 반듯하게 허리를 세우며 조금 빠르게 말했다.

"집에 아무도 없어요. 달수는 언제 돌아올지도 몰라요. 꼭 만나고 싶으면 일주일 뒤에 오세요. 그사이에 달수를 보면 왔다 갔다고 말해줄게요."

"잠시만요. 그러면 그쪽이 달수 씨가 아닌가요?"

"제가 달수 옷을 빌려 입었어요."

"아, 죄송해요. 저는 이 근처에서 비둘기들을 만나기로 했거든요. 오늘은 어느 강에 투신한 젊은 실업자의 기구한 사연을 가지고 올 겁니다. 글쎄, 그 사람이 마포대교에서 투신을 했는데, 식물인간이 되었다잖아요. 이게 다 둘이 만나도록 누가 약도를 알려줘서 벌어진 일이에요. 재미있겠죠? 좀 있다가 〈촛불공장〉으로 오실래요?"

"어딜 좀 가봐야 해서……"

"그렇죠? 바쁘겠죠. 달수 씨에게 대충 전해 들었어요. 아, 달수 씨랑 같이 사는 개는요? 두 사람이 집을 비우는데 개는 어쩌죠? 달수 씨가 올 때까지 굶나요? 자동배식기는 있어요? 없으면 지금 하나 구해드릴까요?"

이 여자가 왜 이러나 싶었다.

"아닙니다. 먹을 건 충분합니다."

"이왕 여기까지 왔으니까 제가 한번 가볼게요. 개만 보고 나오죠 뭐."

그녀가 말할 때마다 목에 걸린 하얀 목걸이가 파르르 춤췄다. 꼭 들판에서 먹잇감을 기다리는 독수리 같았다.

"아닙니다. 제가 가서 챙겨놓고 오겠습니다."

성가신 이 여자를 따돌릴 방법은 없어 보였다. 하는 수 없이 왔던 길을 되짚어 걸었다. 문을 열기도 전에 신발부터 구겨 신었다. 개를 목줄에 묶어 데리고 나올 생각이었다. 개와 함께 있는 꿈을 자주 꿨지만 개는 항상 베란다에 서 있었다. 아마도 개가 달수를 싫어하는 모양이었다. 그런데 문을 열자 집 안에 연기가 가득 차 있었다. 가스레인지를 켜뒀나 싶어 부엌으로 달려가보기도 했고, 개가 전기콘센트에 쇠젓가락이라도 집어넣었나 싶어 허리를 굽혀 거실을 두리번거렸다.

"왔어?"

달수가 개와 함께 소파에 나란하게 앉아 천연덕스럽게 생선을 구워 먹고 있었다. 이게 대체 무슨 일인가 싶어 우두커니 석쇠 위에 놓인 생선을 쳐다봤다.

"간혹 더러운 옷을 입고 우리 집 주변을 서성거리는 사람이 있지. 그 사람들은 마음만 먹으면 우리 집 옥상까지 단번에 뛰어올라갈 수 있다고 생각하지. 그런데 여기도 사람 사는 곳이야. 결코 허술하지 않아. 빛이 없으니 눈이 조금 더 튀어나오고 손으로는 더 촘촘하게 셈을 하거든."

"그래서?"

"넌 뭘 해도 헛수고야. 나만 괜히 피곤할 뿐이지."

나는 가슴을 때리며 라꾸라꾸 침대에 털썩 주저앉았다.

"며칠 전에 길에서 새 파는 사람을 봤어. 화장실 휴지통만 한 새장에 두 개의 활대로 공간을 나누고, 새들은 세 개의 공간을 지그재그로 날아다니고 있었어. 엄청난 거리가 그 좁은 공간에 사로잡혀 주름이 져 있었지…… 넌 말이야. 이 집에 잡혀 있는 새야. 멀리 간다고 해봐야 거기가 여기야! 난 말이야, 주름진 시간을 단번에 접는 방법을 알거든."

달수가 사뭇 진지했다. 이런 모습은 또 처음 봤고, 그 진지함이 기분을 상하게 했다.

"네가 홍길동이야?"

달수가 번질거리는 손으로 저글링을 던지기 시작했다. 다섯 개의 공이 천장으로 치솟아 하나씩 천천히 떨어졌다. 그리고 떨어진 공이 목 뒤로 사라졌다. 사라졌던 공이 몸 여기저기에서 불쑥거렸다. 배에 다섯 개의 공이 모여 있다가 어느새 입으로 하나씩 기어나왔다.

"어떻게 된 거지?"

달수에게 물었다.

"뭐가?"

"넌 죽었잖아."

"피를 흘린다고 죽냐?"

"피를 흘리면 죽지."

"네가 내 앞에 번듯하게 살아 있는데 내가 왜 죽어. 낮에도 쿨쿨 잠만 자는 네가 있는데 내가 죽겠니? 호떡집에 불이 나든 국숫집에 수도가 끊기든 네가 있는데 내가 죽겠어? 잠을 자기 위해 커튼을 치는 순간, 너보다 내가 한 뼘은 더 자라는데?"

"넌 어린애잖아."

"넌 매사를 겉모습으로 판단하고 겁부터 집어먹지. 부딪쳐서 싸워볼 생각을 안 해. 물론 어릴 때부터 더러운 꼴을 하도 많이 봐서 그랬겠지."

"그래? 그러면……, 내가 죽어버리면 되겠구나?"

"뭐 그러시든가. 네가 죽는 건 겁이 안 나는데 그 많은 영혼들을 나에게 맡겨놓고 튀면 상도의가 아니지."

"그놈의 영혼을 넌 믿냐?"

한심해서 눈물이 나올 지경이었다.

내 질문에 달수는 속옷으로 저글링 공을 닦으며 주절주절 말하기 시작했다. 요지는 영혼을 만져본 적이 있다고.

"언제?"

조너선 쿡과 떠났던 쿠바에서였다고.

"제라르는 원래 영국 태생이었어. 아프리카 서쪽 아르긴에 살다가 대서양을 건너 볼리비아에서 커피 농장을 했지. 그러다가 쿠바 아바나 위 낫소 섬으로 가서 담배밭 한 귀퉁이에 코카잎을 재배했지. 쿠바에서 코사잎을 재배하는 건 사형에 처해질 만큼 위험

천만한 일이었지. 조너선 쿡과 함께 낫소 섬에 머무르며 나는 태어나서 처음으로 코카잎을 말아 피웠어. 지붕에 못이 뽑힌 구멍으로 젓가락만 한 햇볕이 쏟아지는데, 온몸에 구멍이 뚫리는 줄 알았어. 그땐 코카잎이 마약인지 몰랐지."

그날 달수는 황홀경에 취해 창고를 굴러다녔다고 말했다. 시간이 엿가락처럼 휘어져 그사이를 물고기처럼 흐느적거리며 헤엄치는 기분, 구름처럼 포근한 소파에 앉아 흐르는 강물을 주시하는 기분, 빠르게 내리꽂는 자이로드롭을 탄 기분, 봄날 흔들리는 요람에서 달콤한 꿀물을 마시는 기분에 휩싸였다고. 황홀경은 달수를 눈뜨게 했다. 마치 꿈속을 걷듯, 모든 사물들이 낱낱이 해체되면서 사물의 영혼을 볼 수 있었다고 말했다. 선풍기 헤드에 손을 집어넣어 선풍기의 따뜻한 영혼을 만졌고, 제빵기의 시끄럽고 덜컹거리는 영혼도 만졌다고. 그것은 분명히 영혼이었다고. 사물의 영혼을 만질 수 있는 진기한 경험이었다고. 비틀거리던 달수는 제라르의 몸속으로 손을 넣었다. 그녀의 몸은 뜨거웠다. 그때 달수가 딸꾹질을 했다. 더 이상 깊이 들어가면 빠져나오지 못한다는 경고 메시지 같았다. 달수는 데킬라를 마시고 있던 제라르의 가슴을 만졌다. 봉긋 솟은 가슴 사이로 목을 조를 듯이 손바닥을 훑어가다가 달수의 성기를 제라르 입에 넣고 엉덩이를 들썩였다. 달수가 달려가야 하는 세계는 아주 깊고 요원했다. 만화경 같은 세계, 꿈결 같은 세계로 마구마구 달려가고 싶었지만 도달할 수 있는 건 정액밖에 없었다. 손가락으로 제라르의 팬티를 벌려 정액을 꺽꺽 쏟아냈다. 정신이 들었을 때는 긴 테이블 위에 하얀 밀가루 같은 게 보였고, 제라르와 조너선 쿡이 그 밀가루 같은 걸 어떻게 운반할지 상의하고 있었다고. 콘돔에 밀가루 같은 걸 넣어 검정 실로 묶은 다음 제라르가 달수 항문에 콘돔 다섯 뭉텅이를 집어넣었다. 달수는 헛구역질이 날 만큼 배가 불렀다고 말했다. 열아홉 살인 달수는 자신이 제라르를 정말 사랑하는지 아닌지 생각할 시간이 필요했다. 베란다에서 다리를 끌어안고 담배를 쭉쭉 빨며 정말 심각하게 고민했다. 그런데 다음 날 아침 일찍, 조너선 쿡이 달수를 데리고 마약 단속이 가장 느슨한 미국 뉴저지 행 비행기에 올랐다.

"결론적으로 난 네 영혼을 주물주물 만지고 있었어. 그래서 포커 판에서 돈도 땄고, 또, 그래, 깔딱대는 네 생각도, 척추로 쏟아지는 자잘한 불안도 모두 만질 수 있어. 물론 이게 다 네 덕분이지. 넌 코카잎에 취해 혼수상태였지만 나는 그 순간 반짝 눈을 떴지. 캄캄하거나 황홀한 세계는 내 담당이었으니까."

달수가 낄낄거렸다.

나는 눈을 감았다. 더 이상 나는 이 집에서 도망갈 수 없다는 사실을 깨달았기 때문이었다. 내 머리 위로 어떤 형태의 투망이 던져져 있다는 걸 실감했고, 그 투망의 주인이 달수였다.

그날 밤, 달수는 망치 망치 되뇌다 나가서 돌아오지 않았다. 누군가 문 앞을 서성거리는 느낌이 있었지만 달수는 아니었다. 나는 침대에 누웠다가 일어나기를 반복했다. 벽시계를 지탱하고 있는 못이 불안해 보였고, 시계 초침 소리가 휘어져 들렸다. 이런 극심한 불안은 나에게 좋지 않은 결과를 낳았다. 잠을 자기 위해 눈을 감았다가 밖으로 걸어 나가 동네 아이들과 장난을 치고 들어왔다. 아이들은 날 데리고 놀이터로 갔고, 내가 타고 있는 그네를 밀었는데 그중 한 아이가 내 귀에 흙을 던졌다. 손가락을 넣어 귀를 파다가 귀에서 피가 났다. 집으로 돌아와 침대에 피를 묻힌 채 다시 잠들었고, 느지막이 일어나 아무 일 없다는 듯 물을 마시면서 근처 성당 종소리를 들었다. 여기까지는 별 탈 없이 지나갔다. 입가에 침을 흘리면서 물끄러미 나를 쳐다보던 아이가 내 귀에 흐르던 피를 손가락에 묻혀 담벼락에 찍 그어도, 그것은 내가 의식하지 못하는 현상에 불과했다. 다른 한 아이도 손가락에 피를 묻혀 담벼락에 직선 네 개를 그어 문을 만든 뒤 문을 열고 사라졌다. 그럴 수 있었다. 몇 해 전에 나도 꿈 안으로 들어가본 적이 있었다. 광화문 서점에서 내 번역을 가로챈 교수를 만난 날이었다. 저자와의 만남이라는 행사를 두 시간쯤 앞두고 교수는 서점 안에 있는 패스트푸드점에서 커피를 마시며 도톰한 책을 읽고 있었다. 우연찮게 내가 교수를 마주 보는 자리에 앉게 되었다. 그는 무척 행복해 보였다. 엄지손가락에 침을 묻히며 책장을 넘기는 모습까지는 흔히 그 나이대에 사람들이 하는 행동과 별반 다를 바 없었고, 나 역시 그가 읽는 책의 제목을 슬쩍 훔쳐볼 뿐 크게 관심을 두지 않았다. 그런데 그가 포 전집의 머리말을 읽어나갔다. 요즘 젊은 사람들은 지난 세대가 쌓아올린 가치를 누워서 고스란히 얻어갈 뿐 그 어떤 노력도 기울이지 않는다. 개중에는 폭력을 행사해서라도 빼앗으려는 생각들로 무장한 사람들로 있다. 그들은 잠만 잘 뿐 눈을 씻고 찾아봐도 이 시대를 조망하려는 노력을 하지 않는다,라는 구절이었다. 여기까지 듣고 화장실에 갔다가 다시 그 자리에 왔을 때, 의자에 앉아 있던 교수는 보이지 않았다. 그래서 그냥 집으로 왔는데, 그날 밤, 한 젊은 남자가 찾아왔다. 남자는 낮에 서점에서 본 교수의 대리인이라며 서점에서 교수가 폐를 끼쳤다면 용서하라고 말했고, 집에 나 말고 다른 누가 있느냐고 해서 애인 수지가 지금 침대에서 자고 있다고 말했다. 그리고 나는 그 교수에게 어떠한 감정도 남아 있지 않다며 두 손을 반쯤 들고 희미하게 웃었다. 그러자 그 남자가 "원래 그런 사람인가요?" 하고 되물었고, "네" 하고 짧게 대답하자 나보다도 자신이 더 화가 났다며 자신의 역할이 그 교수의 대리인이므로 자신을 활용할 수 있는 범위가 상당할 거라고 말했다. "그 범위라는 게 대체 뭔가요?" 하고 내가 물어보자 그는 교수의 기쁨과 행복, 그리고 이면의 죽음까지도 자신이 관장한다고 떠들어댔다. 이게 무슨 뚱딴지 같은 소리인가 싶어, 혹 "그분의 아드님이신가요?" 하고 묻자 아니라고 대답했다. 그는 검정 비닐봉지를 들고 다시 나타나서는 잠시 이야기를 하자고 청했는데, 이미 신발을 벗은 채 내 집으로 들어와 있었다. 그는 긴 의자에 말을 타듯 걸터 앉더니 창밖에 서 있는 저 나무 덕에 여름엔 시원하고 가을엔 여흥을 즐길 수 있겠다며 말도 안 되는 소릴 늘어놓았다. 이게 무슨 일인가 싶어 검은 비닐봉지에 든 술을 내가 혼자 다 마신 뒤 정중하게 나가줄 것을 요구했지만 그는 돌아갈 생각도 하지 않았다. 그러면서 자신이 오묘한 세상으로 가는 길을 아는데 알려주겠다고 말했다. 그 오묘한 세계를 구경한 사람은 아직까지 단 한 명도 없다고, 살아서는 도저히 갈 수 없는 곳으로 데려다주겠다고 했다. "거기가 어디죠?" 하자 그가 벽장 문을 열더니 나에게 들어가보라고 했다. 내가 벽장으로 첫발을 내려놓자, 그가 "저의 주인님을 대신해서 다시 한 번 사과드립니다" 하고 외쳤다. 벽장 뒤에 계단이 있었다. 이상한 느낌이 들었지만 새로운 경험이라 계단을 따라 내려가다가 계단으로 올라오는 두 사람과 마주쳤다. 내리치는 빛 때문에 두 사람의 얼굴은 볼 수 없었고, 나는 길을 비켜주고는 계단을 내려왔다. 그곳이 어딘지 처음에는 분간이 되지 않았다. 꿈을 꿀 때 내려가는 길과 상당히 닮았지만 나는 그때 잠이 들지 않은 상태였다. 의식이 또렷했고, 잠을 자기 위해서는 침대에 누워야 하는데, 그렇지도 않았다. 계속 내려가자 멀리 반짝이는 문고리가 보였다. 그 문을 열었더니 집이 나왔다. 거기서 다시 문을 열고 나가자 꽃나무들이 울창한 정원이 펼쳐졌다. 정원만 빼면 내가 지금 살고 있는 집 앞 풍경과 다를 바가 없었다. 차도 다녔고, 길에 노점상도 있었으며, 〈천일화물〉 옆에서 타이어를 세일한다며 키가 큰 여자가 음악에 맞춰 춤을 추고 있었다. 그리고 다시 집으로 돌아왔을 때, 계단에서 부딪힌 그들이 내 방에서 검은 비닐봉지를 씌운 누군가를 들쳐 메는 걸 목격했다. "또 악몽이군!" 하고 탄식하는 순간 정원사와 눈이 마주쳤다. 나는 정원사에게 퇴비로 사람을 쓸 수 없다고 하자 낯선 누군가와 쑥덕거리더니 누군가를 천장에 올려놓고 사라졌다.

"이리 와봐."

커다란 나무 상자를 들고 달수가 돌아왔다. 제대로 된 개집을 만들 모양이었다.

"들어가서 널빤지를 좀 잡아줘."

무릎을 겨우 굽힐 정도의 좁은 상자였다. 상자 안으로 들어가서 팔을 뻗어 머리 위 널빤지를 떠받들자 달수가 쾅쾅 못질을 해버렸다. 내가 상자와 함께 쓰러지자 달수는 재빨리 반대쪽마저 널빤지를 덧대어 못질을 해버렸다.

"정원을 가져오기 전까진 못 나와!"

아주 순식간에 벌어진 일이었다.

"누구 마음대로!"

"내 마음대로지. 바보야!"

어눌한 달수의 목소리가 환청처럼 가냘프게 들렸다. 비굴하지만 일단 살고 봐야 했다.

"쩨쩨하게 이거 왜 이래. 어이, 달수! 정원은 네 거야. 네가 정원 앞에 네 이름의 말뚝을 박으면 끝이잖아!"

"그리 쉬운 걸 여태 왜 안 해?"

"내가 박을 순 없잖아."

"내가 정원에 수십 개의 말뚝을 박은들 그게 내 꺼니? 이 꿈은 네가 임잔데?"

"어쩌라고?"

"정중하게 합의했으니까, 정중하게 갖다 줘."

달수가 나 대신 내 꿈을 꾸겠다는 것이었다.

"여기에다 날 가둬놓고 정중하게 가져오라는 게 말이 되냐?"

"넌 하루 종일 도망갈 궁리밖에 안 하는 인간이야. 매사가 회피지. 회피가 해피지."

상자 안으로 어둠이 들어차고 달수의 말소리마저 들리지 않자 일의 심각성을 깨달았다. 꿈 안에서는 방도 비 맞은 케이크 상자처럼 흐물거렸지만 여기선 널빤지에 못질을 했을 뿐인 나무상자가 단단하기 그지없었다. 느낌과 실재는 달랐다. 꿈 안에서도 감각들이 존재한다는 말이었다. 꿈에서 종종 나무에서 떨어졌고, 곰과 정원사가 싸우는 걸 말리다가 곰한테 어깨를 물리기도 하고, 지나가는 여자를 흘끔거리다가 차가 발등 위로 지나가고, 장작을 패던 정원사 주변을 지나다가 장작 조각이 눈을 때리기도 했다. 그때마다의 달수가 통증을 온전히 받아들였다는 말이었다. 달수가 무서웠다.

얼마나 시간이 흘렀는지 알 수 없었다. 무릎으로 상자를 툭툭 때리며 나름대로 시간을 헤아렸다. 무릎에서 피가 났다. 피가 났다는 사실만으로도 상자 안이 더 캄캄해지고, 훨씬 좁아진 느낌이었다. 그때 발가락으로 동전만 한 구멍이 만져졌다. 사타구니를 최대한 벌려야 겨우 보이는 작은 구멍이었다. 그 구멍으로 거실이 보였다. 하지만 사타구니를 벌려서 그 사이로 얼굴을 숙인 채 구멍 밖을 내다보는 일이 여간 힘든 게 아니었다.

"달수야, 내가 잘못했다. 이젠 도망 같은 거 안 가. 네가 좋은 방법이 있다면 알려줘. 숨은 쉬고 살아야지."

"방법을 알면 내가 수십 년 동안 네 밑에서 온갖 수모와 멸시를 받으며 살았겠니?"

"달수야. 내가 살아야 정원도 주고, 자주 놀러도 가고 할 거 아냐! 이 험한 세상에 나만 한 친구가 어디 있니? 안 그래?"

달수가 문을 닫고 안방으로 들어가버렸다. 나 혼자 구시렁거렸지만 그마저도 점점 목소리가 줄어드는 걸 느꼈다. 이러다가 죽는 건 아닌지, 갑자기 또 하나의 걱정거리가 생겼다.

"달수 씨!"

현관 문소리가 나더니 여자 목소리가 들렸다. 죽으란 법은 없는 모양이었다. 나는 자세를 고쳐 앉으려고 별짓을 다해봤지만 어느새 몸이 캐러멜처럼 네모나게 굳어져 움직일 수 없었다. 그나마 다행스럽게도 입은 달싹거릴 수 있었고, 여자에게 동정심을 유도할 만한 몇 개의 문장 정도는 머리 안에서 만들 수 있었다.

현관문이 열리더니 여자가 쌀자루 같은 걸 끌고 왔다.

"누구야?"

달수가 안방에서 나왔다.

"이 앞에서 자꾸 자기 차를 찾아달라고 하더라구요. 내가 무슨 차팔이도 아니고……"

자루를 풀자 그 속에서 남자가 나왔다. 입에 침이 질질 흐르고, 머리털이 불에 타버린, 지난번에 자기 차를 찾아달라던 남자였다.

"제 차는 검정색 BMW 745Li이고요, 20인치 광폭타이어입니다. 아, 그렇죠. 사실은 제 차가 아니라 손님이 맡겨둔 차입니다. 잠시 애인을 태우고 드라이브를 갔다 오려고 했을 뿐입니다. 제가 언제 그런 차를 타보겠습니까. 아, 혹시 이 차 주인이신가요? 다시 깨끗하게 닦아놓겠습니다. 죄송합니다."

남자가 무릎을 꿇은 채 싹싹 빌었다. 그리고 집을 둘러보다가 씩 웃었다.

"어쩌지?"

달수가 여자에게 물었다.

"어쩔 수 없죠."

여자가 옷걸이에 걸린 앞치마를 걸쳤다.

"왜 그러시죠? 저도 이런 집에 삽니다. 진짜입니다. 아, 차 훔쳤다고 오해를 하시나 본데, 그런 차가 한국에 몇 대나 있다고 훔치겠습니까. 제 애인은 비싼 백 하나 못 사는 여자거든요. 제가 비싼 거 사주면 다시 바꾸어 오라고 난리를 피우는 알뜰한 여자입니다. 차 안에서 한강을 내려다보며 청혼을 하려고 했습니다. 이것 좀 보세요. 이런 캄캄한 집에서도 반짝반짝 빛나는 반지입니다. 이걸 주려고 벼르고 별렀습니다. 아, 그렇죠. 두 분을 못 본 걸로 하겠습니다. 그럼 저는 이만 나가보겠습니다. 실례했습니다."

남자가 부들부들 떨며 일어섰다. 여자가 남자에게서 반지를 빼앗아 자기 손에 꼈다. 반지가 손가락에서 헛돌다가 스르르 흘러내렸다. 여자가 싱크대로 가더니 큰 찜통에 물을 받기 시작했다.

"여기가 어때서 자꾸 나가려고 하지?"

달수가 따지듯이 물었다.

"무섭습니다."

"왜 무섭지?"

"동그랗게 뜬 눈들이 그냥 무섭습니다."

"그렇겠지. 넌 눈이 없으니까."

"제 눈이 왜 없죠? 저, 눈 있습니다."

남자가 자신의 눈을 보여주기 위해 눈 속에 손을 집어넣어 두 개의 눈알을 손바닥에 올려놓았다.

"제 눈이 보이시나요? 제 눈은 멀쩡합니다."

"당신은 그냥 그림자야. 당신은 죽고 그림자만 남은 거야!"

달수가 외투 안에 손을 넣더니 돌멩이를 꺼내 재빠르게 남자의 뒤통수를 부셔버렸다. 남자는 외마디 비명을 지르며 고꾸라졌다. 쿵, 하는 소리와 함께 남자의 머리가 상자 옆으로 굴러왔다. 달수는 귀찮다는 듯, 버둥거리는 발을 향해 돌팔매질을 해댔다. 무릎이 덜렁거렸다. 몸을 들썩이던 그가 천천히 거실 바닥에 검은 얼룩으로 퍼졌다. 더 이상의 경련은 없었다. 달수가 톱질을 했고, 개가 쩝쩝 소리를 내며 얼룩을 핥아 먹고 있었다. 냉장고 여닫는 소리, 가스레인지 켜는 소리, 칼질하는 소리, 물소리, 달수의 기침소리가 뒤죽박죽 들렸고, 순식간에 비릿한 냄새가 집 안을 잠식했다. 숨을 쉴 수조차 없을 지경이었다. 그다음 차례는 상자 안에 갇혀 꼼짝달싹도 못하는 내가 될 확률이 높았다. 목울대로 가래가 들끓었다. 바지에 오줌도 지렸나 보다. 달수가 "이 새끼, 똥 쌌어!" 하며 남자의 엉덩이를 찰싹찰싹 때렸다. 그러고는 "이 새끼가 나에게 제법 큰 벌을 내릴 모양인데?" 하며 발을 동동 굴렀다. 옛날에 어머니가 말씀하시길 누군가 큰 벌을 내릴 때는 똥으로 구운 빵을 먹인다고 말했다. 달수가 엄마의 말뜻을 못 알아들었든지 내가 달수의 말을 잘못 해석했든지 둘 중 하나였다. 내가 어떻게 해석하건 달수와 여자는 번잡하게 부엌을 오가며 음식을 만들었다. 그리고 달수가 "세계는 스스로 살아가지. 그리고 세계의 배설물이 자양분이야"* 하고 말했다. 내가 거름이 되고, 내가 씨앗을 키워, 내가 해를 만나, 열매를 맺은 걸 새가 쪼아 먹고, 어디 멀리 해안가에서 하얀 알을 낳고 죽는다는 말로 들렸다. 잠시 후, 여자가 접시에 음식을 담아 거실로 왔다.

"주님이신 우리들의 하나님, 당신을 이 캄캄한 땅에서 찬양합니다. 온 세상의 왕이신 당신이 하늘에서 빵을 내셨습니다."

달수가 기도를 했다.

"맛이 어때요?"

---

* 프리드리히 니체, 『유고』 니체전집 19, 이진우 옮김, 책세상, 2005, p. 371.

여자가 다정하게 물었다.

"우리 엄마가 그랬어. 골고루, 천천히 먹으면 다 좋은 음식이라고."

달수가 말하는 엄마가 내 엄마인지 정말 달수에게 엄마가 있는 것인지 오리무중이었다. 하는 짓거리는 달라도 말과 지난 기억들은 죄다 내 것이니 그 엄마도 내 엄마를 두고 하는 말이었다. 결국 나는 나에게 버림받아 나에게 죽음을 맞는 우스운 꼴이 되었다.

"좀더 푹 곯일 걸 그랬나?"

여자가 물었다.

"괜찮은데?"

"오랜만에 먹어서 그런지 입에 착착 달라붙네."

"진작 말하지. 이 까짓것 하나 못 잡아줄까."

찜통이 바닥을 보이면 다음은 내 차례라는 생각 때문인지 나도 모르게 팔을 깨물었다. 아팠다. 이 아픔마저 깨끗이 소화할 달수가 끔찍했다. 내가 할 수 있는 거라고는 지금 먹고 있는 걸 좀더 천천히 먹어주길 바라는 것뿐이었다. 음식을 두고두고 음미하며 이웃에게는 절대 나눠 먹지 말고 자기 혼자 배불리 먹은 탓에 사람 고기 따위는 영영 질려버리길 기도했다. 내 뼈와 살이 쟁반 위에 그럴싸하게 놓일 걸 생각하면 소름이 돋았지만 그런 불행이 갑자기 닥치는 것보다는 다행히 마음의 준비할 시간을 얻은 것만으로도 나는 축복받았다고 생각했다.

"그 사람은 어디 갔어요?"

여자가 날 찾고 있었다.

"……"

"설마 죽인 건 아니죠?"

"내가 바보야? 어딜 좀 보냈어."

"어디로 튈지 모르는 당신 성격 때문에 걱정이 되서……"

규칙적으로 뼈다귀가 상자 옆으로 날아왔고, 개가 뼈다귀를 물고 거실을 뛰어다녔다.

"길거리에 널린 게 이런 고깃덩어리인데, 새는 왜 잡아?"

"새를 잡아서 누가 먹는데요?"

"그럼 새는 뭐 하려고? 설마 깃털로 보료를 만들어 거기다 오줌을 쌀 생각은 아니지? 날 영영 안 볼 생각인 거야?"

"……"

"날아가던 새가 당신에게 욕이라도 했나?"

"설마요."

여자가 깔깔댔다.

"그럼 왜 새를 괴롭히는 거지?"

"새가 사람의 영혼을 하늘로 전달하는 역할을 한다고 하잖아요. 내 영혼을 문 새는 지금쯤 어디로 가고 있을까 궁금해서요."

"그래서 남미로 간 거야?"

달수가 쩝쩝거리며 여자에게 물었다.

"그땐 이유 없이 학교를 떠나고 싶었어요. 떠나보니 거기가 우리가 살고 있는 지구 반대편이더라구요."

"남자친구가 그쪽으로 가서 따라간 게 아니고?"

"그 친구가 호주로 유학을 갔다가 한 달쯤 뒤에 남미로 갈 거라고 전화는 왔어요. 나도 괜히 남미로 가고 싶었어요. 남미를 돌아다니다 보면, 어찌어찌 길에서 남자친구도 만들 수 있다는 생각은 들었어요. 하지만 그땐 제가 고등학교 2학년인데 무슨 열정이 있다고 그 넓은 남미를 무턱대고 가겠어요."

"그러면 남자친구도 안 찾고 혼자 놀았던 거야?"

"그 뒤로 연락이 없어서 찾을 수도 없었어요."

"남미 어디로 갔는데?"

"칠레 산티아고에서 잠시 있다가 페루 리마에서 좀 오래 있었어요. 거기 돼지고기 감자찜이 아주 맛있어요. 거기서 아마 3개월은 살았을 거예요. 거기서 또래 친구를 사귀었죠. 그 친구가 살바도르에서 온 남자랑 사귀는 바람에 혼자 알파카 농장에서 민박을 했죠. 거기서 로맹 가리의 소설 『새들은 페루에 가서 죽다』에 나오는 선술집을 찾아 페루 해안을 서성거리기도 했죠. 정말 새들이 여기서 죽나 싶어 해안을 뒤져봤는데 죽은 새는 한 마리도 보이지 않았어요. 그래서 해안을 따라 북쪽으로 올라갔죠. 콜롬비아에서 일주일, 베네수엘라에서 보름 정도, 바다 건너 쿠바에서 한 달 정도 머물렀어요. 쿠바에서 돈이 다 떨어졌어요. 할 수 없이 아바나 카피톨리오에 있는 시가 공장에서 잠시 아르바이트를 했죠. 그곳 말레콘 해안이 환상이에요. 밤마다 말레콘 해변에서 술을 마셨는데, 어느 날 내가 있는 쪽으로 배 한 척이 파도를 가르며 달려왔어요. 보트에 쿠바인 한 명이 타고 있었죠. 그 사람이 배에서 내리더니 스페인어로 지금 낚시할 건데 같이 가지 않겠냐고 물었어요. 그때 나는 방파제에 손수건을 깔고 럼주를 마시고 있었거든요. 좋다고, 오케이! 했더니 보디랭귀지로 보트에 타라고 하는 거예요. 또 오케이! 하고 손수건과 럼주를 들고 보트에 올라탔죠. 한 10분쯤 달렸을까요? 조용한 바다였어요. 아무도 없는 바다. 그 남자는 영어를 좀 할 줄 알고, 나무로 만든 콩고를 토닥거리면서 노래도 부를 줄 알고, 팔에 파란 심줄이 활어처럼 펄떡거리는 싱싱한 남자였죠. 우린 간단하게 자기소개를 했어요. 그는 낚싯배에 손님들을 태워주며 먹고산다고 했어요. 나는 돌아다니다 보니까 여기까지 왔다며 악수를 하고 살짝 볼에 입을 맞췄어요. 쿠바에서는 그 정도 인사는 아무나 하거든요. 일은 그 뒤에 터졌어요. 럼주를 다 마신 뒤, 남자가 마시고 있던 페루산 피스코를 한잔했는데, 어질거리더니 살짝 기절해버렸어요. 맛이 꼭 중국집에서 마시는 고량주 맛이었거든요. 몸이 젖은 빨래처럼 자꾸 밑으로 축축 처지는 거예요. 이게 뭔가 싶기도 하고, 이러다가 죽는 건 아닌가 싶다가 웩 토하고, 멀리 바다를 보면 내가 물 밑으로 잠기는 것 같기도 했어요. 아주 이상한 기분이었죠. 그러다가 그만 보트에서 쓰러지고 말았어요. 남자가 물결처럼 일렁일렁 다가오더니 내 팬티를 집게 손가락으로 벗겼어요. 내 거기의 냄새를 맡더니 섹스를 하기 시작했어요. 소리를 질렀어요. 살려주세요! 살려주세요! 하고, 막 악을 썼죠. 하지만 그 소리가 남자를 더 흥분시켰나 봐요. 남자가 날 더 격렬하게 보트 여기저기로 밀고 다녔어요. 하늘이 참 파랗더군요. 격렬하게 내 몸을 치대던 남자가 부리나케 성기를 빼고는 바다에다 사정을 했어요. 물고기들이 막 몰려들었죠. 뱃전을 붙들고 시가를 한 대 피웠더니 조금 살 것 같았어요. 나는 고고, 하며 항구로 가자고 재촉했죠. 남자는 웨잇웨잇, 하더니 선물을 주겠다며, 웨잇웨잇, 바다에 낚싯줄을 던졌어요. 헤밍웨이가 쓴 소설 『노인과 바다』 아시죠? 그곳이 바로 소설에 등장하는 바다라고 했어요. 남자는 낚싯대를 선미 쪽에 고정시켜놓고 계속 술을 마셨어요. 그 바람에 자꾸 비틀거렸죠. 그렇게 20여 분쯤 지났을 거예요. 갑자기 배에 큰 충격이 있었어요. 난 다른 보트가 우리 보트를 들이받았는 줄 알았어요. 정신을 차려보니 남자가 바다에 빠져서 허우적거리고 있었고, 선미에서는 낚싯줄이 엄청난 속도로 풀리고 있었어요. 꼭 코끼리가 목욕하는 소리 같았어요. 하여간 내가 남자를 구하려고 몸을 숙이자 이번엔 보트가 어디론가 끌려가기 시작했어요. 물속에 검은 지느러미가 보트를 막 끄는 거예요. 아까 남자 팔에 심줄 이야기 했죠? 낚싯줄이 튕겨 오르면서 그 심줄을 싹뚝 끊어버렸어요. 남자의 팔에서 피가 솟구치는 장면을 마지막으로, 나는 아주 멀리, 어디가 어딘지 모르게 끌려갔죠."

"무슨 물고기였는데?"

달수가 물었다.

"텔레비전에서 본 적이 있는 돛돔처럼 생기기도 했는데, 확실하지는 않아요. 하여튼 바다로 끌려갔는데, 두어 시간이 지나자 물고기가 힘이 빠졌는지 더 이상 가질 않았어요. 옆으로 어떤 배 한 척이 지나갔죠. 내가 헬프 미, 헬프 미, 소리를 막 질렀어요. 배에서 동양인으로 보이는 남자 하나와 백인이 알루미늄 가방을 들고 서 있었죠. 동양인이 백인에게 뭐라고 말하더군요. 아마 태워 가자고 하는 것 같았어요. 그런데 백인은 손을 내저으며 아바나 쪽으로 가버렸어요. 그리고 한참 뒤, 어선이 나타나서 날 데리고 항구로 갔죠. 거기 경찰서에서 조사를 받았어요. 죽은 남자는 관광객들에게 낚싯배를 빌려주는 사람이었어요. 사흘 정도 경찰서에 있다가 풀려났죠. 미국에 있는 친구에게 전화를 했고, 로스앤젤레스에서 같이 벽화 작업이나 하자고 해서 시가 공장에서 번 돈을 탈탈 털어 로스앤젤레스로 가는 비행기를 탔어요. 공항에서 내리자마자 친구랑 같이 파머스마켓으로 가서 벽에 그림을 그렸죠. 터키의 아나톨리아 중부지방에 가본 적이 있는데 거기 괴레메 국립공원에 어마어마한 동굴 벽화가 있었거든요. 그런 동굴 벽화를 교회에 그려주는 일이었어요. 작업이 끝나면 산타모니카 부근이나 패서디나 근처에서 파스타를 먹고 술도 마셨죠. 어쩌다 내키면 하우스에서 밤새 춤을 추기도 했어요. 그러다가 교회에서 알게 된 친구가 다저스 구장에서 주말 아르바이트를 하자고 해서 거기서 다저스도그를 팔았죠. 그런데 아바나에서 본 동양인을 거기서 또 봤어요. 멀리서도 한눈에 알아본 건 그 남자가 내 남자친구랑 많이 닮았거든요. 사람들 앞에서 저글링을 돌리더군요. 로스앤젤레스에는 온갖 잡동사니 인종들이 다 꼬이는 곳이니 참 별일이네, 하고 넘어갔어요. 왜냐면 남자친구는 남미에 있다고 했으니깐요. 하여튼 이래저래 돈을 좀 벌어서 한국으로 돌아왔죠. 그 뒤 대학에도 갔고, 졸업 후에는 혼자 벽화 작업을 했어요. 그런데 졸업할 쯤 재능기부라는 얼토당토않은 기부문화가 유행이었어요. 내 재능을 날로 먹을 속셈으로 목사들이 재능기부를 좀 하는 게 어떻겠냐고 전화를 했어요. 거절했죠. 내가 할 줄 아는 게 종교 벽화 그리는 일밖에 없어서 그 뒤로 교회에서 불러주지 않게 되니 일이 없었죠. 어쩔 수 없이 물감으로 그림 그리는 일은 닥치는 대로 했죠. 무슨 국제행사가 있으면 걸개그림 주문을 받기도 했는데, 다 그려놓으면 행사 주최가 바뀌고, 마스코트가 바뀌고, 후원사가 바뀌면서 덧칠에 덧칠을 반복하다 보니 천이 돌처럼 딱딱해서 벽에 걸 수도 없었어요. 그 짓을 남자친구를 다시 만나기 전까지 한 5년 동안 했죠."

'수지……'

남미로 여행을 떠났던 수지가 내 앞에 있었다.

"치울까?"

수지가 싱크대에 그릇을 밀어 넣었다. 달그락거리는 소리와 물 흐르는 소리가 들렸다.

"이리 와."

달수와 수지가 소파에 앉았다. 달수가 수지의 팔을 쓰다듬더니 팔 안으로 손을 넣어 셔츠를 벗겼다. 거뭇거뭇한 수지의 가슴뼈를 달수가 쭉쭉 빨았다. 수지도 달수의 바지를 내린 뒤 성기를 빨았다. 달수의 허리가 움직이기 시작하자 아그작아그작 과자 부서지는 소리가 들렸고, 거짓말처럼 수지의 골반이 툭 떨어지자 달수가 두 손으로 골반뼈를 받쳐 들고 주먹만 한 구멍 안에 페니스를 넣었다 뺐다 하다가 급기야 사정까지 했다. 허기진 맹수가 사체를 뜯어 먹는 모습과 흡사했다. 아찔했다. 돌아가는 상황을 보니 수지가 꿈속에서 만났던 남자는 달수인 모양이었다. 당장 상자를 굴려서라도 내 존재를 드러내고 싶었지만 내 모든 기관들은 움직이지 않았다. 그래서 차라리 꿈을 꾼다면 이 모든 고통에서부터 벗어날 수 있겠다고 판단했다. 눈을 감은 채 눈알을 돌려 왼쪽 눈에서 오른쪽 눈으로 어둠을 밀어냈다. 계속, 어둠이 닳아 없어질 때까지 밀어냈다. 그리고 발꿈치로 발길질을 해댔다. 쿵, 소리가 났다. 조용했다. 팔을 옆구리에 붙이고 엉덩이를 든 채 발가락으로 바닥을 밀며 천천히 상자에서 빠져나왔다.

잠의 세계였다.

문을 열고 밖으로 나왔다.

"누구요?"

계단을 내려오는 한 사람이 보였다. 외투가 엉덩이를 덮었고, 검은 구두를 신고 있었다. 멀리까지 간 그 사람이 노랗게 반짝이는 문고리를 당기자 고급 레스토랑 입구에 서 있는 웨이터들처럼 잘 차려입은 정원사와 곰이 허리를 숙였다. 그때, 흐르는 강물에 비친 내 얼굴을 보는 듯 어떤 세계가 출렁거리며 지나갔다.

"저긴 내 방인데……"

내 말을 들은 것일까.

그 사람이 되돌아왔다.

8

달수였다. 처음에는 그가 외상값을 받기 위해 성가시게 내 주소로 찾아온 게 아닌가 싶었다. 집요한 놈, 거머리 같은 놈, 투덜대며 이 인간을 어떻게 따돌릴까 골몰하고 있는데, 옆에 서서 날 보고 있는 달수가 도화지에 데칼코마니를 해놓은 듯 닮아 있었다. 엘리베이터 안에 걸린 거울에서나 봄 직한, 다단으로 복제되던 나를 만난 것이었다.

"어딜 가는 길이었지?"

바지에 손을 찔러 넣고 내가 물었다.

"집에 가지."

간단명료한 그의 대답에 기분이 상했다.

"저쪽에 집이 있다는 걸 어떻게 알지?"

"저쪽에 집이 있었으니까."

꿈을 꾸는 것도 아니고, 잠이 들락 말락 한 이때, 누군가를 만나기란 불가능했다.

"저기 있는 집은 내 집인데?" 하자, 달수가 느릿느릿 "내 집이기도 하지" 하곤 목을 휘저으며 거드름을 피웠다.

"언제부터?"

"오래전부터, 쭉."

달수가 망설임 없이 대답했다.

"먼저 가."

나는 팔을 뻗어 길을 열어줬다. 그는 빛이 앵앵거리는 소실점을 향해 걸어갔다. 마치 고용된 노역자처럼, 그의 뒷모습에서 어떤 사명감이 느껴지기도 했다. 나도 달수가 걸어간 길로 걸어갔다. 문을 열고, 얼른 침대에 누워 불룩한 천장을 보고 있었다. 액자 뒤에도, 시계 위에도, 책상 밑에도 그는 보이지 않았다. 발을 든 채 살금살금 걸어가서 라꾸라꾸 침대를 발로 빵 찬 다음 재빨리 침대에 누워 있었지만, 나 말고 다른 사람은 보이지 않았다. 혹시나 싶어 개를 부르듯 쯧쯧쯧 혀를 차며 싱크대 밑이나 신발장을 열어봐도 개미 새끼 한 마리 보이지 않았다. 나는 손으로 입을 가린 채 낄낄거렸다.

"자네가 보기에 나는 어떤가?"

거실에 잘 차려입은 정원사와 곰이 기다리고 있었다.

"무슨 말씀이신지."

"내가 정상으로 보이나?"

"요즘 정원 때문에 스트레스가 많으신가 봅니다."

"이봐, 혹시 말이야. 나를 증명할 방법이 있을까? 내 말은 말이지, 그러니까……, 자네 앞에 서 있는 내가 이 정원의 유일한 주인이라는 징표 말일세."

"좋은 방법이 있습니다. 제가 표시를 해두는 방법입니다."

정원사는 막힘없이 술술 말하는 재주가 있었다.

"어떻게?"

"입가에 주인님과 저만 아는 도형을 그리는 겁니다."

"점 하나 찍는다고 이 정원이 내 거라는 걸 증명할 수 있을까?"

"주인님과 저만 알면 되는 거 아닌가요?"

"이 정원이 내 거라는 걸 내가 자네에게 왜 증명을 해? 내 말은,

저 위에 있는 사람도 알아볼 수 있는, 확실한 물표 말이네."

"아, 확실한 방법이 있습니다. 주인님의 팔 하나를 잘라버리는 겁니다. 그러면 멀리서도 쉽게 구분이 되지 않겠습니까? 하루 이틀, 팔 하나 없는 주인님이 꿈에 등장하면 자신이 아니라는 걸 단박에 눈치채지 않겠습니까?"

"팔 없이 어떻게 사나?"

"여긴 꿈인데요. 걱정 안 하셔도 됩니다."

끔찍했지만 틀린 말은 아니었다.

"좋아. 그렇게 해보자구."

자기가 내 주인이라고 박박 우기는 그를 위해서라도 어쩔 수 없는 선택이었다.

곰이 달려가서 의자와 펜을 가지고 왔다.

"자, 팔을 쭉 뻗어보세요."

정원사가 시키는 대로 의자에 앉아 팔을 뻗자 곰이 펜으로 팔뚝에 선을 그었다. 그리고 곰이 신호를 보내자 정원사가 전정가위로 내 왼쪽 팔뚝을 싹뚝 잘라버렸다. 순간 어떤 고통이 몸 여기저기로 메아리쳤다. 이 고통을 인내하기 위해 이건 꿈이니까 걱정 말라고 나에게 당부했다. 그런데 이 당부가 받아들여지지 않았다. 이런 일은 처음이었다. 당부를 받아주지 않으면 이 고통은 고스란히 그의 몫으로 돌아갔다.

"됐습니다. 이제 주인님은 팔이 하나 없는 분이십니다."

정원사의 말이 끝나기 무섭게 곰이 잘린 팔을 주워 들곤 좋아했다. 그리고 어디선가에서 석쇠를 구해 와서 그 위에 팔을 올려놓았다. 어쩔 수 없는 노릇이었다. 어차피 그들은 기억 속 영양분을 빨며 살기 때문에 먹든 말든 내가 상관할 바가 아니었다. 은사시나무에 기댄 채 고통을 달랬다. 사슴벌레와 장수풍뎅이 들이 짝을 찾아 돌아다녔다. 여름이 끝나면 수컷 사슴벌레들은 죽어서 나무에서 떨어질 것이고, 암컷들은 수피로 파고들어 알을 놓을 것이었다. 그로부터 열흘의 시간이 지나면 애벌레들이 나무를 기어오르며 금세 숲을 망치려 들 것이다. 나무 밑동에 쌓인 이끼를 발로 툭툭 차며 담비나 족제비 들에게는 좋은 집이 되겠는걸, 하고 혼자 중얼거리며 걸었다. 정원 끝까지, 정원사가 넓혀놓은 정원의 끝까지 한번 가볼 생각이었지만 되돌아올 걸 생각하니까 엄두가 나지 않았다.

"정원을 누구에게 팔든 제가 관여할 바가 못 되지만 그동안만이라도 정원에 퇴비는 제공되어야 합니다."

경험상 정원사의 말은 들어주는 편이 항상 옳았다.

"어디서 구하지?"

"하루에 한 번씩 죄수들을 싣고 가는 고양이 수레를 터는 겁니다." 죄수를 수레에 실은 큰 고양이가 정원 앞을 지나다녔는데, 마치 심해를 어슬렁거리는 흑돔고래 같았다. "또?" 정원사의 노란 눈빛이 유독 반짝였다. "주인님의 지금 상태로는 밖에서 퇴비를 수확하는 게 어려울 듯해서 드리는 말씀입니다." 나쁜 제안은 아니었다. "수레를 끄는 고양이가 가만있을까? 그때도 그랬잖아. 고양이를 잡기 위해 덫을 놓았다가 술이 달린 하얀 옷을 입은 사람이 굽은 도끼를 들고 나타나서 우리 정원을 쑥대밭으로 만들겠다며 난리를 피웠잖아. 큰 머리에 짙은 수염, 가슴에 늙은 염소 문양이 얼마나 무서웠나." 그때 그 왕이 나에게 새끼를 낳은 검은 염소

40마리를 가지고 오면 더 이상 죄수들을 찾지 않겠다고 해서 며칠 동안 정원의 나무를 팔아 염소 40마리를 샀던 기억이 났다. "최근 그 왕이 많이 아프다는 소문을 들었습니다. 그리고 그때, 그 왕은 혼자 여길 왔고, 다른 누구도 이 정원에 대해 아는 이가 없습니다." 숲에 벌레들이 꼬이기 시작했다. 이것저것 따질 때가 아니었다. "어떻게 할 건데?" 내가 묻자, 길목에 큰 구덩이를 파서 수레가 빠지게 한 다음 고양이는 창고에 가두고 죄인들은 모두 거름으로 쓴다는 계책이었다. "고양이를 퇴비로 써도 되잖아?" 내가 이렇게 묻자, "고양이는 성격이 우악스러워 금방 도망가고 말 겁니다" 하고 대답했다. "맘대로 하게." 이렇게 말하고는 지난번에 정원사에게 시킨 일이 어떻게 됐는지 살펴보기 위해 그쪽으로 발걸음을 옮겼다. 정원사와 곰이 집 앞에 구덩이를 파기 시작했다. 그런데 구덩이를 파던 정원사의 삽이 돌에 부딪쳐 날카로운 소리를 낼 때마다 흠칫 놀라서 뒷걸음쳤다. 봉인된 세계에 노크를 하는 것 같은 환청이 들렸다. 되돌아가서 그들이 파고 있는 구덩이를 구경했다. 구덩이에서 큰 바위가 나왔다. 바위에 지렛대를 찔러 넣고 곰이 매달려 버둥거렸지만 꼼짝달싹도 하지 않았다.

"나가서 거름을 져 오는 편이 낫겠는걸?"

정원사와 곰이 멀뚱멀뚱 날 쳐다봤다. "그럴까요? 오늘 밤 나갈까요?" 하고 정원사가 물었다. "아냐, 그냥 이쯤하면 된 거 같다는 말이야." 그의 육신은 혼수상태였다. 이때 밖으로 나갔다가 갑자기 깨어나면 영영 못 돌아올 수도 있었다. 정원사가 삽을 내려놓았다. "우리가 수레를 잡으려는 건 아니잖아. 바퀴만 빠지면 제아무리 큰 고양이도 머뭇거릴 것이고, 죄수들이 이때다 싶어 정원

쪽으로 줄행랑을 치겠지. 정원에 곰만 버티고 서 있으면 돼." 내가 이렇게 말하자 정원사가 고개를 끄떡였다. "만약에 말이야. 이 정원을 자네에게 준다면 자넨 이 정원으로 뭘 할 셈인가?" 물건의 가치를 제대로 아는 고객은 원래 가까운 곳에 있는 법이었다. "저에게 파시게요?" 셈이 서질 않아서 물어본 것뿐이었다. "대답을 들어보고……" 정원사가 놀라서 들고 있던 긴 작대기를 바닥에 떨어뜨렸다. "저는 창고에 있는, 먼지 나는 기억들을 탈탈 털어 멀리 여행을 떠날 겁니다." 기가 찼다. "그건 내가 이미 다 해본 거잖아. 주인이 젊었을 때 갔던 남미를 막 돌아다녔잖아. 겨우 수지를 만나긴 했지만 안 좋은 추억만 만들었지……" 이렇게 말하자, "정말 저에게 주실 겁니까? 만약 주신다면 여길 아주 넓은 항구로 만들어서 뱃놀이나 하며 살겠죠"라고 대답했다. "그것도 내가 생각했던 거야. 그 배를 타고 도망가겠다는 거잖아!" 정원사의 검은 얼굴에는 뭐가 숨어 있는지 도통 알 수가 없었다. "그림자 주제에 제가 가면 어딜 간다고 그러십니까." 그건 정원사의 말이 맞았다. "저는 창고만 있으면 됩니다. 조상들이야 내 알 바가 아니고, 내가 나오는 기억만 보관되어 있으면 행복할 겁니다." 정원사 얼굴에 흐뭇한 미소가 번졌다. "만약 내가 자네에게 창고를 주면 자넨 나에게 뭘 줄 수 있지?" 정원사는 이미 생각한 듯, "뭐가 필요하세요?" 하고 물었다. 난데없이 곰이 정원사 얼굴을 빤히 쳐다보다가 부리나케 창고로 뛰어갔다. "그만둬! 됐어! 이젠 지긋지긋해!" 내가 말렸지만 곰은 창고 안으로 쏙 들어가버렸다. 정원사와 은사시나무 아래에 잠시 앉았다. 정원사는 또 그 여자 이야기를 꺼냈다. 나는 그 여자 때문에 지금 머리가 터질 것 같다며 일어나 엉덩이를 털고 집으로 향했다. "잠깐만요!" 등 뒤에서 부르는 소리가 들렸다. 정원사였다. 정원사 옆에 곰이 커다란 알루미늄 가방을 들고 서 있었다.

"우선 하나만 드리겠습니다. 제가 이 정원의 주인이 되면 나머지 하나도 드리겠습니다."

"고맙긴 한데, 남의 물건으로 선심 쓰는 건 누굴 닮았네."

라스베이거스 카지노 룸에서 빼앗은 돈가방과 자동차 경주 때 내가 정원사에게 건넸던 돈가방, 그 둘 중 하나였다.

나는 곰이 들고 있던 가방을 낚아채서 〈천일화물〉 방향으로 바삐 걸었다. 발전소 삼거리에서 큰길로 갔고 길 끝에 빛이 잉잉거리는, 박람회장처럼 생긴 건물 앞에 섰다. 문을 열고 안으로 들어서자 토마토색의 양탄자가 깔린 넓은 로비가 펼쳐졌다. 로비 한구석에 오토바이 한 대가 서 있었다. 그 오토바이를 보자 기쁜 마음에 안장을 손으로 어루만졌다. 먼지가 앉기는 했지만 푹신한 안장과 윤기가 도는 핸들이었다. 이 오토바이를 보자 지난달, 그가 하소연을 하러 찾아온 날이 떠올랐다. 그때까지만 해도 나는 겸손과 복종을 가장 큰 미덕으로 삼았고 내가 해야 할 일이 무엇인지 누구보다도 잘 알고 있었다. 그런데 정원이 확장될 때마다 밀짚모자를 쓴 노인이 몇 개의 소망을 들어줬는데 내가 원하지도 않는 여자 시계와 조그마한 지구본, 빨간 가방, 토끼가 그려져 있는 키티 도시락 포크를 보면서 나는 그에게 어떤 존재인지 궁금했다. 정원사와 곰을 데리고 온종일 정원을 돌본 대가가 고작 여자애가 좋아할 소품들이라니. 이 정도는 참을 수 있었다. 결정적인 건 처음으로 그의 집에 발을 들여놓던 날, 그의 어머니가 신발장에 사놓은 새 구두를 보면서였다. 그때까지 나는 신발이 무엇에 쓰는 물건인지 몰랐다. 한 번도 신어보지 못했기 때문이었다. 벙어리 장갑인 양손에 껴보기도 했고, 머리에 올려놓기도 했으며 거기에 물을 넣어 붕어를 키우나 싶어 킁킁 냄새를 맡기도 했다. 그것이 발에 신는 신발인 걸 안 것은 택시에서 내리는 어떤 사람의 구두를 보면서였다. 나는 신발장에서 그의 검정색 구두를 훔쳤다. 그리고 다음 날, 구두를 신고 침대에 누워 있었다. 누워 있으면 있을수록 구두라는 게 단순히 발을 보호하는 도구가 아니라는 걸 알았다. 구두 한 켤레가 사람을 두근거리게 할 수 있다는 사실을 느낄 수 있었기 때문이었다. 구두에서 어머니의 사랑과 구두를 신고 교회로 갈 때 그의 두근거림과 성가대에서 여자와 같이 '빈들에 마른 풀 같이'를 부를 때 여자가 그의 구두를 살짝 밟으며 나누는 감정을 내가 느낄 수 있었다. 이런 걸 눈치챘는지 그는 침대를 더럽힌다며 정원사를 불러 구두를 내다 버리라고 말했다. 그날 밤, 해가 지자마자 나는 벽장을 통해 〈건강원〉 집으로 갔고, 다시 밖으로 나갔다. 어둠들이 담벼락 밑으로 검은 개털처럼 몰려다녔다. 거리에서 구두가게를 발견했다. 문을 열고 들어선 구두가게에서 까만 구두를 손가락으로 가리켰다. 점원이 손바닥 위에 내가 손가락으로 가리킨 구두를 올려 들고 왔다. 나는 고개를 끄떡였다. 호주머니에서 한 주먹의 돈을 테이블 위에 올려놓았다. 점원이 지폐 몇 개를 계산기 안에 넣었다. 그리고 나머지 돈은 비닐봉지에 넣어 나에게 건넸다. 나는 머리를 숙여 고마움을 표시했다. 마침내 구두 한 켤레를 사는 데 성공한 것이다. 문을 나서면서 나는 꿈에 살던 내가 현실 세계에서 구두를 사는 게 이치에 맞는 일인가 생각했지만 금세 담벼락에 기대어 깔깔거렸다. “이게 뭐 어때서?” 그날 나는 난생처음 돈의 기능을 알았다. 도망치듯 거리를 빠져나갔다. 벽장으로 들어간 뒤 밀짚모자 노인을 찾아갔다. 노인은 내가 신고 있는 구두를 쳐다봤다. 고개를 살랑살랑 흔들더니 나랑 상대하는 게 불편하다고 말했다. 용건만 간단히 말해보라고 해서 내가 내 두 발로 나가서 구두를 사 왔다고 했다. 노인은 “당신 머리 위에서 초저녁별이 반짝였다고?” 묻더니, “말세야!” 하고 두 주먹으로 책상을 내리쳤다. 그러면서 내가 이 도시의 질서를 무너뜨리는 범법자가 되었다고 소리쳤다. 거대한 상상력의 왕국, 성적으로 충만한 도시, 휘황찬란한 예감들과 부지불식간에 다가올 징조들의 땅을 한낱 대역 배우에 지나지 않는 내가 꿈 밖으로 나가서 구두를 샀다며, 들고 있던 숟가락을 집어 던졌다. 오싹했지만 빙글빙글 돌며 날아오는 숟가락을 피하지 않았다. 날아온 숟가락은 내 이마에 와서 조용히 꽂혔을 뿐, 그 어떤 고통도 느낄 수 없었다. 나는 노인에게 그동안 내가 어떤 피해를 입었는지 들려줬다. 그에게 있어 나라는 존재는 하나쯤 구비해놓아야 하는 검은색 외투에 불과했다며 이야기를 마무리 지었다. 마침 그때, 로비에 서 있던 멍청하게 생긴 하인이 내가 문 앞에 세워놓은 오토바이를 끌고 왔다. 나는 그 오토바이를 선물로 드리겠다며 공손하게 말했다. 노인은 이 사실을 외부로 절대 누설치 않겠다는 각서를 쓰라고 말했다. 각서를 써내자 오토바이 안장에 앉아보곤 흡족해하며 내 후견인이 되겠노라고 했다. 또 원하는 게 뭐냐고 해서 정원이 확장되면 내가 원하는 아이템을 달라고 말했다. 첫번째로 받은 아이템이 저글링 공이었다.

벽난로 맞은편에 두 갈래의 복도가 보였다. 오른쪽 복도로 들어섰다. 좌우로 여러 개의 방들이 있었다. 방에는 나무들이 자라고 있었다. 어느 방에서는 자작나무가 빼곡했고, 옆방에는 개비자나무, 그 옆방에는 주목, 종비나무, 가문비나무 등 방마다 나무들로 발 디딜 틈이 없었다. 개중에 시선을 끄는 방이 있었다. 바나나나무가 있는 방이었다. 정말 바나나가 열렸는지 나무 밑동을 발로 찼다. 정말 바나나 한 다발이 떨어졌다. 그 옆방은 사과나무 방이었다. 팔을 뻗어 탐스런 사과를 땄다. 그런데 그 옆방은 소나무 방이었다. 산에서 흔히 보던 소나무가 방 안 가득 서 있었다. 장난삼아 소나무를 발로 찼다. 그랬더니 껌정소 한 마리가 나무에서 떨어져 당황스런 표정으로 날 흘끔 보고는 황급히 문을 빠져나갔다. 그 옆방은 〈느릅나무와 너도밤나무의 구별 연구소〉라는 팻말이 붙어 있었다. 다음 방은 넓은 선착장이 펼쳐졌다. 비린내도 나는 듯했다. 거기에 50층쯤 돼 보이는 우람한 배 한 척이 서 있었다. 배 상단부에 원통형의 기둥들이 즐비하게 서 있었고, 여섯 개의 돛과 조망창 들이 햇빛에 반질거렸다. 배 중심에는 일곱 개의 굴뚝들이 이스트 섬의 모아이 석상처럼 서 있었는데 거기서 흐리멍텅한 재색 연기가 나풀거렸다. 어디선가 기계장치들이 째깍째깍거리는 소리가 들리기도 했고, 에어컨 실외기 소리 같은 소음이 들리기도 했다.

복도 막다른 곳에서 멈춰 섰다. 거기에 예닐곱 명의 사람들이 앉아 있었다. 그중 남자가 뒤집어놓은 쓰레기통에 발을 올린 채 무릎 위에 커다란 파피루스 두루마리를 걸쳐놓고 있었는데, 날 향해 "이봐! 대기표를 뽑으라고 지난번에도 신신당부를 하지 않았나!" 하고 짜증을 냈다. 번호표를 뽑은 뒤 참나무 의자에 앉았다. 많은 시간이 걸리지는 않았다. 방 안에서 누가 201400403이라고, 내 대기표 번호를 불러서 안으로 들어가자 밀짚모자를 쓴 노인이 커튼을 좀 쳐달라고 말하곤 둥근 나무의자를 손으로 가리켰다. 그는 지우개로 노트에 적힌 글을 지우느라 날 보지도 못한 상태였다. 커튼을 치고 가지고 온 알루미늄 가방을 의자 옆에 내려놓았다. "지난번에 부탁드린 일은 잘 되었습니다. 고맙게 생각합니다. 언제쯤 떠날 수 있는지 몰라서 왔습니다. 마냥 기다릴 수는 없잖습니까……" 손톱으로 턱수염을 뽑아 냄새를 맡았다. "그런 짓 좀 그만두게. 더러워서……, 그래, 정원은 받았나?" 그의 입가에 마름모꼴 모양의 상처가 있었다. 이 상처를 볼 때마다 우물이 떠올랐고, 이 도시의 공동 우물을 이 사람이 독차지했다는 사실에 화가 났다. "아직……" 말을 흐리자, "다 된 밥에 코를 빠뜨릴 작정이군. 사흘 주겠네. 그 안에 정원을 가지고 오게. 참고로 배는 사흘 뒤에 떠나네. 그때 다시 찾아오게. 만약 정원을 못 가지고 오면 다시는 여길 찾아오지 말게." 목소리에서 냉기가 흘렀다. "그 친구가 정원을 쥐고 놔주지 않습니다. 나중에 제가 나가서 정원의 주인이 되면 그때 드려야 할 것 같습니다." 말을 마치고 고개를 숙였다. "자네가 여길 떠난 뒤에 나에게 정원을 돌려준다는 보장이 있나? 여기가 그런 곳인가? 믿음이 충만한 곳이냐고!" 홍정에는 젬병인 나에게 노인이 화를 냈다. "시간이 걸려서 그렇지, 꼭 내놓게 될 겁니다." 이렇게 말할 수밖에 없었다. "이보게, 세상살이는 말이야, 선이 능사가 아닐세. 선은 무책임하지. 하지만 악을 쫓는 사람들은 위험하기 때문에, 그래서, 신용을 지키는 법이거든…… 어쩌라고? 며칠만 기다리면 된다는 거야 뭐야!" 망루에서 정원을 구경하는 또 다른 노인이 왜 이 노인과 한 건물에서 살지 않는지 이유를 알 것 같았다. "정원 말고는 안 되겠습니까?" 차선책은 늘 있는 법이니 넌지시 말을 던져봤다. "정원이 아니면 자네에게 곰새끼 말고 뭐가 있지?" 그는 지나가는 눈으로 날 훑어보고는 턱으로 들고 온 가방은 뭐냐는 시늉을 했다. 지체하지 않고 가방을 내밀었다. 그러자 그가 몇 번 흔들어보고는 책상 옆에 있던 빨간 버튼을 눌렀다. 키가 크고 얼굴이 까만 하인이 방 안으로 들어왔다. "금방 드린 가방을 정원 대신 드릴까 합니다. 정원은 나중에……" 구걸하듯 두 손을 모아 그의 책상 위에 올려놓았다. "이 가방이 정원만큼이나 값어치가 나간다고 보나? 이 가방에 이 표시 말이야…… 내가 모를 줄 알지? 그리고 이 가방은 내가 쿠바에서 자네에게 준 가방이잖아. 체 게바라 베레모에 달린 별 하나를 보고 우린 별 두 개를 만들어 붙였잖아." 그가 턱을 곧추세우며 따지듯 물었다. "아마도 그럴 겁니다." 그가 가방을 열어봤다. 화색이 돌았다. "이 가방은 아주 튼튼하게 잘 만들어졌군. 좋아, 물건을 돈으로 교환하는 법을 알다니. 고맙네. 그런데 말일세. 이걸로는 턱도 없어. 두말하지 않겠네. 우리 둘의 약속은 정원을 주는 조건이었어. 그것도 일주일 안에. 좋은 말로 할 때 정원을 냉큼 가지고 오게." 한숨이 터졌다. "이걸로 부족합니까?" 식은땀이 났다. "어림도 없지. 내가 자주 밖으로 나가서 그나마 이걸 받아는 주겠지만, 자네도 알다시피 여긴 부피가 돈이잖은가. 사실 이건 콩 다섯 되만도 못 돼." 내 입에서 아, 하는 단조로운 탄성이 새어 나왔다. “다른 방법은 없는지……” 의자를 당겨 앉았다. “다른 방법이라…… 하나 있기는 하지. 정, 그 친구가 정원을 못 내놓겠다면 베란다에서 얼쩡거리는 노인네를 황천길로 보내는 수밖에.” 30년 가까이 알고 지낸 노인이 이제 날 심부름센터에서 온 일용잡부로 취급했다. “그런 일이라면 늘 가까이 있는 분이 하셔도 되잖습니까.” 퇴비를 모으면서 쓸 만한 건 모조리 이 노인에게 갖다 바쳤는데, 지금에 와서 내가 자기 주인인 또 다른 밀짚모자를 쓴 노인을 죽이라니, 말문이 막혔다. “그 노인이 날 죽이는 건 식은 죽 먹기지만 내가 그 노인을 죽이는 건 하늘의 별 따기지. 생각해보게, 자네가 잠만 쿨쿨 자는 자네 주인을 죽일 수 있겠는가? 어림도 없지.” 틀린 말은 아니었다. “그럼, 저는 죽일 수 있나요?” 같은 처지인 걸 뻔히 알면서 왜 이러나 싶었다. “지금 여기 와 있는 그 친구를 잘 구워삶아야지.” 대충 무슨 말인지 감이 왔다. 짧은 탄성을 내지르며, “그 노인만 죽이면 정원을 안 드려도 나갈 수 있는 거죠?” 확답을 받고자 했다. “당연하지” 하고 노인이 명쾌하게 대답했다. 밖으로 나가는 것쯤이야 언제든 가능했지만 여기서 이룬 모든 꿈의 산물을 거머쥐고 나가기 위해서는 한 달에 한 번씩 보름달이 뜰 때 밖으로 나가는 배가 필요했다. 나는 엉덩이를 들어 비스듬히 목례를 했다. “사흘 뒤에는 꼭 다시 오겠습니다. 믿어주십시오.” 의자에서 일어섰다. “아, 이 친구를 따라가서 마지막 진단이나 받고 가게. 그럼, 행운을 비네.” 책상에 올려져 있던 가방을 캐비닛에 넣고 그는 다시 책상 앞에 앉았다. “저기, 부탁이 하나……, 제가 그 노인을 죽이면……, 여자 한 명과 같이 떠날 순 없습니까? 같이 나가고 싶습니다.” 숨 쉬는 소리도 들릴 만큼 조용한 방이었다. 그는 지그시 눈을 감은 채 잠시 뜸을 들였다. "같이 나가는 일은 절대 없네. 사사로운 정 때문에 일이 엉망진창이 된다고 내가 자넬 처음 봤을 때부터 이야기를 하지 않았나. 그럴 것 같으면 베개도 방석도 이불도 다 가지고 나가지 그러나. 내가 자네에게 오늘은 똥을 뺀 멸치 다섯 마리를 먹고, 내일은 열 마리, 모레는 열두 마리를 먹어야 한다고 시시콜콜 이야기를 다 해줘야 하냐고! 그런 일은 절대 없을 테니 괜히 용감한 척 나서지 말게. 자네가 나간들 자네와 그 여자의 관계는 변함이 없네. 지금처럼 매일 밤 똑같이 만날걸세. 그 여자는 자네의 변화를 눈치채지 못한다는 거야. 아무런 의심을 품지 않을걸세. 내 말 알겠나?" 설령 그녀가 이런 일의 내막을 안다고 해도 의심을 하거나 횡포를 부릴 수 없다는 말이었다. "네." 수지를 데리고 나갈 수 없다는 것에 마음이 무거웠다. "저 사람이랑 나가봐. 다음!" 남자를 따라 2층으로 올라갔다. 거기에는 수십만 권의 장서들이 빼곡하게 꽂혀 있는 도서관이었다. 그가 번역에 매달릴 때 가끔 들러 나도 책을 읽곤 했다. 장서들이 끝나는 지점에 조그마한 책상이 있었고, 그 책상 앞에 비닐 앞치마를 두르고 돋보기안경을 쓴 사람이 앉아 책을 읽고 있었다. 기침을 하기도 하고, 책을 거꾸로 뒤집어 책에서 뭔가를 탈탈 털어내기도 했다. "요즘 작가들은 글을 쓰면서 커피를 너무 많이 마셔. 읽으면 읽을수록 머리가 몽롱해진다니까. 교통방송은 새벽이 피크인데, 책이 이 모양이니 내가 잠을 잘 수가 있나. 카페인 중독자들 때문에 살 수가 없어." 그는 책을 탁탁 내리쳐서 검은 가루 한 줌을 봉지에 담았다. "조리퐁만 한 케냐산 생두는 내 취향이 아냐. 난 보리쌀만 한 예가체프가 좋다구." 혼자 중얼거리는 사람을 지나자 여섯 개의 계단이 나타났다. 계단 끝에 하늘로 향하는 사다리가 보였다. 사다리를 당겨서 올라타자 엘리베이터 앞에 도착했다. 엘리베이터에 탄 하인이 19층 버튼을 눌렀다. 엘리베이터에서 내리자마자 바다색 타일이 촘촘하게 박힌 커다란 욕조가 나왔다. 옷을 벗고 욕조로 들어간 뒤 하인이 건넨 종이와 펜을 받아들었다.

"이게 마지막입니다. ○나 ×표에 체크를 하시면 됩니다. 다 하신 뒤에는 가셔도 됩니다. 아, 저글링은 계속 돌리고 계시나요? 빠뜨리면 안 됩니다. 고객님의 연대기를 이어 붙이고, 살 안에 기억을 심는 일입니다. 잊지 마십시오." 하인이 가고, 받은 종이를 펼쳤다. 또 비가 걷히고 해가 뜨면 기분이 좋은지 나쁜지 묻는 질문이었다. 모두 ×에 체크를 했다. 손에 종이를 들고 욕조에서 나오려는데 실오라기 하나 걸치지 않은, 뚱뚱한 여자가 플라스틱 의자를 들고 걸어왔다. 욕조 옆에 의자를 놓더니 여자가 욕조에 발을 담갔다. 그리고 내가 체크한 종이를 받아 빨간 펜으로 채점을 했다. 그런데 여자 뒤로 건너편 건물이 보였다. 여자에게 여기가 몇 층이냐고 물었다. 19층이라고 대답했다. 맞은편 건물에 창문이 열려 있었다. 바람에 하얀 커튼이 펄럭였다. 커튼 사이로 밀짚모자를 쓴 노인이 손에 책을 받쳐 들고 서 있었다. 펜으로 창문을 두드리자 비둘기가 날아와서 책등에 앉았다. 비둘기와 눈을 맞춘 노인이 바다 낚시를 하듯 책을 옆구리로 가져가서 천천히 앞으로 내밀자 책등에 앉았던 비둘기가 날갯짓을 하며 표표히 사라졌다. 늘 과장된 보람을 보여줘야 했던 노인이었다.

"타인과의 소통은 저도 젬병입니다. 수고하셨습니다."

뚱뚱한 여자가 내가 적어낸 종이로 자신의 발을 닦고는 의자를 들고 사라졌다.

나도 엘리베이터를 타고 내려왔다. 그리고 바삐 집으로 향했다.

"어디 갔다 온 거예요?"

수지가 하품 끝에 달수에게 물었다.

"몰라도 돼."

달수의 표정이 어두웠다.

"나에게 뭐 숨기는 거 있죠?"

수지가 달수 얼굴을 빤히 쳐다봤다.

"내가 뭘 숨겨? 그런 거 없어."

"요 근래 정원엔 왜 그리 자주 가죠? 정원에 여자라도 숨겨놨나요?"

"카리브 해 소나무가 말썽이야. 잎이 마르기 시작했거든."

"그래서 정원사가 바쁜 척했나?"

수지가 냉장고에서 음료수를 가져왔다.

"왜 자주 남의 정원엔 들락거려. 그런 쓸데없는 짓은 안 하는 게 좋아."

달수가 화를 냈다.

"남의 정원에 간 것도 아닌데 왜 그래요?"

"날 못 믿는 거야? 왜 뒷조사를 하고 다니지?"

"뒷조사라니요. 전 그냥 여기저기 놀러 다닐 뿐이에요. 그래서 삐쳤나요? 그런 거예요?"

수지가 달수에게 안겨 그의 등을 쓸었다. 그런데 한쪽 팔이 맥

없이 축 늘어졌다.

"달수 씨!"

수지가 달수의 소매 안에 손을 집어넣었다.

"어머! 팔이……, 왜 이래요?"

"이 사람이……"

달수가 몸을 비틀었다.

"다친 게 아닌데요? 누가 칼로 잘랐네요. 그렇죠? 붕대를 감아야겠어요."

수지가 속옷을 뜯어 달수의 팔을 칭칭 동여맸다.

"누가 그랬어요?"

"다쳤다고 했잖아. 호들갑 좀 떨지 마!"

"누워 있던 그 남자죠?"

수지의 목소리는 밝았다.

"아니라니까……, 좀 쉬자고. 너무 많이 걸었나 봐."

달수가 수지를 안고 소파에 쓰러졌다. 소파에 살 밀리는 소리만 간헐적으로 들렸다.

그렇게 몇 시간이 흘렀는지, 밤인지 낮인지, 내가 살아 있는지조차 분간이 되질 않았다. 어디선가 개가 저글링 공을 굴리고 있었다. 꿈인지 현실인지 모를, 지난 기억들 중 몇 개가 또르르 머릿속으로 굴러왔다.

수지가 〈건강원〉에서 남미로 떠난 뒤, 나는 감기 몸살로 침대에 누워 있었다. 식은땀을 흘리며 가위에 눌리기도 했다. 물을 마시러 거실로 나가면 신발장 위에 하얀 개털이 수북이 쌓여 있었고, 하나둘 신발들이 사라졌다. 그러려니 했다. 수지가 여행을 떠났다는 사실 자체가 주는 충격 때문에 나는 숟가락 들 기운도 없었다. 그런데 꿈에 수지가 나타났다. 예의 그 남자와 함께 가방을 들고 버스 정류장에 서 있었다. 감기 기운 때문인지, 나는 침대가 아니라 허공을 날아다니고 있었다. 그래서일까. 허공에서 처음으로 두 사람의 대화를 엿들을 수 있었다. 수지는 그 남자에게 남미로 여행을 가자고 말했다. 칠레, 페루를 거쳐 쿠바까지 가는 여행길이었다. 남자는 장황하게 남미의 밤문화에 대해 떠들어댔다. 그러더니 자신은 할 일이 있다며 나중에 쿠바에서 만나자고 약속했다. 남자가 떠난 뒤 수지는 바퀴가 달린 가방 위에 앉아 로맹 가리가 쓴 『새들은 페루에서 죽다』를 읽었다. 감기 기운이 가신 뒤 나는 서점에 들러 그 책을 사서 읽었다. 그리고 1층 〈건강원〉의 문을 잠그고, 침대맡에 페레로로쉐 같은 간식을 사놓고 잠을 잤다. 가방을 든 수지가 손에 잡힐 듯 아른거렸다. 골목만 돌아가면 만날 수 있을 것 같았고, 이름을 부르면 달려올 것 같은 느낌들이 출렁거렸다. 또 수지가 가는 곳마다 둥그렇게 무리를 지은 빛이 따라다녔다. 마치 테이블 위에 책을 올려놓고 사진을 찍을 때 역광 때문에 빛이 한곳에 몰리듯, 수지가 주변 풍경과 다른 빛에 둘러싸여 있었다. 그런 느낌과 기시감이 나를 페루로 이끌었다. 검은 하늘에서 어딘가로 툭 떨어지는 기분이 들었고, 거기가 페루였다. 소설책에 등장하는 선술집을 찾아다녔다. 그런데 그런 선술집은 없었다. 대신 바닷가에 방부목을 세워 만든 〈산타페〉라는 카페가 보였다. 가는 길에 현지인이 옥수수 가루를 던지며 새들을 불러 모아놓고 관광객들에게 새를 배경으로 폴라로이드 사진을 찍어줬다. 사진을 흔들며 〈산타페〉에 갔다. 테라스에 고등학생쯤 돼 보이는 동양인 여자가 물끄러미 새들을 쳐다보고 있었다. 수지와 닮은 것 같기도 해서 테라스로 발걸음을 옮기려는 순간, 오십대 백인 남자가 빨간 장미가 가득한 꽃바구니를 들고 그녀 앞으로 걸어가서 일본어로 아이시테루라고 말했다. 여자는 짐짓 놀라더니 금세 꽃바구니를 받고서는 좋아했다. 뒤돌아선 나는 카페 지배인에게 키가 작고 마른 한국인 여자를 본 적이 있느냐고 물어봤지만 지배인 말로는 워낙 동양인들이 많이 와서 누가 누군지 모르겠다고 퉁명스레 말했다. 그냥 돌아갈 순 없었다. 혹 마추픽추에 가진 않았나 싶어 쿠스코 행 버스를 탔다. 버스로 한참을 달려 기차역에 도착했고, 기차역에서 버스로 산길을 40분간 걸어간 뒤, 거기서 또 30분을 걸어가야 해발 3천 4백 미터 마추픽추를 볼 수 있었다. 기차역에 내리자마자 고산증에 걸렸다. 그래서 마추픽추를 보는 둥 마는 둥 바삐 내려와야 했고, 사흘간 쿠스코 초입에 있는 민박집 2층에서 코카차를 마시며 문 쪽으로 고개만 돌린 채 쓰러져 일어나질 못했다. 거기서 민박집 주인을 통해 로맹 가리는 페루 사람이 아니라는 사실과 그는 러시아에서 태어나 프랑스 외무성에서 일하다가 로스앤젤레스 주재 프랑스 총영사까지 지낸 소설가라는 걸 알았다. 또 로맹 가리는 에밀 아자르라는 이름으로 『자기 앞의 생』이라는 장편소설을 출간하기도 했다. 이름만 둘이지 결국 한 사람의 작품인 셈이었다. 문틈으로 빛이 스며들듯 사람들의 행렬이 보였다. 시간은 스쳐 지나가는 물결과도 같은 것. 바람이 불고, 나무가 기울고, 새들이 울고, 멀리 개 짖는 소리가 드문드문 들리다가도 잠이 들면 이 모든 것들이 쥐 죽은 듯 조용했다가 눈을 뜨면 흐르는 시간이 주름져 계단이 되었고, 그 계단을 밟고 앞서거니 뒤서거니 관광객들이 밀려오고 있었다. 이튿날 저녁, 산 밑에 있던 안개가 민박집까지 차올랐다. 버스 정류장에 버스가 와서는 한 무리의 사람들을 내렸고, 그중 몇 명이 안개를 뚫고 민박집으로 왔다. 개가 스노보드를 타는 우스꽝스러운 모자를 쓴 여자가 민박집 1층으로 들어가는 게 보였다. 〈산타페〉에서 본 여자였다. 그녀는 다음 날 첫 버스를 타고 떠났다. 민박집 주인에게 여자가 어디로 떠났는지 물었다. 쿠바로 간다는 말을 들었다고 전해줬다.

"세상 참 좁네요."

부스스 눈을 뜬 수지가 말했다.

"무슨 말이야?"

달수가 물었다.

"그 여자가 저잖아요."

달수가 놀란 눈으로 수지를 쳐다봤다.

"그래?"

"쿠바에서 헌책방 간 거 기억나요?"

수지가 소파에서 일어나 냉장고 문을 열었다.

"쿠바?"

"처음 보는 사물에 키스하라, 몰라요?"

수지가 물을 마셨다.

"……"

두 사람은 내 생각을 엿듣기라도 한 듯 척척 대화를 만들어갔다. 내가 갇힌 이 상자가 혹 울림통이 되어 생각까지 고스란히 밖으로 전달되는 모양이었다.

"정말 모르나 보네."

수지가 달수를 빤히 쳐다봤다. 달수의 표정이 상당히 굳어 있었다.

"그건 말이지……"

나는 경유지 없이 금방 쿠바로 들어갔다. 아바나 시내를 오가다가 헌책방에 들러서 1961년도 미국 클류트 국제연구소에서 출간된 『로빈슨 크루소』 초판을 샀다. 그때 빨간 스웨터를 입은, 일흔살 된 할아버지가 체 게바라 이야기를 들려주었다. 또 자기가 우루과이 호세 무히카 전 대통령이랑 같은 감방에서 12년 동안 수감되었던 이야기, 나이가 들어서 쿠바에서 헌책방 하는 게 꿈이었다는 이야기, 재수가 없으면 오른쪽으로 침을 뱉으라는 이야기도 했다. 당신 오른쪽에 항상 나쁜 영혼들이 산다고. 지난번에 이 이야기를 조너선 쿡에게 해줬더니 나를 스무 살도 안 된 공산주의자라고 빈정거렸다.

"먼 길을 가려거든 뒤를 돌아보지 마라, 뒤를 돌아봤다면 다시 정면을 봤을 때 처음 보이는 사물에 키스를 하라, 그러면 더러운 지난 세월들이 그 사물에 옮아서 절대 따라붙지 않는다!"

수지가 흥얼거렸다.

그날, 헌책방에서 수지를 만났다. 페루에서 본 고등학생 차림의 여자가 수지였고, 마추픽추 민박집에서 본 여자도 수지였다. 수지는 다짜고짜 날 용서해주는 조건으로 스카프를 사달라고 말했다. 내가 뭘 잘못했는지 모르겠다고 하자 수지는 가방 위에 앉아 울었다. 할 수 없이 근처 옷가게에서 바나나 그림이 프린트된 스카프를 사줬다. 스카프로 목을 감싼 그녀와 나는 사흘 동안 허름한 호텔에서 벌거벗은 채 칠레산 와인과 프랑스 요리를 시켜 먹으며 보냈다. 나흘째 되던 날, 야마하 오토바이를 빌려서 아바나 외곽을 달렸다. 오토바이 뒤로 까만 새들이 무리를 지어 따라다녔다.

"그때, 아바나 항구에서 피스코를 마시던 여자가 당신 아냐?"

달수가 기억을 떠올리기 위해 미간을 좁혔다.

"같이 오토바이 타고 놀았잖아요."

수지가 식탁 의자에 앉아 잠시 고개를 숙였다. 한숨 소리가 들렸다.

"그날 밤, 경찰이 우릴 잡았잖아요. 우리가 빌린 오토바이가 도난당한 거라고 해서 당신이 오토바이를 끌고 경찰서에 갔잖아요. 그런데 오토바이도 없이 금방 다시 와서는 나에게 누굴 만나러 갈 건데 같이 갈 거냐고 물었잖아요. 쿠바에서 나 말고 누굴 만날 거냐고 물었더니 제라르라고 했잖아요. 내가 제라르가 누구냐고 물으니까 당신은 여기까지 왔는데 제라르를 안 만나면 어떡하냐고 했잖아요. 안 그래요?"

"내가 제라르를 만나는 게 잘못된 거야?"

달수가 소리를 빽 질렀다.

"이상했어요. 며칠 동안 제라르에 대해 단 한마디도 없다가 경찰서에 간 사람이 오토바이도 안 타고 금방 나타나서는 그녀를 만난다고……"

그날 밤, 밤늦게까지 경찰서에서 조사를 받고 호텔로 돌아왔더니 어떤 남자가 수지와 함께 소파에 앉아 있었다. 두 사람은 불을 끈 채 이야기를 나누다가 내가 들어가자 말문을 닫아버렸다. 남자는 경계하는 눈빛으로 날 쳐다봤다. 그런데 그 남자는 내가 즐겨 입던 감색 바지를 입고 있었다. 게다가 서랍 제일 밑 칸에 들어 있던 오비베어스 곰돌이 양말까지 신고 있었다. 내가 "이 사람은 누구지?" 하고 수지에게 물어보자 수지가 오히려 나에게 "누구시죠?" 하고 되물었다. 그때 나는 경찰서에서 본 여자가 생각났다. 바다에서 사고를 당했다며 경찰서에서 조사를 받던, 여고생쯤 돼 보이는 여자. 수지가 경찰서에 왜 왔나 싶었는데 곤색 바지를 입은 군인들이 번잡하게 오가면서 담배를 피워대는 바람에 정신이 없었다. 경찰서에 있던 수지와 호텔에 있는 수지. 헷갈려서 방에 불을 켜려고 스위치를 찾자 남자가 달려들어 내 다리를 걸어 쓰러뜨렸다. "쏘리." 이렇게 말하고는 바로 손가락으로 턱수염을 꼬기 시작했다. "박수지, 박수지가 맞아?" 여자가 숨을 들이마신 뒤 "맞아요……" 하고 대답했다. "이 사람은 누구지?" 내 말에 그가 코를 훌쩍이더니 담배에 불을 붙였다. 불붙인 담배를 빨아 당길 때마다 그의 입술 주변이 붉게 빛났다. "이거 참, 내가 우스운 꼴이 됐네. 박수지, 남자가 있었던 거야? 있었다면 진작 말을 했어야지. 지금 내가 나가야 할 타임인 거지? 힌트는 좀 주지 그랬어. 한 방에 남자 둘을 초대해놓고, 이게 뭐야……" 침대에 앉아 있던 수지가 허둥대며 나와 낯선 그를 번갈아 쳐다봤다. 그러자 낯선 남자가 반도 안 피운 담배를 창문 밖으로 던진 뒤, 수지를 향해, 두 손을 까닥거리며 천천히 바람을 누르며 안심하라는 제스처를 취했다. 그 모습이 은근히 부아를 돋웠다. 내가 테이블을 걷어찼지만 남자의 다리가 테이블 모서리에 올려져 있어 꿈쩍도 하지 않았다. "당신이 누군지 모르지만 여기서 이러지 말고 밝은 데로 나가서 이야기 좀 합시다." 남자가 다시 담배에 불을 붙였다. 남자의 눈에서 빨간 담뱃불이 반짝거렸다. 그 불꽃이 한 번 더 반짝거릴 때, 남자의 팔을 낚아채 문 쪽으로 잡아당겼다. 그리고 잽싸게 침대보로 그의 얼굴을 덮어 셀 수 없이 많은 주먹을 날렸다. 수지가 나에게 컵과 쟁반을 던졌다. 수지에게 신경 쓸 겨를이 없었다. 문을 열고 침대보에 둘둘 말린 남자를 복도 끝까지 끌고 나왔다. "이걸……" 아주 잠깐 동안 플라스틱 이쑤시개만큼이나 가벼운 이 남자를 어떻게 할까 고민하다가 그냥 계단 밑으로 밀어버렸다. 그리고 거기 서서 담배를 피운 뒤 수지에게 가려는 순간, 계단으로 누군가 올라오는 소리가 들렸다. 보이지 않을 만큼 검은 누군가가 손에 하얀 돌을 쥐고는 날 복도 한구석으로 몰았다. "네가 먼저 싸움을 건 거야. 이것만은 기억해둬!" 하고는 손에 들고 있던 돌로 내 어깨를 내리쳤다.

"왜 그랬어요?"

수지가 달수에게 물었다.

"뭘?"

"그 남자를 어떻게 한 거죠? 아차차, 그보다 그 남자가 누구였죠? 왜 내 방에 찾아온 거죠?"

"내가 어떻게 알아? 당신이 키를 줬으니 찾아왔겠지."

"당신도 왔잖아요. 그럼 호텔 키가 두 개였나요? 설마요. 전 오토바이를 같이 탔던 남자친구에게만 줬는데요?"

"당신이 문을 안 잠갔나 보지."

"사흘이나 거기서 있었는데 그걸 몰라요? 그 문은 자동으로 잠기잖아요."

"그래? 그렇다면 도둑이라고 생각해. 그 나라에서는 좀도둑 천지야."

"도둑이 내 이름을 부르고, 제 방을 찾아온 사람처럼 느긋하게 행동하나요?"

"지금 따지는 거야? 내가 뭘 잘못했지?"

달수가 주먹으로 소파를 내리쳤다.

"갑자기 이상해서요. 아, 운전면허시험장에서 본 것도 그래요."

"또 뭘?"

"내 옆에 앉은 사람이 당신이잖아요. 당신은 끝까지 시치미를 뗐잖아요. 내가 몇 번이나 달수 씨, 달수 씨, 하고 불러도 당신은 날 처음 보는 여자 취급했어요!"

"그때는 내가 정신이 없었지."

"헌책방에서 만난 사람은 누구죠?"

"그 사람도 나라고 했잖아. 왜 만날 같은 이야기를 반복하지? 내가 대체 뭘 잘못한 거야?"

"……"

달수가 수지의 손을 잡았다.

"그동안 숱하게 사과했잖아. 운전면허시험장에서 당신을 집으로 데리고 온 것도 나잖아. 안 그래? 제발 좀 잊어버려."

"이것만 물어볼게요. 제라르와 만나서 뭘 했죠?"

"찾아갔더니 이 여자가 날 모르더라고. 내가 조너선 쿡과 같이 여기에 와서 섹스를 하지 않았냐고 했더니, 그 남자와 느낌이 다르다며 문을 꽝 닫아버리더라고."

수지가 주섬주섬 옷을 주워 입기 시작했다.

"달수가 몇 명이라도 되나 보죠……"

"농담하는 거지?"

달수가 저글링 공으로 천장을 통통 때렸다.

"호텔에서 사흘을 같이 보낸 남자가 난데없이 딴 여자를 만나러 간다는데, 어떤 여자가 곧이곧대로 믿겠어요?"

"제발, 그만 좀 해……"

달수는 두 손을 흔들며 고통스러운 표정을 지었다.

"당신은 그전부터 그랬어요."

"내가 또 뭘?"

"내가 처음 쿠바에 갔을 때 어떤 백인 남자와 배를 타고 가던 동양인, 당신 맞잖아요."

"그랬나……"

"내가 불렀는데도 대꾸도 안 했잖아요. 또 로스앤젤레스 야구장에서도 당신을 봤어요. 그때도 내가 당신을 부르기 위해 의자에까지 올라가서 난리를 쳤는데도 당신은 대꾸도 안 했잖아요."

달수의 코에서 뜨거운 김이 쏟아졌다.

"기억이 재깍재깍 나는 사람이 어딨어? 안 그래?"

"그렇긴 하죠. 하지만 다저스 구장에서 본 건 기억해두는 게 좋았을 텐데요. 내가 처음으로 미니스커트를 4백 달러씩이나 주고 산 날이거든요."

"과거는 얼마든지 되돌릴 수 있잖아. 그리고 우린, 우리 꼴을 좀 보라고."

수지가 고개를 떨군 채 어깨를 들썩였다.

"그래요. 생각해보니……"

수지가 달수를 안고 눈물을 흘렸다. 눈물이 달수의 어깨로 떨어졌다. 달수가 휴지로 어깨에 떨어진 눈물을 닦았다.

수지가 신발을 찾아 신고 현관 앞에서 개 머리에 입을 맞추고는 나갔다.

속에서 뜨거운 것이 솟구쳤다.

"연기가 제법인데?"

사타구니에 대고 내가 말했다.

"이게 다 너에게서 배운 거지."

달수가 실실 웃었다. 그 웃음마저 나랑 똑같았다.

"내가 꽤 고맙겠군."

"알다시피 난 내 일만 열심히 했을 뿐이야. 그런데 수지가 제 발로 찾아왔어. 그러니 오해는 하지 마. 이왕 이렇게 된 거, 운명이라고 생각해야지. 안 그래?"

"나에게 수지는 어떤 여자인지, 알면서도 그래?"

"꿈 안에서 난 널 달래며 어린애로 살았어. 유년 시절부터 지금까지, 수천 명의 널 달래면서 말이야. 네가 나에게 못 준 사랑을 수지가 대신 줬으니 고마울 따름이지."

숨이 막혔다. 이러다간 어묵이 될 거라는 생각에 다리를 움직여 봤지만 생각만 했지 기능은 멈춘 상태였다. 이런 날 조롱이라도 하듯 달수는 당분간 고기는 먹지 않기로 했다는 둥 아침마다 화장실에서 똥냄새가 올라오는 걸 보니 정화조가 찼겠다는 둥 헛소리를 늘어놓았다. 또 지하실에 수영장을 만들기로 했다며, 지하실에 수영장을 만들면 집 안 가득 습기가 올라올 것이고 이걸 미연에

방지하기 위해서라도 수영장 곁에 커다란 서재를 꾸밀 거라며 자랑했다. 이 서재에 어떤 책을 꽂을지에 대해서도 달수는 주절거렸는데 고양이나 개에 관한 책과 요리책 들이 대부분이었다. 게다가 밖으로 나가면 『로드킬 레시피』를 출판해서 떼돈을 벌 거라며 희희덕거렸다.

"내가 괴물을 키웠군."

이렇게 말하고 구멍으로 거실을 봤다.

내 말이 하얀 도넛이 되어 거실을 떠다녔다.

9

"우리도 가야지."

달수가 라면 상자를 들 듯 가볍게 날 들고 나갔다. 컴퓨터 회로 같이 복잡한 길을 걷다가 적벽돌 집에 이르러 주먹으로 문을 두드렸다. 통이 넓은 바지를 입은 여자가 나왔다. 달수가 까딱 고개를 숙이자 옆으로 비켜서며 달수를 안으로 안내했다. 달수가 정화조 뚜껑을 밟는 바람에 쩔렁 쇳소리가 났고, 어디선가 물 흐르는 소리가 들렸다. "응급실"이라는 팻말을 지나 복도 중간쯤에서 어떤 병실로 들어섰다. 침대에 하얀 시트를 뒤집어쓴 사람이 누워 있었다. 침대 옆에는 협탁이 놓여 있었고, 노란 스탠드가 불을 밝히고 있었다. 경찰서에서 날 조사했던 경찰이 다리를 꼰 채 엎드려 있다가 문소리에 고개를 들고는 손가락으로 방구석을 가리켰다. 그곳에 달수가 상자를 내려놓았다.

"언제래?"

경찰이 시큰둥하게 물었다.

"사흘 뒤……"

달수가 팔 없는 소매로 옷을 툴툴 털었다. 마른 솔가지 몇 개가 후드득 떨어졌다.

"보호자라고 나서는 사람은 없어?"

이번엔 달수가 물었다.

"먼 친척이 있기는 한데, 돈 한 푼 구경하기 힘든 모양이야. 내가 전화를 했더니 병원비 때문에 전화한 줄 알고 그냥 끊어버리더라고. 다시 전화를 해서 조카가 교통사고를 당했다고 하니까 건강원 하던 집에 동생이 하나 있는 걸로 알고 있다면서 거기다 알아보라고……"

"생각대로네."

달수가 턱수염 하나를 뽑아 훅 입으로 날려버렸다.

"상자 안에 있는 저 친구는 어떻게 할 거야?"

경찰이 달수에게 물었다.

"미끼로 쓰려고."

"저 사람을?"

"노인이 고집불통이라 어쩔 수 없어."

"미끼로 쓸 때 쓰더라도 지금은 풀어줘야지. 저러다가 죽으면 어쩌려고그래!"

"좀만 기다려봐. 누가 데리러 올 거야"

그때, 하얀 가운을 걸친 의사가 들어와서 링거병을 흔들더니 차트를 훑어봤다. 내가 기면증으로 찾아갔을 때 자신의 꿈을 위해 다른 사람의 꿈을 훔치는 것도 나쁘지 않다던 의사였다. 의사는 손가락으로 눈썹을 긁으며 구석에 커다란 상자가 있었지만 개의치 않고 나가버렸다. 그 문으로 정원사와 곰이 들어왔다.

"잘 부탁하네."

달수가 정원사에게 악수를 청했다.

"주인님의 부탁이라면 응당 들어드려야죠."

정원사가 고개를 숙였다.

"어떻게 데리고 갈 거야?"

곰이 개 목줄을 빙빙 돌리고 있었다.

"내키지 않지만 이 방법밖에 없습니다."

"알아서 하게."

정원사가 상자에 박힌 못을 빼냈다. 밝은 빛 때문에 눈을 뜰 수가 없었고, 다리가 굳어 펴지지 않았다. 다리 사이로 팔을 접어 넣은 채 잠시 바닥에 쓰러져 있어야 했다. 한쪽 다리를 세우고 5분, 팔을 뻗어 문고리를 잡고 5분쯤, 손으로 무릎을 누른 채 또 5분쯤을 버틴 뒤에야 겨우 설 수 있었다. 이 모든 걸 그들은 흥미롭게 지켜봤다. 숨을 몰아쉬며 나는 세상 모든 불화에 순종하는 사람이 되어야겠다고 다짐했다. 그리고 눈앞에 존재하는 모두에게 무한한 사랑을 표했다. 겸손하게, 지금 눈앞에 보이는 모든 것들이 나와 어떤 인연을 맺고 있으며 이들이 건재한 이상 나 역시 존재하리라는 믿음을 소중히 간직하는 편이 일신상 이로울 것 같았다. 만약에 이들이 허허벌판에 상자를 내동댕이쳐버렸다면 아마도 나는 동물들의 밥이 되거나 네모반듯한 돌이 되었을 수도 있었다. 참으로 다행스런 일이었다. 또 내가 누구인가, 하는 식의 어리석은 질문은 두 번 다시 하지 않기로 했다. 지금에 와서 내가 누구든 무슨 상관이겠는가. 내가 누군가의 아침밥을 올려놓는 식탁이 아닌 이상 내가 누구인지 따져서 좋을 게 없었다. 달수가 내가 되든 내가 달수가 되든 꿈 안에서는 모든 게 무의미했다. 마치 낭떠러지에 서서 바다에 어른거리는 자기 그림자에 돌을 던지는 너새니얼 호손의 버릇*처럼 말이다.

나는 토끼뜀을 하며 뭉친 근육을 풀었다. 그런데 혹 물에 빠진

---

* 메이슨 커리의 『리추얼』(강주헌 옮김, 책읽는수요일, 2014) 중에서 발췌.

내가 저 침대에 누워 있는 건 아닌지 슬슬 의구심이 발동하기 시작했다. 달수 말대로라면 나는 팔당댐에 빠져서 의식이 오락가락하는 사람이고, 내가 죽으면 달수는 꿈 안에서 미친 토끼처럼 평생 살 팔자가 되니까 저런 걱정에 빠져 있는 게 아닐까 싶었다. 물론 내 추측이 주제넘은 오지랖일 수도 있었지만 다소 미심쩍은 부분이 없잖아 있었다. 달수와 경찰이 침대에 누워 있는 사람의 가족을 묻고, 〈건강원〉 이야기도 하지 않았던가. 나는 다리를 주무르는 척하다가 덮여 있는 천을 눈치 못 챌 만큼 살짝살짝 끌어내렸다. 이마가 보이고, 눈과 코가 드러났을 때, 나는 바닥에 주저앉고 말았다.

"재가 왜 여기에 누워 있지?"

침대에 누워 있는 건 형이 외삼촌 집에 가서 낳은 조카였다.

"조카가 오징어가 되었다고 말했잖아!"

달수가 손을 비틀며 오징어 흉내를 냈다.

"그러니까, 재가 왜 여기 있냐고! 오징어가 된 사람은 네 조카라고 했잖아!"

두 팔로 머리를 싸매고 달수에게 따졌다.

"내 조카가 네 조카지, 여태 누구라고 생각했어? 어이, 김달수 씨, 정신 차리세요."

"내가 두 눈 멀쩡하게 뜨고 조카를 칠 만큼 멍청한 사람인 줄 알아?"

속이 뒤집혔다. 자주 보진 못해도 하나뿐인 피붙이를 몰라볼 만큼 어리석진 않았다.

"이봐요. 당신이 먼저 운전 중에 졸았다고 했잖아요. 갑자기 정원사와 곰이 나타났다고도 말했잖아요. 안 그래요?"

경찰이 끼어들었다.

"이것들이……"

벽을 짚고 일어서서 문고리를 잡았다.

"정원사!"

달수가 소리치자 정원사가 내 목에 목줄을 채웠다. 곰이 목줄을 끌고 밖으로 나왔다. 나는 끌려가면서도 어쩌다 내 조카가 병실에 누워 있냐며 물었다. 정원사와 곰이 눈만 껌뻑거렸다. 다리가 아파서 제대로 걸을 수가 없었다. 모퉁이마다 쪼그려 앉아서 쉬어야 했다. 예전에 나에게 순종하던 정원사가 아니었다. 내가 전봇대 왼쪽으로 가자 정원사와 곰이 오른쪽으로 가면서 목줄이 전봇대에 걸리게 했다. 심지어 개를 부르듯 쯔쯔쯔 혀를 차며 날 조롱했다. 또 재미 삼아 내 모친의 죽음에 대해서도 나불거렸다. 어머니가 계단에서 굴러떨어져 죽었다는 것. 누가 그랬냐며 묻자, 어머니 교회에 다니던 단 한 명의 신실한 신도가 있었는데 그 사람이 어머니를 계단으로 밀어버렸다고. 그 교회에 유일한 신도는 나밖에 없었다. 그때 나는 미국에 있었기에 알리바이가 확실했다. 내가 어머니를 죽일 하등의 이유가 없잖냐고, 범인은 달수라고, 달수는 항상 어두운 곳에서 내 행세를 하고 다녔다고 말했지만 정원사는 콧방귀만 뀌었다.

"내가 자넬 업어 키우지 않았나. 자네가 내 편이 되지 않는다면 이 세상에 누가 내 편이 되어주겠나?"

흥분을 하자 콧물이 나왔다.

"주인님과 같이 산 건 맞습니다. 그렇죠. 주인님 말씀이 백 번만 번 지당합니다. 하지만 캄캄한 방에서의 나는 유령과도 같았습니다. 아니, 유령은 형상이라도 있지만 저는 어둠에 묻혀 보이지 않는 존재였습니다. 주인님은 허구한 날 방에만 틀어박혀 있었고, 대부분의 시간을 잠으로 소일했습니다. 이런 내가 무슨 감동이 있어 주인님과 나란히 누워 천장을 보고 있겠습니까? 그래도 꿈 안에서는 형체가 있고, 비록 시중을 드는 일이지만 자유로운 신체가 있잖습니까. 주인님은 대수롭지 않은 일인지 모르지만 저에게는 엄청난 변화입니다. 이건 다 주인님이 만든, 자업자득의 결과입니다."

정원사는 내 목줄을 거머쥔 채 기다란 회색 벽을 따라 공터로 갔다. 공터 울타리에 '근면 자조 협동'이라는 큰 글씨가 씌어져 있었다. 이 울타리 아래에 사람들이 밤색 플라스틱 대야를 놓고 강아지와 이구아나를 팔고 있었다. 개중에는 씨감자를 파는 여자가 있었는데 구경꾼들이 씨감자에 입김을 불어넣자 싹이 나고 잎이 났다. 또 플라스틱 상자에 바나나 나무와 소나무, 메기나무, 옻나무, 콘돔 나무의 모종을 팔고 있었다. 퇴비만 묻어주면 열매가 밤낮없이 주렁주렁 열린다고 떠들어댔다. 이상한 시장이었다. 사람들이 묵줄에 묶인 날 발로 툭툭 건드려보고는 정원사와 흥정을 했다. 입을 벌려 이를 세어보기도 했고, 발가락 사이로 작대기 같은 걸 넣어 빙빙 돌려보기도 했다. 피부병이 없는지 알아본다며 옷을 벗겨 쪼그려 뛰기를 시켜보기도 했고, 탈장이 있는지 플래시로 항문을 살펴보기도 했다. 장사꾼 중에는 지난번에 〈촛불공장〉에서 본 비둘기 여자도 있었다. 그 여자가 지나갈 때 나는 토끼처럼 뛰어올라 내 존재를 알리려고 별의별 짓을 다 했지만 눈길 한 번 주지 않았다. 누군가 내 머리를 부드럽게 쓸며 지나가기에 내가 잘못한 거라고는 몹쓸 기면증에 걸려서 시도 때도 없이 잠을 잔 것밖에 없다며 경찰을 불러달라고 말하자 빙그레 웃으며 "회피하는 건 좋지 않아요" 하곤 지나쳤다. 하는 수 없이 나는 정원사와 흥정을 해야만 했다. 목줄만 풀어준다면 태양을 등지며 살겠노라 말했다.

"자네가 항상 내 앞에서 걷도록 하겠네."

"필요 없습니다."

뭔가 확신에 찬 목소리였다.

"지금 당장 필요한 게 뭐지?"

어떤 사람이 와서 내 손가락을 하나씩 펴봤다. 담배를 많이 피워서 오른쪽 중지가 휘었다며 가버렸다.

"저는 정원의 창고만 있으면 됩니다. 가끔 주인님 곁에 선 제 모습을 볼 수 있거든요. 그런데 어쩌죠? 이 창고를 알루미늄 가방을 주고 제가 샀습니다. 그러니 저에게 이래라저래라 하지 마십시오. 아, 제가 말실수를 했군요. 창고에 있는 건 주인님 기억이 아니라 제 기억입니다. 제 기억에서는 주인님이 제 그림자였습니다."

기가 차서 말이 안 나왔다.

"그 알루미늄 가방은 어디서 났지?"

"라스베이거스에서 제가 옆 사람의 카드를 슬쩍 보고 귀띔을 해줘서 큰돈을 벌지 않았습니까. 가방 두 개에 돈을 구겨 넣고도 남을 정도로요. 그런데 돈을 잃은 사람이 주인님을 미성년자라며 경찰에 고발하겠다고 해서 주인님이 그 친구에게 가방 하나를 줬잖습니까. 그 가방입니다."

"그 가방을 자네가 어떻게……"

"고발하겠다고 개구리처럼 팔딱팔딱 뛰던 사람이 바로 달수 주인님이셨거든요."

"그때도 달수가……"

생각해보니 오래전부터 길에서도, 집 앞에서도, 심지어 집 안에서도, 종종 달수를 본 것도 같았다. 오토바이를 타고 나가는 모습, 1층 〈건강원〉에서 요리를 하는 모습, 성경책을 한 장씩 찢어 벽에 도배를 하던 모습, 밤늦게 시동이 걸린 채 털털거리는 아버지의 낡은 차, 차 꽁무니에서 뿜어져 나오는 연기를 따라 달리던 하얀 눈들, 내 옆에 누워 담배 연기로 도넛을 만들어 천장으로 날리던 달수. 그때 나는 이 모든 게 내가 금지하고 있는 것들에 대한 욕망의 투사물이라고 생각했다.

"그리고, 주인님, 기분이 많이 상하겠지만 저의 진짜 주인님은 한쪽 팔이 없습니다. 지금 앞에 서 있는 주인님은 비가 오기도 전에 살대가 몽땅 뽑힌 우산 같은 분이십니다. 거죽만 주인이지 알맹이는 텅 비었다는 말입니다."

그때, 술이 달린 하얀 옷을 입은 사람이 굽은 도끼를 들고 나타나서 내 엉덩이를 툭툭 때리며 "뛰어봐!" 하고 말했다. 놀란 나는 몇 걸음 뛰다가 다리가 아파서 주저앉고 말았다. 사람들이 하나 둘씩 모여들기 시작했다. 귓속말을 쑥덕쑥덕하더니 두려운 시선을 교환했다.

"하루만 자고 나면 금방 생생할 겁니다."

정원사는 실실 웃으며 내 머리를 쓰다듬었다.

"내가 사겠소."

정원사의 검은 미간 사이로 날카로운 빛 한 올이 지나갔다.

"역시, 그쪽 나라에서 오신 분이 뭘 아십니다. 잘 고른 겁니다. 무엇과 바꿀는지……"

남자가 내민 건 말린 보리쌀 한 자루였다.

"좋습니다."

큰 머리에 짙은 수염, 가슴에 늙은 염소 문양을 단 남자가 보리쌀 한 자루를 내려놓더니 금세 내 목줄을 잡아챘다. 나는 정원사에게 거무죽죽한 이 사람에게 날 팔면 안 된다고 목에서 피가 나게 소리를 질렀지만 결국 달구지에 실려 깊은 어둠 속으로 끌려갔다.

달구지는 쏜살같이 달렸다. 밤하늘을 날아가는 것만 같았다. 〈건강원〉에서 혼자 양파를 까다가 눈물을 펑펑 흘리던 장면과 혼자 방에서 연필 한 다스를 다 깎아서 쓰레기통에 버렸던 이런 시절이 주마등처럼 지나갔다.

한참 뒤, 달구지가 〈원뿔 모양의 굴뚝〉 앞에 멈춰 섰다. 커다란 고양이들이 담벼락에 기대어 졸고 있었다. 고양이의 꼬리에 대여섯 명의 사람들이 앉아서 화투를 치고 있었다. 늙은 염소 문양을 단 남자가 내 목줄을 고양이 꼬리에 묶었다. 날 데리고 온 남자에게 하필이면 왜 나냐고, 부실한 나에게 대체 무슨 일을 시킬 거냐고 묻자 그는 〈촛불공장〉에서 날 봤다며, 이번 계획에 내가 길잡이가 될 거라고 말했다.

"밀짚모자를 쓴 노인이 정원에 묻혀 있는 그림자와 우리가 사는 한쪽 경사면을 바꾸자고 했어. 우리 종족들을 잡아간 것도 모자라서 이젠 우리 땅까지 넘보겠다는 거지. 이건 우리와 전쟁을 하자는 말이야. 그래서 우린 이번에 정원에 묻힌 그림자들을 되찾기로 했어. 자넨 달수와 정원사가 어디에 숨어 있는지만 알려주면 되네."

어렴풋이 기억이 났다. 〈촛불공장〉에서 달수를 흘끔거리던 남자였다.

그때, 성당 종소리가 뎅뎅 울렸다. 한 무리의 죄수들이 달구지 쪽으로 걸어왔다. 화투를 치고 있던 사람들이 고양이를 한 마리씩 데려와 달구지에 묶었다.

"선두에 타. 고양이가 가는 대로 놔뒀다가 정원이 보이면 내려서 그놈들을 찾아봐. 만일 그놈들이 덤비면 이걸로 혼내줘."

늙은 염소 문양의 남자가 나에게 둥그렇게 말린 채찍과 굽은 도끼를 건넸다.

"네."

뜻밖에 일이 술술 풀리는가 싶었다. 나는 달구지의 고삐를 단단히 말아 쥐었다. 고양이들이 움직이기 시작했다. 목에 걸린 방울소리를 쫓아 고양이들이 줄지어 어둠을 달렸다. 마부들과는 다르게 달구지에 탄 죄수들은 침통한 분위기였다. 한 죄수는 어느 날 하늘에서 섬광이 번쩍이더니 모든 사람들이 말문을 닫았다며, 그래서 자신도 땅속에 굴을 파고 살았다고 말했다. 그러다가 땅굴에서 나왔는데 자신과 같이 땅 밑으로 숨었던 사람들이 맹인이 되어 있더라고 혀를 찼다. 그런데 하필 그날, 귀가 안 들리는 운전사의 버스에 탔다가 건널목에서 기차와 부딪혀 이 모양 이 꼴이 되었다고 말했다. 달구지에 탄 죄수들은 누구 하나 놀라지 않았다. 머리 없는 죄수는 남쪽 바다에서 배가 전복되어 3백여 명의 사람들이 죽었을 때 자신은 공장에서 일을 하고 있었고, 사람 죽는 거야 비일비재하니 또 교통사고가 났나 하고는 무관심했다고. 그러던 어느 날, 눈을 떠보니 자신이 영안실에 누워 있었다고 말했다. 사출기에 옷소매가 빨려 들어가면서 금형에 목이 눌렸다고. 쓰레받기를 만들던 사출기에 옷소매가 빨려들어 자신이 죽을 거라고는 꿈에도 몰랐다고. 죄수들의 이야기는 남의 이야기가 아니었다. 나 또한 세상을 등지고 살았다. 아니, 세상이 날 등졌다고 생각했다. 이걸 나는 좌절이라고 불렀다. 그래서 나도 혼수상태에서 못 깨어나 낭떠러지로 버려지는 건 아닌지 덜컥 겁이 났다. 하지만 내가 고양이 고삐를 거머쥔 이상, 죄수들과 같이 땅끝으로 가서 버려질 운명은 아니라는 데 일단 안도감이 들었다.

죄수들이 염소 오줌보로 만든 수통에 담긴 물을 나눠 마셨다. 나도 목이 말랐다. 수통에 물이 없었다. 하는 수 없이 근처 민가가 보이면 뛰어가서 물을 얻어 마시기로 했다. 그때, 광활한 땅 저 멀리 집 한 채가 눈에 들어왔다. 집에서 엷은 불빛이 어른거렸다. 꿈 안에 이런 넓은 땅도 있구나 싶었다. 사방으로 나무가 빼곡하게 심겨 있었고 새들이 바람 휘는 방향으로 무리를 지어 날아갔다. 나는 집 윤곽이 드러나면 달구지에서 뛰어내려서 물을 얻어 마시고 마지막 달구지가 집 앞을 지나가는 때 다시 올라탈 계산이었다. 점점 집에 가까이 왔다. 집이 제 모습을 완전히 드러냈을 때 잽싸게 뛰어내려 집 안으로 들어섰다. 실내는 어두컴컴했고, 개 한 마리가 꼬리를 살살 흔들며 다가왔다. 집주인과 여자가 소파에 앉아 있었다.

"물 한 잔만 얻어……"

말을 끝내기도 전에 혀가 타들어가는 고통이 느껴졌다.

"영 바보는 아닌걸?"

달수가 웃고 있었다.

남의 집에 온 것도 아닌데, 두려움에 다리가 후들거렸다.

"달수 씨, 물을 달라잖아. 물 가지고 야박하게 굴면 안 되지."

수지가 그릇에 물을 들고 왔다.

"이 사람이, 왜 이래!"

달수가 수지를 번쩍 안고는 방으로 들어갔다.

"불쌍해서 어떡하지?"

방에서 나온 달수가 저글링 공을 쓰다듬었다.

"……"

"내가 그물을 너무 빨리 폈나?"

여기서 잡히면 끝이라는 생각과 달수를 보면 알려달라던 남자의 말이 퍼뜩 떠올랐다. 그래서 뒤로 돌아보지 않고 줄행랑을 치며 외쳤다.

"멈춰! 여기, 달수, 달수가 있어!"

달구지들이 먼지를 일으키며 멈춰 섰다. 가슴에 늙은 염소 문양을 단 남자가 구덩이 옆에 숨어 있던 정원사를 발견했다. 남자는 정원사를 달구지에 매달았다. 그 사이에 영문도 모르는 곰이 허둥지둥 죄수들을 끌어내렸다. 채찍을 든 마부들이 쫓아오자 곰이 정원으로 도망가다가 파놓은 구덩이에 빠지고 말았다. 남자가 나에게 달수는 어디에 있냐고 해서 손가락으로 집을 가리켰다. 남자가 집으로 가서 달수를 질질 끌고 나왔다. 남자가 달수마저 달구지에 묶고는 날 자신의 옆자리에 앉혀서 어디론가 달렸다. 구덩이에 빠졌던 곰이 킬킬거리며 웃는 소리가 멀리까지 들렸다. 달수는 놀라지 않았다. 오히려 정원사에게 계획대로 잘 되고 있으니 걱정 말라고 귓속말을 했다. 계획이 어그러져도 지난번처럼 염소 마흔 마리쯤 배상하면 조용히 마무리될 것이라고 안심하는 눈치였다. 이에 가만히 있을 내가 아니었다. 나는 남자에게 그동안 있었던 이야기들을 낱낱이 일러바쳤다. 남자는 달수의 죄상을 까발려 이참에 까마귀밥으로 만들어버리겠다고 발을 굴렀다. 가림막을 쳐놓은 공사장을 지나자 무어인들처럼 생긴 사람들이 획획 지나갔다. 고양이 털이 날려 자꾸 재채기가 났고, 〈촛불공장〉을 지날 때는 어둠이 내려앉아 한 치 앞도 보이지 않았다. 한참 뒤, 달구지가 〈심장에서 나온 사자〉라고 씌어진 건물 앞에 멈춰 섰다. 가슴에 염소 문양을 단 남자가 달수와 정원사를 원형극장 안으로 밀어 넣곤 채찍을 휘갈겼다. 우리에서 사자가 뛰어나왔다. 염소 문양을 단 남자가 굽은 도끼를 던져 사자의 숨통을 단숨에 끊어버렸다. 놀란 달수와 정원사가 〈재판을 기다리는 곰〉 건물로 뛰어갔다. 의자와 작은 테이블이 회랑을 따라 줄지어 놓여 있었다. 여기에 달수와 내가 마주 앉고, 양쪽 옆으로 정원사와 염소 문양을 단 남자가 앉았다. 달수는 고개를 숙인 채 두 손을 모아 테이블 위로 올려서는 꼼지락거리며 뭔가를 만들고 있었다. 지난번 경찰서 뒷마당에서 본 모습 그대로였다. 위기를 매번 이런 식으로 모면하는 모양이었다. 서쪽 담장 너머에 있는 〈고통의 모이를 먹는 새〉에서 새 한 마리가 월계수 나뭇잎에 달수의 죄상을 쪼아서 가지고 왔다. 늙은 염소 문양의 남자가 죄상을 읽는 동안 달수는 개의치 않고 손안에서 뭔가를 만들어 테이블 위로 자꾸 올려놓았다. 그것은 종이로 만든 봉분이었으며, 냄비 뚜껑처럼 생긴 봉분을 열면 종이로 만든 아이가 들어 있었다. 이 아이를 하나씩 꺼내 저글링 공 안에 넣어 돌리면서 "열 살 먹은 달수는 죽었어. 할머니도 죽고, 할아버지도 죽고"라고 횡설수설했다. 그동안 몇 장의 죄상들이 더 날아왔다. 염소 문양을 단 남자가 마지막 죄상까지 읽자 얼굴에 빨간 반점투성이의 재판관 두 명이 수련꽃이 만발한 들것에 실려와서는 달수와 날 불렀다. 나는 자신만만하게 달수의 죄상을 몇 개 더 보충했다. 그중 하나는 내가 가진 거의 모든 재산을 정원 관리를 위해 달수가 탕진했고, 시도 때도 없이 잠의 세계로 빠뜨린 건 순전히 달수의 계략 때문이라고 말했다. 그 증거 중 하나가 무한대로 마구마구 팽창하는 정원이었지만 이건 증식하는 자연물이라서 증거로 채택되지 못했다. 그래서 다른 증거로 온종일 잠의 세계에 있다 보니 달수가 꿈 밖으로 나와서 오토바이를 타고 죽은 동물들의 사체를 주워서 몹쓸 약을 만든 바람에 〈건강원〉의 문을 닫게 한 것과 돈은 물론이거니와 내 인간관계까지 파괴해가면서 나를 잠에 묶어놓았다고 말했다.

"저를 한 마리의 잠자는 개로 만들어 꿈에 말뚝을 박곤 묶어놓았던 것입니다. 그래 놓고 달수는 제 가족을 죽이고 제 모든 걸 빼앗아갔습니다."

나는 손을 바들거리며 하소연했다.

"누가 시킨 것도 아닌데 왜 잠을 잤죠?"

재판관이 물었다.

"처음엔 정원을 보고 있으면 마음에 안도감이 찾아왔습니다. 정원은 온갖 꽃나무와 산책로, 아름다운 괴석들, 그리고 황홀경에 빠지게 하는 벌레들이 있었거든요. 잠을 깨면 맨발로 장판에 들붙은 껌을 밟은 것만큼이나 불쾌한 하루하루인데 누군들 꿈을 꾸지 않겠습니까? 하지만 나중엔 잠을 자지 않으려고 발버둥 쳐도 나도 모르게 잠에 빨려들었습니다. 이게 다 달수 때문입니다."

"달수 씨, 저분의 말이 맞나요?"

재판관이 달수에게 물었다.

"저 친구는 처음부터 망가진 선풍기만큼이나 무기력했습니다. 그래서 제가 저 친구 대신 삶을 살았습니다. 우리 둘 중 하나는 삶을 건사해야지 않겠습니까? 그런데 지금 와서 제가 저 친구를 악의 구렁텅이로 끌어들였다는 건 새빨간 거짓말입니다. 저 친구와 나에 관해서는 여기 있는 정원사에게 물어보시면 진실을 말해줄 것입니다."

"현명한 재판관님, 정원사가 증인이라뇨! 이 두 놈이 공모를 해서 저를 이 지경으로 만들었습니다. 이 점을 참조해주시기 바랍니다."

나는 정원사 역시 달수에 동조한 혐의가 있다고 주장했다.

"흠."

내 말에 재판관은 정원사가 증인이 될 수 없다고 말했다.

"다른 증인이 있나요?"

재판관이 달수에게 물었다.

"네, 이 친구를 치료한 의사와 조사했던 경찰입니다."

"증인으로 채택하겠습니다."

의사와 경찰이 와서 말하길, 사람이 살다 보면 자신의 꿈을 위해 타인의 꿈을 훔치기도 하는데 이 사람은 의지가 박약해서 그런 시도조차 하지 못했다고 말했다. 나는 그런 사람이 아니었다. 사람 만나는 걸 힘들어해서 그렇지 의지가 박약한 게 아니었다. 의지박약한 자가 매일 칫솔을 벽에 갈아 자살 소동을 벌이는 미국 감방에서 독서로 시간을 보낼 수 있었을까. 나는 사회로 진출하기도 전에 삶이 어긋나버렸기 때문에 뿌리가 송두리째 뽑혀버린 한 그루의 나무 신세였다. 영사관에 전화를 해서 내 결백을 증명하려 했지만 내 의견을 곧이곧대로 받아주는 사람이 아무도 없었다. 그들은 자국의 한 개인이 저지런 일이라는 단서를 붙이면서 죄책감이 있느냐 없느냐고 몇 번씩 따져 물었고, 결국 나를 좌절의 수렁으로 빠뜨리는 데 주저하지 않았다.

"잠이 온다는 건 달수가 온다는 게 아닙니까?"

재판관이 물었다.

"지금 생각해보면, 그렇기도 합니다만……"

내 말에 재판관이 고개를 끄떡였다. 달수와 재판관의 눈빛이 석연치 않았다. 기억을 더듬어보니 얼굴에 반점이 있는 두 사람은 귀에 달팽이관이 없다며 병원에 찾아왔던 사람들이었다.

"몸은 당신을 기록하고, 꿈은 그것을 저장합니다. 그래서 당신보다 더 당신을 잘 아는 사람이 꿈 안에 있는 달수입니다. 이번 판결은 꿈에 살던 달수의 손을 들어줄 수밖에 없습니다."

재판관은 유감스럽게도 나에게 달수의 정원사로 가라고 명령했다. 가슴에 염소 문양을 단 남자가 재판관에게 자신의 달구지를 부수고, 죄인들을 정원의 거름으로 사용한 것도 판결을 내려달라고 다그쳤다. 재판관은 달수가 상당수의 죄수들을 정원의 퇴비로 사용했지만 죄수들을 살해한 것은 아니기에 집행유예를 선고한다고 말했다. 그러면서 그동안 죄수들과 그림자들을 퇴비로 사용한 대가로 달수에게 개 한 마리를 배상하라고 명령했다.

"개 한 마리라뇨!"

그 순간, 갑자기 어둠이 밀려왔다. 어둠 사이사이로 말발굽 소리가 검은 쇠파이프처럼 서 있었다. 또 재판을 구경하기 위해 사람들이 몰려왔다. 그런데 다른 방향에서 경찰 버스들이 달려왔다. 경찰 버스에서 쏘아대는 불빛 때문에 어둠에 구멍이 숭숭 뚫리기 시작했다. 마침내 어둠을 경찰 버스들이 둘러쌌다.

"이래도 못 받아들이겠소?"

재판관이 가슴에 염소 문양을 단 남자에게 물었다.

"……"

집에 있던 개가 끌려왔다. 재판관이 목줄을 남자에게 주며, 판결은 정확했으며, 더 이상 정원 쪽으로 가지 말라고 했다. 사고가 날 것이 뻔한데 왜 자꾸 거기로 달구지를 끌고 가는지 모르겠다며 오히려 화를 냈다.

"정원이 더 커지면 이제 우리는 어디로 다니죠?"

남자가 물었다.

"여기가 바깥세상과 다른 건 경계가 명확하다는 겁니다. 자기 땅 안에서 충실하면 됩니다."

"우릴 잡아가는데도요?"

"죽음은 희생이고, 희생은 복된 것입니다. 퇴비가 나무를 살찌우고, 열매를 맺게 하면, 그처럼 장엄한 일이 세상천지 어디에 또 있겠습니까."

재판을 구경하던 사람들이 무표정하게 돌아섰다. 달수는 검은색 줄무늬 원피스를 입은 호송관에게 귓속말을 하곤 정원사와 어둠 속으로 사라졌다.

"가자!"

호송관이 다가왔다.

"이거……"

가슴에 염소 문양을 단 남자가 나에게 개 목줄을 건넸다. 호송관이 개를 데리고 가도 좋다는 표정을 지었다. 호송관을 따라 걸었다. 머리 위로 잿빛 어둠이 잔뜩 모여 있었다. 뭐가 뭔지 도통 알 수가 없었다. 고통스러웠고 눈이 침침했으며 피곤했다. 앞서 걷던 호송관이 오늘은 여기서 노숙을 하고 내일 아침 일찍 출발하자고 했다. 호송관이 돗자리를 폈다. 그때 얼핏 〈촛불공장〉의 불꽃이 보였다. 활활 타는 불꽃에 몸을 태워버리면 꿈이 깰 것만 같았다. 호송관이 잠든 틈을 타서 개를 데리고 너울거리는 불꽃을 향해 뛰었다. 그때, 박람회장처럼 생긴, 휘황찬란한 건물이 눈에 들어왔다. 어디선가 본 듯한 건물이었다. 나도 모르게 그 건물로 다가갔다. 조심스레 문을 열자 로비에 오토바이가 보였다. 짐칸에 노란 바구니를 떼내고 검정색 래커 칠을 한 야마하 오토바이. 아버지가 타고 다니던 오토바이였다. 로비 맞은편에 긴 복도가 양옆으로 펼쳐져 있었다. 어디로 갈지 잠시 망설였다. 왼쪽 복도를 따라 걸었다. 복도 끝에 철제 계단이 있었고, 한 무리의 사람들이 철재 계단을 오르고 있었다. 나도 앞사람을 따라 올라갔다. 4층에 이르자 사람들이 방으로 뿔뿔이 흩어졌다. 얼핏 보면 감옥 같기도 했지만 자물쇠가 없는 걸로 봐서 집단 거주지인 모양이었다. 남녀가 함께 있는 방도 있었고, 당나귀와 한방을 사용하는 사람도 있었다. 젖을 주기 위해 윗옷을 가슴께까지 걷어 올린 여자와 어린 남자 아이가 나선형 모양의 양탄자 위에 누워 있기도 했고, 긴 꼬챙이로 방마다 거미줄을 걷으며 동전을 얻는 아이도 보였다. 복도 끝까지 와버린 나는 계단을 통해 5층으로 올라갔다. 거기에도 사람들이 번잡스럽게 오가며 뭔가에 열중했다. 다시 6층, 7층까지 간 뒤, 엘리베이터를 타고 꼭대기 층인 19층을 눌렀다. 엘리베이터에서 내리자 문에 두 개의 별이 붙어 있는 방이 보였다. 문을 열자 트렌치코트를 입은 노인이 창밖을 보고 서 있었다. 인기척을 느낀 노인이 돌아섰다. 인중에 볼펜이 걸쳐져 있고 입술 옆에 마름모꼴 모양의 상처가 있었다. 그리고 한 손에 두툼한 책을 들고 있었다. 내가 문 앞에서 서성거리자 노인이 나무 의자를 밀며 개목줄은 문고리에 걸어놓고 앉으라고 말했다. 노인이 서 있는 창가를 제외하면 온통 책이었다. 나는 책을 구경하면서도 노인의 움직임을 놓치지 않았다. 먼 곳을 응시하다가 뭔가 생각이 나면 책에다가 긁적거렸다. 느긋한 노인을 보자 괜히 조급증이 생겼다. 조카를 다치게 한 것도, 부모와 형이 세상을 떠난 것도 모두 달수에게 농락당한 탓이라는 걸 뒤늦게 알았기에 아득바득 살 의지마저 꺾인 상태였다. 이런 복잡한 나와는 달리 책을 손에 든 노인은 아무런 고통도 보이지 않았다.

"앉아……, 앉아요……"

노인이 재채기를 하는 바람에 인중에 걸쳐져 있던 볼펜이 바닥으로 떨어졌다. 내가 노인에게 말을 붙여볼 요량으로 떨어진 볼펜을 주워 건네자, "여긴 지치고 피곤한 사람들에게 안락의자와도 같지. 하지만 불안한 사람들에게는 침대보 밑으로 말안장을 들고 온 격이지. 그 사람들에게는 그늘에 누워서 듣는 삐걱거리는 경첩 소리도 시끄러울 수밖에 없어" 하고 말했다. 아무 소리나 지껄이는 노인은 아닌 성싶었다. 그래서 나는 조심스럽게 노인 옆에 서서 잿빛 창밖을 구경했다. 잿빛 어둠 사이로 거대한 도시가 한눈에 들어왔다. 도시의 대부분은 짙은 녹음으로 뒤덮여 있었고, 나머지 부분은 내가 서 있는 건물과 똑같이 생긴 거대한 건물이 부속 건물들을 거느리고 도시를 점령하고 있었다. 그런데 맞은편 건물에서 달수가 서 있었다. 달수 뒤로 책을 읽고 있던 남자와 설문지를 채점하던 여자, 그리고 밀짚모자를 쓴 노인이 서 있었다.

"여기 누워요."

이렇게 말하곤 노인이 침대에 누웠다.

침대에 캐러멜색의 캐시미어 침대보가 깔려 있었다. 침대 맡에 선반이 놓여 있었는데 거기에 빨간 금붕어 두 마리가 태평스레 헤엄치고 있는 물병과 낡은 탁상시계가 놓여 있었다.

"여기서도 꿈을 꿀 수 있나요?"

노인 옆에 누웠다.

"꿈이 필요한가?"

"잠을 자면 꿈을 꾸는 건 당연하지 않습니까."

"바깥세상을 꿈꾸면 되잖은가? 그다지 좋은 꿈은 아니겠지만……"

노인이 손으로 얼굴을 쓸며 돌아누웠다.

"여길 나가고 싶습니다."

여길 나갈 수 있는 방법이 없냐고 물어본다는 게 말이 헛나왔다.

"금방 후회할 걸 왜 들어왔지?"

"제 발로 들어온 게 아닙니다."

나는 주절주절 지난 이야기를 들려줬다. 찔끔 눈물을 흘리기도 했다. 어머니의 죽음 부분에서는 가슴을 치며 소리 내어 울었다.

"자네가 달수 바깥 친구야?"

노인이 돌아누워 내 얼굴을 유심히 쳐다봤다.

"네, 어떻게……"

"내가……"

"혹시, 밀짚모자를 쓰신 분이……"

외투 안에서 뾰족하게 돋는 게 있었다.

"그렇다네."

노인이 날 측은하게 쳐다봤다. 외투 안에 들어 있는 걸 꺼내봤다. 돌멩이었다.

"미안하네, 미안해. 지금 와서 어쩌겠나."

노인이 침을 삼킬 때마다 목에 주름이 몰려다녔다. 섣부른 행동으로 돌이킬 수 없는 일을 만들 필요가 없었다. 생각해보면 어릴 땐, 내가 원하던 삶이 무엇인지 알지 못했다. 그나마 야구방망이 나무에 물을 주고 야구방망이를 따던 일이 유일한 희망이었다. 물론 희망과 꿈은 달랐다. 그 당시 내 꿈은 예배가 끝난 뒤 교회 식당에서 수지네 가족과 손가락만 한 멸치가 들어 있는 국수를 먹는 것이었다. 그런데 성대 앞에서 방언이 터져버린 어머니는 일어설 생각을 하지 않았다. 나는 두 팔로 앞 의자를 잡고 고개를 처박은 채 어머니를 기다리다가 잠이 들었다. 어머니와 지하 식당으로 갔을 때 이미 수지 가족은 국수를 다 먹고 주차장에서 목사의 배웅을 받으며 집으로 가고 있었다. 수지 엄마의 부탁으로 아버지가 친구네 가게에서 달여준 개소주를 목사가 들고 있었다. 이런 생각과 기대가 꿈으로 전달되었고, 지금 생각하면 달수가 재빨리 밀짚모자를 쓴 노인의 말대로 야구방망이 나무를 키웠던 것이었다. 그 뒤로 나는 생각만 하면 그 생각이 꿈에서 재현되는 재미에 푹 빠져 있었다. 하지만 시도 때도 없는 재현은 골치가 아팠다. 내가 하는 행동에 대해 반성하거나 후회할 시간마저 주지 않고 들이닥쳤다. 어떨 때는 지하철을 타고 가다가 잠깐 승강장에 내려 잠을 자기도 했고, 부지불식간에 음식물 쓰레기통 옆에 앉아 잠을 자기도 했다. 잠을 자지 않으면 죽을 것만 같은 고통. 시청 광장에서 스케이트를 타다가 잠이 들어서 앞서 달리던 여자아이를 다치게 했고, 합정역사거리 횡단보도를 지나다가 차에 부딪쳐 무릎을 다치기도 했다. 가스레인지에 보리차를 끓이다가 집에 불을 낼 뻔도 했고, 고등학교 때는 학교에 갔더니 수위 아저씨가 오늘은 일요일이라며 온 김에 같이 라면이나 끓여 먹자고 해서 수위실에서 라면을 끓여 먹고 푹 꺼진 소파에서 잠이 들기도 했다. 하지만 밤은 달랐다. 밤이 되면 주변 집이 모두 무너진 것마냥 아주 먼 거리도 훤히 보였고, 어둠이 도트프린트로 인쇄된 것처럼 밤의 입자들마저 눈에 보였다. 그래서 어느 날인가, 밀짚모자 노인을 찾기 위해 꿈 안 여기저길 뛰어다녔지만 번번이 허탕이었다. 노인이 있을 만한 곳을 찾아 노크를 하다가도 여긴 아닐 거라는, 지레짐작을 하게 되고, 그냥 돌아섰다. 지금 생각해보면 이것 역시 달수의 치졸한 방해 때문이었다. 아니, 꿈속을 돌아다녔던 내가 바로 달수였다. 또 꿈을 깨기 위해 필사적으로 노력할 때마다 달수는 저글링 공을 돌리면서 나를 꿈에 붙들어놓았다. 이렇게 야구방망이 나무에서 시작된 정원이 세계의 끝까지 줄달음질 친 지금, 그렇게 찾아다니던 밀짚모자를 쓴 노인이 내 앞에서 천연덕스럽게 책을 보고 있지만 내가 할 수 있는 건 아무것도 없었다.

"나는 원래 말벌사냥꾼이었지. 말벌은 일벌과는 달리 영구적으로 사용할 수 있는 침이 있거든. 이 침으로 일벌들을 습격해서 꿀을 빼먹지. 또 거미의 몸에 알을 낳아서 거미의 체액을 빨며 자신들의 삶을 확장해나가지. 이런 말벌들을 잡아서 말벌엑기스를 만들었지. 열심히 일하는 일벌에게는 신이 하나의 침으로 세상과 맞서 싸우라고 하고 말벌에게는 영구적인 침을 준 게 화가 났거든. 신이 자연을 버렸거나 말벌이 신을 능멸했다고 생각했지. 그래서 닥치는 대로 말벌을 사냥하고 다녔어. 그러던 어느 날, 말레이시아 세베랑페라이에서 노숙을 하다가 굴러떨어졌지. 그날 밤, 꿈으로 통하는 길을 발견했어. 그 길로 다시 나올 수도 있었지. 이건 내가 자각몽*을 꾸는 사람이라는 거였어. 그 후 나는 꿈 안에서 벌어지는 일을 속속들이 알게 되었지. 나도 자네와 달수처럼 꿈 안과 밖에 내가 각각 한 명씩 살고 있더라고. 나는 저글링을 돌리며 푼돈이나 벌다가 싫증이 나서 말벌이나 잡으러 다니던 빈털터리 사냥꾼이었는데 꿈 안에 사는 노인은 부자였어. 내가 북남미와 쿠바에서 마약으로 새로운 기회를 잡나 싶을 때, 꿈 안에 사는 이 작자는 말벌처럼 사람들 꿈에 닥치는 대로 악마의 씨앗을 뿌리고 다녔어. 아, 자네도 알다시피 여기 화폐 단위는 부피거든. 꿈 안에 이 작자는 주도면밀하게도 어린애들에게 정원을 만들어보라고 권했지. 처음엔 생쥐정원을 만들라고 하더니, 다음엔 굴뚝새, 되새,

---

* 1867년에 에르베이 드 생드니 후작이 쓴 『꿈, 그리고 꿈을 다스리는 방법*Dream and How to Guide Them*』으로 널리 알려졌다. 자신의 꿈을 통제할 수 있으며, 의식의 세계와 꿈의 세계를 마음껏 넘나들 수 있으며, 중단된 꿈을 이어서 꿀 수도 있고, 깨어 있는 동안 생각했던 것을 꿈속에서 잊지 않고 행동으로 옮길 수가 있다는 내용이 담겼다. 생드니 후작에게 밤이란 그가 깨어 있는 삶의 세계만큼 선명하고 복잡한 환상적 세계의 터전이었다.

종달새, 휘파람새……, 만나는 아이들마다 정원을 만들라고 하는 거야. 쥐류, 포유류, 설치류까지 온갖 동식물을 끌어다가 정원을 만들라고 부추겼어. 그다음에 정원이 계획대로 쭉쭉 뻗어나가면 수단과 방법을 안 가리고 빼앗았어. 엄청난 부피를 팔아 엄청난 도시를 만들었지. 필요한 건 각서를 받아놓고 달수처럼 꿈 밖으로 나가서 가지고 오게 했지. 의사, 경찰, 판사, 정치인 들까지 이곳으로 몰리게 되었어. 그러니 꿈 밖이나 안이나 다를 바가 없어진 거야. 지금 창문으로 보이는 곳은 다 저 노인이 검은 돈으로 세운 도시야. 원래는 어둠의 세계가 지배하는 곳이었는데, 노인이 거대한 정원의 왕국을 만드는 바람에 그림자들은 퇴비로 전락해 버렸지. 그러니 어둠의 종족들이 가만있겠어? 맨날 싸우지. 바깥에서 꿈 안으로 들어온 사람들은 이런 내막도 모른 채 두 진영 간의 볼모가 되어버렸어. 안타까운 일이야. 상황이 이러한데, 저 사람이 달수를 가만 놔뒀겠어? 아마 달수를 족쳐서 어떻게든 정원을 빼앗을 거야. 모르지, 날 죽이면 바깥으로 내보내준다고 했을 수도……"

돌멩이의 날카로운 부분이 손끝에 와 닿았다.

"그래도 꿈 밖으로 돌아가고 싶은가?"

"네."

지푸라기라도 잡아야 하는 심정이었다.

"큰일이군."

"당신이 사라지면 그땐 이 지긋지긋한 꿈도 멈추지 않겠어요?"

"이 꿈을 멈출 수 있는 스위치를 내가 가지고 있다고 생각하나? 그 스위치는 맞은편에 있는 저 노인이 가지고 있어. 난 그저 저 친굴 지켜볼 뿐이야. 만약 내가 죽으면 좋아할 사람은 건너편에 노인과 달수겠지. 달수는 여길 떠날 것이고, 노인은 아주 넓은 야구 방망이 정원을 얻겠지."

"당신은 또 빼앗은 정원을 구경만 하시겠네요."

"아마도……"

밖으로 나가고 싶은 것보다 여태 노인이 달수를 묵인한 게 화를 돋우었다. 어쩌면 정의라는 이름으로 죗값을 물을 수 있는 사람은 무기력한 이 노인밖에 없는 듯했다. 내 삶이 바닥을 쳤는데 두려워할 게 없었다. 나는 노인의 엷은 웃음기가 마르기도 전에 조용히 뒤로 다가섰다. 그리고 아까부터 외투 안주머니에서 꿈틀거리던 돌로 노인의 뒤통수를 후려쳤다. 머리를 감싼 채 쓰러지던 노인의 손에서 책이 떨어졌다. 책갈피에서 명함 한 장이 나왔다. 명함에는 '저글링대회 챔피언 조너선 쿡'이라는 글귀가 적혀 있었다. 나는 화들짝 정신이 들어서 그를 흔들어댔다. 이 장면을 건너편 사람들이 보고 있다가 일제히 고개를 끄떡였다.

닭이 울었다.

"밤이군……"

쓰러져 있던 노인이 다 죽어가는 목소리로 말했다. 나는 부리나케 엘리베이터를 타고 내려왔다.

"가자!"

호송관이 다가왔다.

호송관을 따라 슈퍼마켓을 지나고, 버스 정류장에 섰다. 멀리 굴뚝에서 연기가 솟아올랐다. 걷다보니 〈RAIN FACT〉 커피숍이 보였다. 창문으로 안을 들여다보니 어떤 여자가 종이에 그림을 그리고 있었다. 괜히 아련하게 보였다. 호송관이 발전소를 지나 〈촛불공장〉 앞에서 기다리고 있었다. 전자대리점도 보였고, 집 뒤로 정원이 펼쳐져 있었다. 곰이 작대기를 들고 날 마중 나와 있었다. 호송관이 내 등을 토닥였다. 호송관이 사라지자 곰이 나에게 기다란 작대기를 건네며 집 안으로 안내했다. 소파에 정원사가 앉아 있었다.

"쟤 좀 봐! 흙을 묻히고 들어오면 어떡해!"

정원사가 소리쳤다.

걸레를 가지고 와서 곰 발바닥을 닦았다.

10

"무례하게 들리시겠지만 이제부터는 제가 달수입니다."

정원사가 이마를 긁었다.

나는 심각하게 받아들이지 않았다. 엿보는 존재에서 꿈 안 노역꾼으로 전락한 내가 부정한들 무슨 의미가 있을까 싶었다.

"이것 좀 먹어볼래요?"

정원사가 나에게 고추장에 절인 가죽나무 잎사귀를 건넸다. 떫고 매워서 입에 넣자마자 뱉어냈다. 정원사가 쯔쯔쯔 혀를 차더니 그런 나약한 정신 상태로 어떻게 정원을 관리하겠냐며 고개를 흔들었다. 제멋대로 늘어나는 그림자 주제에, 앞서거니 뒤서거니 하며 내 등에 찰싹 붙어 살던 정원사가 주인이 바뀌었다고 하루아침에 나를 소 닭 보듯 했다. 그 모습이 오만하기 짝이 없어서 히죽 웃자, 못마땅한 듯 이내 안방으로 들어가버렸다. 천장을 응시한 채 침대에 누워 있다가 옷걸이로 천장을 쿡쿡 두드려보곤 혼자 웃는 모습이 영락없는 달수였다. 나는 조롱거리가 되느니 정원사와 거리를 두는 편이 나을 성싶었다. 그래서 개를 데리고 산책을 나갔다. 손을 뻗어 나뭇잎들을 건드리며 걷는 재미, 앞서 걷던 개가 날 빤히 쳐다보곤 기다리고 있는 재미, 보폭을 맞춰 걷다가 날아오르는 새를 쫓기 위해 귀를 펄럭이며 내달리는 개를 구경하는 재미가 나쁘지 않았다. 그동안 느껴보지 못한 일이었다. 멀리 달려갔던 개가 짖어대길래 달려가보니 창고 앞에 서 있었다. 빗장을 풀자마자 곰이 축구공처럼 굴러 나왔다.

"여기서 뭐 해?"

곰은 네 개의 다리를 쩍 벌린 채 쓰러져 숨을 헐떡였다.

"무슨 일이야!"

버둥거리던 곰이 내 눈을 피했다. 그때, 말릴 틈도 없이 열려 있던 창고 안으로 개가 뛰어들었다. 창고 안에는 좌우로 세 개의 선반이 놓여 있었고, 천장 한복판에 백열등이 팔 하나 간격으로 매달려 있었다. 깊숙이 들어가자 서랍들이 반원을 그리며 빼곡하게 들어차 있었고, 여기에 사다리가 걸쳐져 있었다. 서랍 하나를 열어봤다. 저글링 공이 들어 있었다. 저글링 공을 열자 그 안에 손톱만 한 내가 솥단지가 실린 리어카를 밀고 있었다. 초등학교 2학년 여름 방학 즈음에 아버지와 같이 이사를 가던 장면이었다. 리어카를 밀고 있는 나를 수지가 보고 있었다. 다른 서랍에서 꺼낸 공에는 내가 학교 수돗가에서 더러운 야구복에 비누칠을 하고 있었다. 집에서 비누를 훔쳐 오다가 엄마에게 들켰다며 비누로 캥거루를 만들어 가면 감쪽같이 모를 거라는 수지도 곁에 있었다. 캥거루를 한 번도 본 적이 없는 나는 비누로 계속 개를 만들고 있었다.

칠이 벗겨진 손잡이가 보였다. 사다리를 놓고 올라가서 손잡이를 당기자 공간이 나왔다. 그곳으로 기어가보니 서랍장 뒤 성곽의 흉벽과도 같이 높다란 곳이 나왔다. 그런데 그 아래, 치를 떨 만한 광경이 펼쳐져 있었다. 처참하게 죽은 아버지와 어머니, 제사 때나 간혹 영정(影幀)으로나 봤던 할아버지, 할머니와 지방(紙榜)으로만 대면했던 21대 조상들이 팔과 다리가 절단된 채 주검들이 널브러져 있었다. 돌이켜 생각해보면 달수에게 내 기억이란 다 먹고 싱크대에 던져놓은 밥그릇과 같았다. 거기에 물을 떠 마실 순 없다는 생각일 터, 결과적으로 나는 되돌아갈 퇴로가 막힌 셈이었다.

"재 발은 또 왜 저래. 발 좀 닦고 와!"

집으로 오자 정원사가 기겁을 하며 소리를 질렀다. 개를 화장실로 데리고 갔다. 앞다리를 흐르는 물에 씻기고 난 뒤 앞다리를 어깨에 걸친 채 뒷다리마저 씻겼다. 그리고 어깨에 개를 번쩍 들어 올려 수건으로 네 개의 다리를 닦았다. 담배를 피우고 싶었지만 어디에도 담배는 보이지 않았다.

"달수 씨."

문을 열고 수지가 찾아왔다. 한 손엔 바퀴 달린 여행용 가방을, 다른 한 손엔 핸드백을 들고 있었다. 거실을 둘러본 그녀가 대뜸 나에게, "달수 씨!"라고 해서 나도 정원사도 놀랐다. 정원사가 수지에게, "달수는 잠시 나갔습니다" 하고 말했다. 그녀는 지난번에 라꾸라꾸 침대에 누워 있는 날 봤다며, "쏘리, 기다리죠 뭐!" 하고 소파에 앉았다. 그녀는 나에게 핸드백을 보여주며, "이거 소가죽으로 만든 명품인데 어때요?" 하고 물었다. 소가죽으로 만든 가방처럼 보였지만 묻히고 온 어둠을 닦아내면 그것은 데님으로 만든 평범한 가방이었다. 그녀는 핸드백을 들고 거실을 아장아장 걸어 다녔다. 짜임이 굵고 풍성해 보이는 카디건과 꽈배기 모양의 긴 머플러, 발목까지 오는 보라색 양말을 신고 있었다. 그녀는 거실을 걸어 다니다가 날 향해 한쪽 카디건을 내리며 씩 웃었고, 정원사는 못마땅한 듯 손으로 자신의 발바닥을 만지작거렸다. 수지는 쉴 새 없이 핸드백에서 뭔가를 꺼내 자랑했다. 나는 그런 그녀의 수다를 들어줬다. 보다 못한 정원사가, "달수는 아주아주 멀리 갔으니까 돌아갔다가 며칠 뒤에 다시 오십시오" 하고 말해도, 그녀는 손을 뻗어 정원사의 말을 가로막으며, 또박또박, "기다리겠습니다" 하고 말한 뒤, 현관에 세워둔 여행용 가방을 끌고 왔다. 그 안에서 로맹 가리의 소설책 한 권과 수박만 한 지구본, 다섯 개의 하얀 저글링 공이 나왔다. 가방에서 저글링 공이 나오자 수지는 공 두 개를 손바닥에 올려놓은 채 잠시 숨을 고르더니 하나를 허공으로 힘껏 던졌다. 공 한 개가 내려오기도 전에 다른 공 하나를 더 던졌고, 순식간에 저글링 공 두 개가 두 손을 번갈아가며 허공으로 오르락내리락거렸다. 나는 건성건성 박수를 치며 장단을 맞췄다.

그때, 어디선가 뱃고동 소리가 들렸다.

정원사가 일어나 창밖을 내다봤다.

"들리시나요? 달수는 나갔습니다. 꿈 밖으로 영영 나갔다고요!"

정원사가 참지 못하고 소리를 빽 질렀다.

"같이 가기로 했는데……"

울먹이던 수지가 주섬주섬 가방을 쌌다. 핸드백을 여행용 가방에 올린 채 황급히 현관을 뛰쳐나갔다. 정원사와 나는 거실을 굴러다니는 저글링 공을 툭툭 발로 찼다. 그간의 사정은 상자 안에서 다 들은 터라 수지의 마음을 이해하고도 남았다. 그래서 내가 진짜 달수라고 그녀 앞에 선뜻 나서지 못했다.

수지가 돌아왔다. 가방을 현관에 세워놓곤 허둥지둥 문이란 문은 다 열어봤다. "그만해요!" 정원사가 문을 소리 나게 꽝 닫고는 안방으로 들어가버렸다.

"이럴 때가 아니지!"

갑자기 수지가 부엌에서 프라이팬과 냄비를 들고 왔다.

"뭘 할 건데요?"

"집에 벽화를 그리자고요."

그녀의 두 눈에 검은 물이 고여 있었다.

수지가 벤저민 나뭇잎이랑 토마토를 으깨어 집 담벼락에 벽화를 그리기 시작했다. 담쟁이가 벽을 타고 지붕을 덮는 벽화였다. 냄비에 물감을 휘젓던 곰이 짜증을 냈고, 물을 길어오던 정원사도 종종 먼 산을 보며 한숨을 내쉬었다. 나는 사다리를 잡고 지붕 밑에 서 있었다. 온갖 생각들이 들풀처럼 나풀거렸다. 강원도에서 벽화를 그리다가 쫓겨났을 때 한 번쯤 가봤어야 했고, 가서 따지기도 했어야 했다. 집에서 마우스를 집어던지며 자신이 이룬 모든 게 물거품이 되었다며 울 때 등이라도 토닥여줬더라면 이런 너저분한 후회는 없었을 것이었다.

"수지 씨, 죽었죠?"

수지는 들은 척도 하지 않았다.

수지가 붓으로 그림을 그리자 금세 단풍이 진 것처럼 담쟁이 잎사귀들이 핏빛으로 변했다.

"쿠바에서 배를 타고 바다에 나갔을 때 죽었나요?"

또 물었다.

수지가 살짝 입을 벌려 탁구공만 한 탄식을 뱉어냈다. 탄식과 동시에 입안으로 검은 밤하늘이 보였다.

"운전학원에서 트럭을 타고 나갔다가 떨어졌을 때 죽었나요?"

"아뇨."

그녀가 입을 열었다.

"그럼 언제?"

이런 질문들이 내가 그녀에 대해 알 만큼 아는 사람으로 보이기에 충분했을 텐데도 수지는 나에 대해 무관심했다.

"집에서."

"어느 집?"

"건강원……"

한기가 몰려왔다.

"그 집에서 여행을 떠났잖아요."

"여행 가기 전에……"

"남미로 여행을 떠난 게 아니라는 말인가요?"

"네."

생각의 가옥들이 처참하게 무너져 내렸다. 발등으로 칼이 떨어진 것만 같은 고통에 휩싸였다. 내가 아무리 세상을 향해 팔짱을 끼고 살았다손 치더라도 이런 일이 생길 줄은 꿈에도 몰랐다. 남미에서 내가 만난 수지는 누구였단 말인가. 포물선이 어쩌구 하면서 떠들어대던 달수의 말이 떠올랐다. 꿈 안은 거대한 시간의 뿌리를 가진 하나의 퇴적물이라고. 퇴적된 시간 속으로 가면 누구든 다시 만날 수 있다고.

"건강원이라면 남자친구 집이잖아요."

"네."

〈건강원〉에 같이 살 때, 컴퓨터 게임을 하던 수지는 낮에 침대에서 잠을 잤다. 잠을 자다가 달이 떴냐고 묻곤 다시 잠이 들기도 했다. 눈이 펑펑 쏟아지던 날, 수지가 창틀에 발을 올려놓고 발톱을 깎다가 이사 가는 건 어떤지 물었다. 나는 나쁘지 않다며, 근처 부동산에 〈건강원〉을 내놓았다. 그 후 몇몇 사람들이 부동산중

개소 사람과 와서 집을 보고 갔다. 우리의 일과는 집 보러 오는 사람들에게 거실과 안방, 좁은 베란다를 보여주는 일이었다. 형편없이 단출한 가재도구와 빨래 건조대에 널린 몇 개의 옷가지들, 벤저민 화분 주변으로 떨어진 마른 잎사귀, 구석마다 자라는 곰팡이와 니코틴 때문에 황갈색으로 변해버린 방충망, 거실 한구석에 쌓여 있는 페인트 통과 쓰레기가 된 번역 교정지들. 일주일이 지나면서 내가 집 보러 오는 사람을 상대했고, 수지는 머리끝까지 이불을 덮은 채 침대에 누워 잠을 잤다. 그때부터 수지와 나는 일어나는 시간이 달랐기 때문에 잠을 자고 있으면 깨우지 않았다. 그런 그녀가 죽다니. 그렇다면 나는 죽은 그녀 옆에서 잠을 잔 것이고, 그녀가 주섬주섬 가방을 싸서 남미로 떠난 것은 꿈 안에서 본 모습이었다. 남미에서 만난 것 역시 꿈 안에서 벌어진 일이었다.

"수지야, 나야, 달수……"

내가 사다리로 올라섰다.

"알아."

수지가 날 쳐다봤다. 두 눈에 달이 떠 있었다.

"알고 있었어?"

"응."

코가 저렸다.

"왜 모른 척했어?"

"넌 팔당댐 가드레일을 들이박고 물에 빠졌잖아……"

그녀가 호주머니에서 하얀 눈알을 꺼내 입에 넣어 쭉쭉 빨고는 눈에 넣었다. 눈에서 달그락거리는 소리가 들렸다.

그녀를 안고 사다리에서 내려왔다. 조용히 소파에 눕히곤 그녀의 손을 잡았다. 차가웠다. 얼굴을 그녀의 가슴에 묻었다. 나는 자꾸 움츠러들어 곧 죽을 듯한 개처럼 그녀의 가슴 안에서 팔로 발목을 붙든 채 소리 내어 울기 시작했다. 알 수 없는 감정들이 몸을 무겁게 만들었다.

"왜 죽었어!"

"처음에 난 네가 내 목을 조른 줄 알았어. 그런데 쿠바로 갔다가 호텔에서 널 본 날, 그날 처음으로 넌 아무것도 모른다는 사실을 알았어."

그녀의 목소리에서 습한 기운이 느껴졌다. 추웠고, 몸을 움직일 때마다 소파에서 하얀 벌레가 기어 나왔다.

"달수지? 그놈 말이야!"

"응."

그녀의 발가락에서 한기가 느껴졌다. 그녀의 발가락을 입에 넣었다. 입안에서 그녀의 발톱 하나가 움직였다. 시간이 흘렀지만 날은 좀처럼 밝아오지 않았고, 나갔던 정원사도 돌아오지 않았다.

"내가 얼마나 찾았다고……"

내가 울먹였다.

"나도 많이 찾았어. 내가 공중전화부스에 얼마나 자주 갔는데. 가서 전화를 해도 넌 받지 않았어. 아무도 내 전화를 받지 않았어. 버스를 타고 한참을 가도 금방 다시 제자리로 돌아왔어. 눈물이 마르고 말라 눈 밑으로 구멍이 생기더라고. 거기에 벌레들이 알을 낳고 살았어. 밤마다 벌레들이 나 대신 앙앙 울었어."

"난 네가 또 여행을 간 줄 알고 기다렸지."

"내가 널 두고 가긴 어딜 가겠어."

수지는 소파에 얼굴을 묻고는 소리 내어 울었다. 강렬한 차가움, 고통스런 냉기가 내 몸을 휘감았다.

"달수랑 사귄 거야?"

"그 사람이 꿈에 자주 나타났어. 처음엔 저글링을 던지며 무료하던 날 들뜨게 만들었어. 난 그때 꿈에 네가 나타난 줄 알았어. 너의 진심을 꿈에서 보는 거라고 생각했거든. 그래서 잠자는 게 편했어. 그런데 어느 날, 꿈에 본 사람이 내 옆에 누워 있었어. 너라고 생각하고 잠을 자기 위해 뒤척이는데, 너와 다른 걸 봤어. 옆에 누워 있는 사람의 턱수염이 코를 중심으로 왼쪽만 있는 거야. 한쪽은 뽑히고 없었어. 소스라치게 놀라서 몸을 일으키는데 옆에 누워 있던 사람이 내 목을 졸랐어…… 그 뒤, 꿈인지 생시인지, 어쨌든 난 자주 여행을 떠났어. 네가 떠났던 남미와 내가 떠났던 남미로. 꿈인지 생시인지 죽었는지 살았는지 구별되지 않았어. 그런데 호텔 방에서 비로소 내가 죽었다는 걸 알았어. 그땐 이미 내가 돌이킬 수 없는 몸이었어. 이렇게……"

횡격막이나 기관지를 통하지 않는, 탁한 그녀의 울음이 집을 훑고 지나갔다. 울음 주머니에 고여 있던 울음이 터진 것 같았다.

"집에 가자. 집에 가서 씻고 어찌 되었는지……"

"그러고 싶어…… 그런데……, 여긴, 알잖아……"

동이 트고 있었다.

더러운 곰인형처럼 생긴 어둠이 잿빛 등을 보인 채 저만치 걸어가고 있었다. 창문 밖, 수지가 그려놓은 담쟁이 잎사귀들도 지워져 보이지 않았다.

"나중에 깨울 테니 누워 있어."

곰이 수지 곁을 곰이 지키고 있었다. 나는 개를 데리고 산책을 나갔다. 이 정원의 정원사로서 내가 해야 할 일들이 많았지만 호미 하나 들 기운조차 없었다. 개를 데리고 정원 초입까지 갔다가 되돌아오기를 반복했다. 그때, 어둠을 출렁이며 다가오는 불빛이 보였다. 꺼질 듯 말 듯 흔들리는 불빛 안으로 늙은 염소 문양을 단 남자가 말을 타고 나타났다. 남자는 한 손에 청사초롱을 들고 있었다.

"개가 사람을 산책시키다니."

남자가 청사초롱을 들어 전봇대만 한 개를 보며 말했다.

"이 정원을 사러 왔소."

염소 문양의 남자가 말했다.

"저도 팔고 싶습니다. 하지만 팔 수가 없었습니다."

"우리는 당신을 아오. 우리가 당신이오. 자, 보시오."

남자가 탄 말이 옆으로 비켜서자 수백 마리의 말들이 한 줄로 서 있었다. 말을 탄 사람들 중에는 목이 없는 사람도 있었고, 팔이 없는 사람도 있었다. 물에서 나온 듯 얼굴이 창백한 사람도 있었고, 아직 몸에 불씨가 남아 투닥투닥 불타는 소리가 들리는 사람도 있었다. 하지만 무서운 기운은 느껴지지 않았다.

"어떻게 해야……"

"저 벽장 문만 열어주면 우리가 알아서 하겠소."

염소 문양의 남자가 청사초롱으로 집의 문을 가리켰다. 부엌에서 불빛이 일렁였다.

"생각해보겠습니다."

개 목줄을 잡고 집을 향해 걸었다.

"문이 열릴 때까지 여기서 기다리겠소."

남자의 목소리에서 간절함이 묻어났다.

수지가 파스타를 만들고 있었다. 토마토소스를 넣은 토끼고기와 아스파라거스 가르가넬리였다. 수지는 곰에게 토끼를 잡아오라고 시켰는데 30분이 지나도록 오지 않는다며 투덜거렸다. 나는 개를 불러 곰을 찾아보라고 시켰다. 수지는 프라이팬에 으깬 토마토를 넣고 젓다가 프라이팬에 나무 숟가락을 꽂았을 때 반듯하게 서면 토마토소스가 성공한 거라며 나에게 저어줄 것을 부탁했다. 옛날에도 종종 수지가 만들어주던 파스타였다. 그때는 토끼고기 대신 소고기 안심을 넣었고, 파스타 위를 토끼풀로 장식했다. 그런데 으깬 토마토를 휘저을수록 나무숟가락이 서기는커녕 묽은 핏물처럼 변했다. 그 순간 생각했다. 여긴 꿈이었다. 나는 혼수상태에 빠져 있고, 내가 혼수상태에 빠져 있는 한 달수에게 꿈 바깥은 대기표를 받고 긴 나무 의자에 앉아 기다리는 신세일 뿐이라는 것. 어떤 한쪽이 벌떡 일어서서 다른 한쪽이 엉덩방아를 찧더라도 그 의자에 앉기 위해서는 쓰러진 그 사람을 일으켜 세워 그 의자에 앉혀놓아야 했다.

"나가자."

수지에게 말했다.

"어디?"

"건강원에."

"여기잖아."

"여기 말고, 우리 집 말이야. 냄새나던 우리 집!"

"정말?"

"응."

수지가 두 손으로 자신의 머리를 들어 올렸다. 그리고 허리를 숙이자 목에서 새 한 마리가 나왔다. 거실을 날아다니던 새를 수지가 창문을 열어 날려 보냈다.

"그런데 말이야……, 어떻게 나가지?"

"달수가 종종 나왔던 길로 나가면 돼."

수지는 화장실에 가서 세수를 하고, 거울 앞에 서서 화장을 했다. 바나나 그림이 프린트된 스카프를 두르고, 가방에서 해바라기 무늬의 원피스를 꺼내 갈아입었다. 하지만 해바라기 무늬의 원피스가 뜯어져 골반뼈가 훤히 들여다보였다.

"어때?"

수지가 한 바퀴 돌았다.

"예뻐!"

나는 현관문을 열어놓았다. 그리고, 수지의 손을 잡고 벽장으로 들어섰다. 곰이 담배를 물고 찾아와서 꾸뻑 인사를 했다. "철없는 놈!"이라고 말한 뒤, 팔을 흔들며 벽장문을 닫으라고 했지만 곰은 문고리를 잡고 서 있었다.

사다리꼴 모양의 소실점이 아련하게 펼쳐졌다. 그 소실점을 향해 부지런히 걸었다. 수지가 끌고 오던 바퀴 달린 가방이 질질질 소리를 내서 내가 들어주기도 했다. 생각보다 멀었다.

"천천히 좀 가!"

수지가 투덜거렸다. 하는 수 없이 수지를 업었다. 길은 점점 좁아졌고, 길에 나뭇잎들이 떨어져 있었다. "저기!" 수지가 멀리 한 줌의 빛을 보며 소리쳤다. 노란빛이 별처럼 반짝이고 있었다. 거기서부터는 계단이었다. 다리에 쥐가 날 만큼 계단이 많았다. 정상에 올라서자 노란 문고리가 나왔다. 그 문고리를 수지가 밀었다. 또 하나의 벽장이었고, 벽장 문을 넘자 거실이 나왔다.

"이제 내려야겠어."

그때, 안방에서 달수의 목소리가 들렸다.

"주인님, 저건 지난번에 가지고 가려던 퇴비잖습니까. 이제 퇴비 걱정은 안 하셔도 됩니다. 이제 와서 저걸 왜……"

"어서 내리기나 해!"

"아, 알겠습니다."

정원사가 전정가위로 천장을 네모나게 잘랐다. 그리고 주먹으로 천장을 몇 번 쥐어박자 풀썩 천장이 무너지면서 젖은 볏단처럼 비닐에 싸인 물건이 떨어졌다. 잠시 뒤로 물러섰던 정원사가 비닐을 풀기 시작했다. 구더기 껍질이 쏟아졌다. 고개를 갸웃거리던 정원사가 이내 엉덩방아를 찧었다. 비닐을 벗겨내자 해바라기 무늬의 원피스를 입은 시체가 나왔기 때문이었다.

"교수 대리인이 아니잖습니까!"

까만 정원사의 얼굴에 초록빛이 서리면서 날 선 칼처럼 보였다.

"그 사람은 교수의 그림자였지."

"그럼, 이 사람은……, 새 잡던 그 여자잖습니까? 수지, 수지 씨 말입니다."

"……"

"저는 주인님이 교수의 대리인이라고 해서 스카프로 목을……"

"다 지나간 일을 갖고 왜 그래? 촌스럽게."

"이 사실을 알고도 주인님은 계속 그 여자를 만났던 겁니까?"

"내가 아니었으면 그 여자는 고양이 달구지에 실려 벼랑 밑으로 내던져졌을 거야."

"주인님 마음을 다 안다고 생각했는데, 제가 모르는 부분이 있었다니……, 놀랍습니다. 아, 이런. 이런 일이……, 이왕지사, 돌이킬 수 없으니……, 주인님의 말에 따르겠습니다."

정원사가 다리를 모으고 고개를 숙였다.

"침대를 들어봐."

정원사가 침대를 들었다. 거기서 알루미늄 가방이 나왔다.

"선산을 팔아서 번 돈이야. 이걸 퇴비로 쓸 순 없잖아. 안 그래?"

달수가 낄낄거렸다.

"이제 주인님은 부자입니다. 노인도 부럽지 않겠습니다."

벽장에 숨어 이 장면을 지켜보던 수지와 나는 입을 다물지 못했다.

"청소는 좀 하고 살지. 이게 뭐야!"

달수가 거실에 떨어져 있던 수건을 세탁기에 집어넣었다. 굴러다니던 헤이즐넛도 주워 쓰레기통에 버렸다. 자기 집인 양 전기 콘센트를 뽑아놓기도 하고, 손바닥으로 텔레비전을 쓸어보며 먼지의 냄새를 맡기도 했다.

집을 한 바퀴 돌아본 달수가 차에 가방을 던져 넣곤 시동을 걸었다. 나는 수지와 함께 차 뒤에 올라탔다.

차는 미사리를 지나 팔당댐 옆을 달렸다. 팔당댐관리소를 지나자 오른쪽에 이층집 커피숍이 보였다. 그리고 길 옆에 사람들이 모여 있었다. 물에서 건져낸 누군가를 어떤 노인이 심폐소생술을 하고 있었다. 내가 사고 낸 지점이었다. 그 장면은 빠르게 지나가 버렸다. 그때 하얀 새 한 마리와 곰이 길 한복판에 우두커니 서 있었다. 달수가 갑자기 속도를 높였다. 입에 담배를 물고 있던 곰이 허둥지둥 나무 뒤로 숨었고, 새는 팔당댐 쪽으로 날아갔다. "이러니 사고가 나지……" 달수가 혼자 구시렁거렸다.

차가 소읍으로 들어서자 붕어찜을 파는 가게와 토마토를 파는 상점들이 듬성듬성 보였다. 언뜻 와본 곳 같기도 했다. 계곡을 끼고 한참을 달리던 달수는 〈퇴촌식물원〉이라고 씌어진 간판 앞에 차를 세웠다.

"여기야."

달수와 정원사가 식물원으로 들어갔다. 땅 파는 소리가 들렸다.

구덩이에 가방을 묻은 달수가 담배를 입에 물었다.

"밤마다 돌아다니며 벌어놓은 돈을 이제 다 거둬들였군."

담배 연기가 허옇게 밤공기를 갈랐다.

"기쁘겠어요."

정원사가 물었다.

"첫번째 생일인데 케이크 하나 사줄 사람이 없다는 게 좀 슬프네."

달수가 담배를 버렸다.

"저기, 주인님. 물에 빠진 주인님은 영영 못 깨어나는 겁니까?"

"깨어나지. 깨어나야 내가 그 안에서 온전한 김달수가 되지."

"아, 그렇군요. 축하드립니다."

"자네도 고생 많았어. 아, 이럴 때가 아니지. 첫 생일인데 나가서 축배를 들어야지!"

달수와 정원사가 어깨동무를 하고는 정원을 빠져나왔다. 차 안에서 달수가 하늘을 봤다. 초승달이 떠 있었다.

"처음 가게에서 구두 살 때도 저런 게 떠 있었어……"

차에 올라탄 달수는 3일 만에 운전면허증을 따서 운전이 거칠어도 속도를 이겨내는 힘만은 최고라며 자랑을 했다. 또 밤새 포커를 쳐서 전 재산을 다 날렸다가도 일확천금을 따 오는 걸로 봐서 쓰러져가는 〈건강원〉을 대대손손 이어갈 적임자는 자신이라며 큰소릴 쳤다. 옆자리에 탄 정원사가 인생은 한 치 앞도 모르지 않냐고 했다가 된통 욕만 먹었다. 한 치 앞을 모르는 게 인생이지만 애벌레가 번데기가 되고 성충이 되어 이제 막 나비처럼 창공으로 날아올랐는데, 그딴 재수 없는 소릴 지껄이냐고 달수가 화를 냈다.

달수를 태운 차가 다니던 교회 맞은편 〈소소야〉 앞에 멈췄다. 술과 안주를 시킨 달수는 정원사를 테이블 밑에 앉힌 채 술을 마셨다. 수지와 나는 화장실 옆에 쌓아놓은 술상자 뒤에 숨어 있었다. 달수가 안주로 칠면조 다리를 달라고 말했지만 그런 건 없다며 주인이 훈제치킨을 가지고 왔다. 또 달수가 담배를 입에 물자 주인이 여긴 금연구역이라며 나가서 피우라고 말했다. 서서 맥주를 거푸 두 잔을 마신 달수가 주인에게 자신이 허술한 남자로 보이냐며 시비를 걸었다. 동사무소가 주민센터로 바뀐 걸 자신도 잘 알고 있다며, 쌓아놓은 술상자를 발로 찼다. 술상자가 넘어지면서 그 아래에 수지가 깔렸다. 이런 사실을 모르는 달수는 또 술을 마셨고, 비틀거리며 계산을 한 뒤, 길가에 서 있던 전봇대를 붙들고 먹은 걸 게워냈다.

"다들 이렇게 사는 거라고! 안 그래?"

달수가 주변을 두리번거렸다.

"어디 있어! 야! 정원사!"

"여깁니다."

"왜 이래……"

달수가 제자리에서 빙빙 돌았다.

"뭐가요?"

정원사도 뒤돌아봤다.

"그림자가 두 개잖아!"

그러고 보니 달수의 그림자가 두 개였다. 하나는 정원사, 하나는 나였다.

"어, 그러네요."

달수가 천천히 뛰었다. 두 개의 그림자도 덩달아 뛰었다.

"얼씨구……"

나는 뛸 기운이 하나도 없었다. 배에 물이 차서 출렁거렸고, 다리는 뻣뻣해서 자꾸만 앞으로 쓰러질 것만 같았다. 달수도 마찬가지였다. 술에 취한 달수 몸이 자꾸만 앞으로 기울었다.

"너지?"

달수가 걸음을 멈췄다.

"제가 뭘 잘못했습니까?"

정원사가 발을 모으고 뒷덜미가 보일 정도로 고개를 숙였다.

"너 말고!"

달수가 허우적거렸다.

"이렇게 빨리 나올 줄은 몰랐는걸. 나온다고 해서 뭐가 달라질 것 같아? 그런 생각은 안 하는 게 좋아. 그동안 내가 널 위해 봉사

한 걸 생각해서라도 33년쯤은 꿈 안에서 삽질이나 하며 조용히 살아줘야지. 왜 33년인 줄 모르지? 33년 뒤에는 내가 들어가서 정원을 돌볼 거거든. 번갈아가며 평생 늙지 않고 사는 거지 뭐. 내가 일전에 식분증에 걸린 개 이야기했지? 우린 그런 인간들이야. 네가 갖다 버린 걸 내가 주워 먹고, 다시 내가 버린 걸 네가 주워 먹으면서 사는 거지. 어때? 괜찮지 않아?"

"못하겠다면?"

"어허, 이 친구 보게. 나무에 퇴비나 주는 주제에 주인 말을 개밥으로 보네? 네가 허락을 하고 말고 할 위치가 아니야. 내가 결정하면 끝이야, 끝! 봐봐, 팔이 하나 없잖아? 보이지? 맞지? 이게 바로 내가 주인이라는 증표야! 정원사, 안 그래?"

팔 없는 소매가 펄럭거렸다.

"글쎄요……"

"이게 미쳤나? 네가 그랬잖아. 이제 와서 왜 그래? 왜 말을 바꾸지? 캄캄한 데서 저놈이랑 하루 같이 살아보니까 마음이 변했어? 넌 나의 하나밖에 없는 그림자야."

멀리 불빛 하나가 출렁출렁 다가오고 있었다.

"나는 죽을 거야!"

내가 소리쳤다.

"하루만 참아, 내일이면 내가 깨어날 거거든. 하고 싶은 거 다 하고 살 순 없잖아. 운명처럼 숨을 죽이며 살라고. 이게 네 스타일이잖아."

다가오는 불빛을 향해 달수가 오줌을 누기 시작했다. 불빛이 캄캄한 어둠을 휘저으며 달려오고 있었다.

"잠만 자는 돼지를 깨워놨더니 뭐? 죽는다고? 웃겨……"

달수가 비틀거리며 걸었다. 마치 세 명의 달수가 어깨동무를 한 듯 보였다. 셋 다 비틀거렸고, 셋 다 구시렁거렸다. 셋 다 호주머니에서 담배를 빼물며, "씨발, 지긋지긋해!" 하고 소리를 지르며 쓰러졌다.

그때, 달려오던 불빛이 지나갔다.

무수히 많은 말발굽들이 불빛 뒤를 따랐다.

컥, 하는 소리와 동시에 굽은 칼이 번쩍였다. 달수 머리가 허공으로 치솟아 빙글비글 돌았다. 또 팔과 다리 들이 치솟았다. 이걸 뒤따르던 그림자들이 채찍으로 쳐 올렸다. 마치 저글링 공처럼, 허공에 한참을 떠 있던 달수의 몸들이 천천히 아스팔트 위로 널브러졌다.

"달수 씨!"

수지가 달려오려고 했지만 가방 바퀴가 수챗구멍에 빠져서 발만 동동 굴렀다.

"이러기야?"

달수 입에서 검은 피가 흘렀다.

11

눈을 뜨자 병원에 누워 있었다. 거울을 달라고 해서 얼굴을 살폈다. 유난히 거무튀튀한 피부만 빼면 달라진 게 없었다. 보험회사 직원이 꽃다발을 건넸다. 엄마가 보험에 들어놓은 모양이었다. 손가락으로 이마를 짚으며 살짝 슬픈 미소를 보였다.

"어디로 가실지, 제가 모셔다 드리겠습니다."

보험회사 직원이 창가에 서 있던 기다란 알루미늄 작대기를 어깨에 걸쳤다.

"아닙니다. 혼자 갈 수 있습니다."

내가 손가락으로 이마를 긁었다.

"경찰서에서 합의를 원해서 조카와 합의를 봤습니다."

"고맙습니다."

병원을 나왔다. 공기가 입으로 들락거렸다. 팔을 뻗어 택시를 세웠다. 택시를 타고 팔당댐을 지나 퇴촌으로 들어갔다. 택시 기사에게 잠시만 기다려달라고 한 뒤, 〈퇴촌식물원〉으로 가서 땅을 팠다. 두 개의 알루미늄 가방이 나왔다. 다시 택시를 타고 〈건강원〉으로 향했다.

담벼락에 담쟁이넝쿨이 엄금엉금 기어 다녔다. 문을 열고 들어가서 거실을 두어 바퀴 돌았다. 창문으로 은사시나무의 그림자가 들어왔다. 커튼을 쳤다. 그리고 침대에 누워 무너져 내린 천장을 어떻게 봉합할지 궁리했다. 천장을 봉합한다고 지난 기억들이 모두 봉합될 리가 없었다.

신기하게도 허기란 게 느껴졌다. 냉장고에 냉동된 고기가 있었다. 거실에 신문지를 깐 다음 휴대용 버너를 놓고 불판을 올렸다. 혼자 고기를 구워 먹는 게 이렇게 번잡한 일인지 처음 알았다. 그런데 자꾸 배가 울렁거렸다. 이것 역시 처음이었다. 화장실에 가서 먹은 걸 토했다. 그러고 보니 화장실이 좁았다. 이 또한 공사를 해야 하나 궁리를 하다가 그만뒀다. 이렇게 손을 보면 끝도 없을 듯했다.

어둠이 찾아왔다. 어둠이 보기보단 무거웠다. 이런 어둠 아래에 산다는 건 하루하루 도전일 거라는, 막연한 생각을 했다. 피곤했고, 나도 모르게 스르르 꿈 안으로 들어섰다. 수지가 식사 준비를 하고 있었다. 달수는 개와 함께 산책 중이라고 했다.

문을 열고 정원으로 들어섰다. 생각보단 정원이 잘 정리되어 있었다.

"만족하십니까?"

내가 달수에게 소리쳤다.

달수가 날 보며 이내 싱긋 웃었다.

"내가 개를 산책시키는 게 아니라 개가 날 산책시키는걸?"

산만 한 개가 달수를 끌고 다녔다. 언젠가 때가 되면 산만 한 개가 집 밖에 서 있는 우람한 은사시나무에 묶여 있는 건 아닌지 살짝 걱정이 되었다.

"행복해 보입니다."

진심이었다.

"자넨 만족하나?"

달수가 물었다.

"여행을 다녀오려고요."

"어디로?"

"칠레, 페루를 거쳐 쿠바까지 가볼 생각입니다. 옛날에는 주인님이 그늘만 찾아다녀서 저는 아무것도 못 봤습니다."

"남미에 가면 수지와 날 만날 수도 있을 텐데?"

달수와 나는 개를 데리고 집으로 향했다.

"그 사이로 제 기억도 집어넣으려고요."

"여행이 끝나면?"

"글쎄요."

먼 뒷일까지 생각할 겨를이 없었다.

"곰은 어디로 갔죠?"

"금연센터에 보냈어. 담배를 하도 피워대서 이빨이 다 썩었더라고."

집에 도착하자 달수가 개를 씻겼다. 수지가 식탁에 고르곤졸라를 내놓고 기다리고 있었다.

"저 사람이 가방 바퀴를 안 빼줬으면 나는 아마 하루 종일 진땀을 뺐을 거예요."

수지가 웃으며 말했다.

"정원사, 같이 먹을래? 헤이즐넛도 좀 갈아 넣었어."

달수가 포크를 들며 아이처럼 좋아했다.

작가의 말

꿈 안의 내가 꿈 밖으로 나가서 구두를 사 신는, 결코 꿈일 수 없는 일들이 이 소설에 나온다. 현실에서 좌절을 맛본 사람들이 꿈으로 몰려들고, 그래서 꿈은 붐비며, 꿈은 화석화된 과거를 탐닉하는 영화관이 되어버렸다. 그리고 이런 나를 대신해서 악마가 된 내가 하나둘 꿈 밖으로 나가고 있다. 이 소설이, 이 소설의 달수가 그렇다는 말이다.

이 소설은 아내의 덕이 컸다. 아내는 잠을 잔 뒤 꼭 베란다에서 꿈 이야기를 했다. 이야기의 결말이 신통찮으면 다시 꿈을 이어가기 위해 잠을 자러 가기도 했고, 또 꿈을 보수하기 위해 잠을 청하기도 했다. 어떤 날은 아내의 꿈이 너무나 재미있어서 이걸 소설로 한번 써볼까 시도를 하기도 했다. 그러다가 퍼뜩 든 생각이 아내의 꿈에 등장하는 아내는 누구일까. 그리고 만약 내가 꿈 안에서 아내를 만나면 그녀는 날 알아볼 수 있을까, 하는 것이었다.

꿈의 지형을 알아가는 건 쉽지 않았다. 허상인 꿈을 구체화시키는 것 또한 모래성을 쌓는 것만큼 위태위태했다. 하지만 꿈과 현실이 결코 다르지 않을 거라는 생각과, 꿈으로 가는 통로가 어딘가 분명 존재할 거라는 망상이 달수를 소설 끝까지 데리고 갔다.

1988년, '전두환 퇴진'이라는 스티커를 경찰차에 붙였다가 파출소에 잡혀가서 손을 들고 서 있었던 적이 있었다. 그날 담배를 배웠고, 그날부터 스티커 귀신이 붙었는지 내가 뜻하는 대로 이 사회는 굴러가질 않았다. 세월호 참사도 마찬가지였다. 입에 담배를 물고 멍청하게 앉아 있으면 이게 꿈인지 생시인지, 이성의 잣대로는 결코 이해하기 힘든 일들이 하루하루 펼쳐졌다. 그래서 우울했고, 나는 기억을 주워 먹고 산 넝마꾼에 지나지 않았는지 의심이 들었다. 이런 내가 달수다.

2015년 6월

안성호